FANTASY

Im Goldmann Verlag
liegen bereits folgende Bände
der DRACHENLANZE-Saga vor:

Die Chronik der DRACHENLANZE

1. Drachenzwielicht (24510)
2. Drachenjäger (24511)
3. Drachenwinter (24512)
4. Drachenzauber (24513)
5. Drachenkrieg (24516)
6. Drachendämmerung (24517)

Die Legenden der DRACHENLANZE

1. Die Brüder (24527)
2. Die Stadt der Göttin (24528)
3. Der Krieg der Brüder (24530)
4. Die Königin der Finsternis (24531)
5. Der Hammer der Götter (24533)
6. Caramons Rückkehr (24534)

Die Geschichte der DRACHENLANZE

1. Die Zitadelle des Magus (24538)
2. Der Magische Turm (24539)
3. Die Jagd des Toede (24540)
4. Der Zauber des Palin (24541)
5. Der edle Ritter (24542)
6. Raistlins Tochter (24543)

Das Heldenlied der DRACHENLANZE

1. Das Ehrenwort (24587)
2. Verrat unter Rittern (24589)
3. Das Schwert des Königs (24591)
4. Heldenblut (24593)

NANCY VARIAN BERBERICK

Das Heldenlied der Drachenlanze 4

HELDEN-BLUT

Aus dem Amerikanischen
von Imke Brodersen

DRAGONLANCE™

GOLDMANN VERLAG

Das Buch erschien im Original unter dem Titel
»Dragonlance Heroes, Volume Two: Stormblade / Chapter 17–33«
bei TSR, Inc., Lake Geneva, WI, USA

Umwelthinweis:
Alle bedruckten Materialien dieses Taschenbuches
sind chlorfrei und umweltschonend.
Das Papier enthält Recycling-Anteile.

Der Goldmann Verlag
ist ein Unternehmen der Verlagsgruppe Bertelsmann

Published in the Federal Republic of Germany
by Wilhelm Goldmann Verlag GmbH, München
Deutschsprachige Rechte beim
Wilhelm Goldmann Verlag, München
Umschlaggestaltung: Design Team München
Umschlagillustration: Parkinson, TSR
Satz: IBV Satz- und Datentechnik GmbH, Berlin
Druck: Elsnerdruck, Berlin
Verlagsnummer: 24593
Redaktion: Andreas Helweg/SN
Herstellung: Peter Papenbrok
Made in Germany
ISBN 3-442-24593-1

1 3 5 7 9 10 8 6 4 2

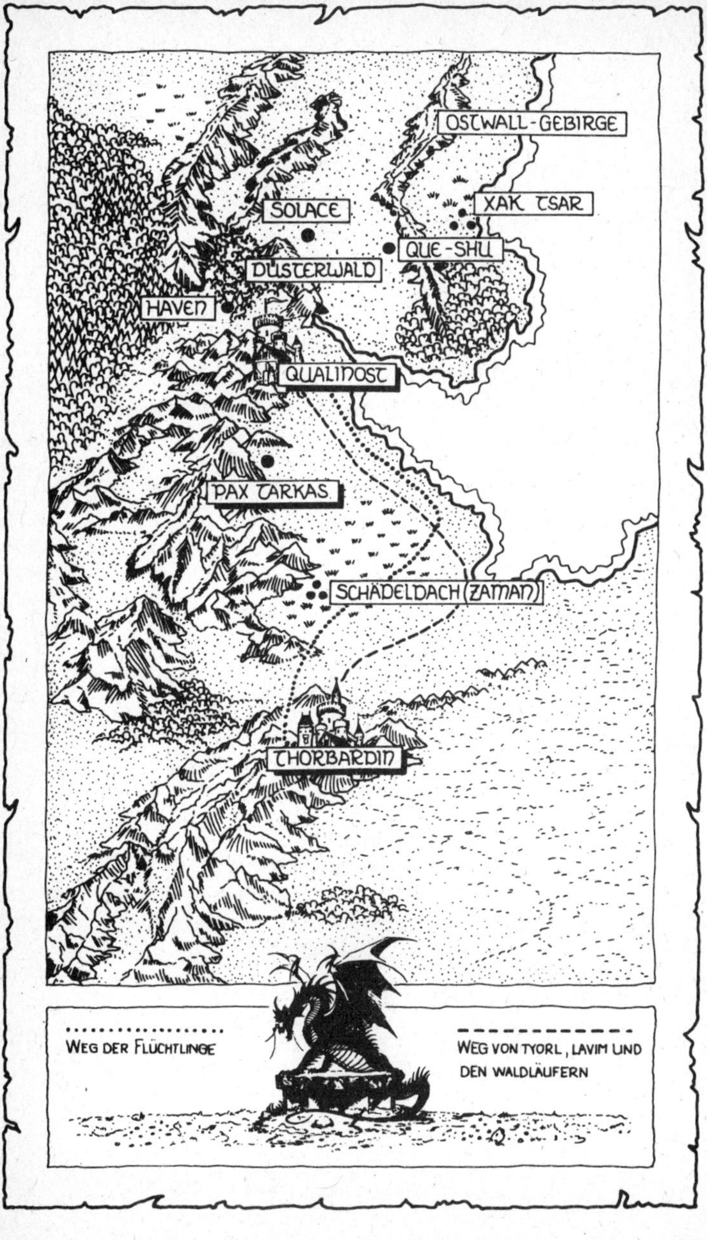
OSTWALL-GEBIRGE
XAK TSAR
SOLACE
QUE-SHU
DÜSTERWALD
HAVEN
QUALINOST
PAX TARKAS
SCHÄDELDACH (ZAMAN)
THORBARDIN
WEG DER FLÜCHTLINGE
WEG VON TYORL, LAVIM UND DEN WALDLÄUFERN

Kapitel 1

Wo bist du?« hatte der Kender gefragt.

Pfeifer wußte nicht, wo er war. Er hatte dem Kender gesagt, er wäre direkt hinter ihm. Das war eine vernünftige Antwort. Vielleicht war er da auch, denn er schien überall und nirgends zugleich zu sein. Was er »sah«, sah er nicht mit den Augen, sondern eher mit dem Verstand. Es war keine Magie, die ihm diese Dinge zeigte. Für ihn gab es keine Magie mehr, außer dem Zauber, in dem er jetzt gefangen war.

Pfeifer war ein Geist. Die Zauberkraft seiner Flöte hatte ihn dazu gemacht. Er war tot. Er hörte kurz auf nachzudenken. Es war eher ein Luftanhalten. Aber wie man ohne zu atmen nicht leben kann, hielt er es nicht lange ohne Denken aus. Zögerlich wie jemand, der vorsichtig über eine verheilende Wunde streicht, rief er sich die Erinnerung an die letzten Augenblicke seines Lebens ins Gedächtnis.

Da waren dieser Schmerz und diese abgrundtiefe Erschöpfung gewesen. Er hatte die junge Frau um Hilfe rufen hören, hatte gehört, wie sie Stanachs Namen schrie. Danach hatte er lange nichts mehr wahrgenommen, bis Stanachs trauernde, schwere Gedanken die Grenzen seines Geistes streiften.

Ach, Jordy! Es tut mir leid, Pfeifer!

Da hatte er sprechen wollen, um Stanach irgendwie vor Realgars Leuten zu warnen. Doch ihm fehlte die Kraft.

Als Stanach die Flöte neben ihn legte, sah er das Instrument, obwohl er sonst überhaupt nichts sehen konnte. Die Flöte enthielt seine Musik und seine Magie. Sie sang ihm seine eigenen Lieder mit der Stimme eines Freundes vor und spielte Lieder, die er sich nie hätte vorstellen können. Er sammelte die wenige Kraft für einen allerletzten Spruch. Die Magie entsprang der Flöte.

War sein geistähnlicher Zustand mehr oder weniger als der Tod? Sein Bewußtsein tastete umher. Er konnte nicht alles »sehen«, so wie er es sich bei einem Geist vorgestellt hatte. Er sah – oder wußte – nur wenig mehr als das, was er zu Lebzeiten gesehen hatte. Doch das begann sich zu verändern, als er seine neuen Sinne ausprobierte. Er wußte, daß die Fähigkeit, weiter zu »sehen«, mit ihrem Gebrauch wachsen würde. Nur mußte er diese Zwischenwelt so erforschen wie die richtige Welt, Stückchen für Stückchen. Er war hier nicht allein.

Es waren nur wenige Seelen, die er hinter dem Nebel spürte, und sie waren überhaupt nicht an ihm interessiert. Wie er waren es Wesen, die ihre eigenen Ziele verfolgten und höchstens wie Seufzer an ihm vorbeistrichen.

Pfeifer lachte reumütig, und der Nebel zitterte. Wie viele von den Geistern hier waren an einen Kender gebunden, solange der noch lebte?

Das hatte der Zauber der Flöte getan: ihn an Lavim gefesselt, und zwar für den Rest seines Lebens, weil der die Flöte gespielt hatte. Der Spruch verschaffte Lavim nicht nur einen Geisterfreund, sondern wegen der Verbindung zu Pfeifer auch Zugang zur Magie der Flöte.

Allerdings hatte er nicht damit gerechnet, daß der Kender die Flöte als erster spielen würde. Er hatte an Stanach gedacht. Doch es war nicht der Zwerg gewesen, sondern Lavim. Der Beschwörungszauber hatte Pfeifer zurückgerufen, wunderbar, aber er hatte ihn ins Bewußtsein eines Kenders gebracht. Pfeifer hatte die ganze Nacht und einen halben Tag gebraucht, um sich in dem Labyrinth von Lavims verwirrendem inneren Geplapper zurechtzufinden und einen Platz im Gehirn des Kenders zu suchen, von dem aus Lavim ihn hören konnte.

Als Stanach von den Theiwaren geschnappt worden war, hatte er die Flöte fallen lassen, weil er Angst hatte, sie würde in den Händen der Theiwaren landen. Er hatte nicht wissen können, daß die Magie der Flöte jetzt nur noch durch Lavim wirken würde.

Pfeifer hoffte, daß er nicht mehr Probleme bekommen würde, als er bewältigen konnte. Er mußte Lavim überzeugen, Tyorl die Flöte auszuhändigen.

Der Nebel schien durch Pfeifers Furcht dichter und düsterer zu werden. Bald würde es zu spät sein, um Stanach zu helfen.

Lavim hüpfte ungeduldig von einem Fuß auf den anderen. So entzückt und überrascht er auch von seinem Gespräch mit Pfeifer war, hatte er sich doch zusammengerissen, bevor er Kelida und Tyorl erreichte. Die Kirschholzflöte hatte er in die tiefste Tasche seines alten, schwarzen Mantels gesteckt, weil er sicher war, daß Tyorl sie ihm sofort aus der Hand reißen würde.

Jetzt quälte ihn Tyorl mit Fragen, und gleichzeitig flüsterte ihm Pfeifer seine Anweisungen zu. Er wußte nicht, wem er zuerst antworten sollte.

Erzähl von Stanach und gib ihm die Flöte.

Tyorl legte dem Kender beide Hände auf die Schultern und hielt ihn fest. »Lavim, was ist mit Stanach?«

»Mach ich. Gleich.« Lavim blinzelte, weil er nicht ganz sicher war, wem er gerade antwortete.

Tyorls blaue Augen flammten vor Ärger plötzlich auf. »Sofort!«

Sag's ihm schon! Gib ihm die Flöte!

Lavim wich aus und brachte Kelida zwischen sich und Tyorl. Obwohl er schlank und leicht war, hatte der Elf den Griff eines Bären und sah aus, als wollte er am liebsten alles aus Lavim herausschütteln.

»Schon gut, schon gut, mach' ich doch! Da oben sind ein paar Felsen, und da fand ich, äh, Fußspuren, und manche davon waren von Stanach und manche nicht. Stanach ist jetzt nicht da, und ich weiß nicht, wo er ist, aber ich bin zurückgekommen, weil –«

Weil du ihm die Flöte geben wirst. Erzähl ihm von der Flöte!

»Weil ich fand, daß ihr das wissen müßt.«

Lavim! Gib ihm die –

Lavim ignorierte standhaft die Stimme in seinem Kopf. »Tyorl, was glaubst du, was ihm zugestoßen ist? Die anderen Fußspuren stammten von einem Zwerg, und er war bestimmt einer von diesen, ähm –«

Theiwaren, murmelte Pfeifer.

»Theiwaren«, sagte Tyorl.

Lavim blinzelte. Bohrender Schmerz schoß durch seinen Kopf. »Genau. Das sind die Typen, die nach Kelidas Schwert suchen, nicht?«

Tyorl griff nach seinem Bogen. Er kniff den Mund grimmig zusammen, als er einen Pfeil aus dem Köcher auf seinem Rükken zog. Kelida sah von einem zum anderen.

»Tyorl, sie werden ihn umbringen«, flüsterte sie.

Das Sonnenlicht auf dem Pfad schimmerte golden. Im Dikkicht und zwischen den Bäumen wuchsen die Schatten, die sich bald zur Nacht über den ganzen Wald ausbreiten würden. Der Wind wurde bereits kälter.

Genau, dachte Tyorl, das werden sie. Früher oder später.

»Sie können ihn noch nicht weit geschleppt haben«, sagte der Waldläufer.

Er ist in den Höhlen am Fluß.

Lavim nickte. »Er ist in den Höhlen am Fluß, Tyorl.«

»Woher weißt du das? Verdammt. Lavim! Was weißt du noch?«

Lavim wußte nicht, was er noch wußte. Er hatte bis eben nicht einmal das gewußt. »Tyorl, ich –« Er wollte es erklären, hielt aber dann den Mund, weil Pfeifer mitten in seinem Kopf *Nein!* bellte.

Aber, widersprach er schweigend, wie soll ich es ihm sagen, wenn ich nicht von dir erzähle? Hör auf zu schreien, ja? Ich habe schon Kopfschmerzen und –

Du kannst es ihm später sagen. Jetzt haben wir keine Zeit, den Teil von mir zu erzählen, Lavim. So wie du erzählst, er-

klärst du den ganzen Tag. Stanach hat nicht den ganzen Tag Zeit.

Aber was soll ich denn sagen?

Pfeifer seufzte tief. *Sag ihm, du hast die Höhlen gesehen.*

Aber ich habe keine –

Du mußt nicht ausgerechnet jetzt bei der Wahrheit bleiben, Lavim.

»Ich habe die Höhlen gesehen. Wo soll er sonst sein?« Mit Pfeifer als Souffleur berichtete er den Rest. »Es sind fünf. Nicht Höhlen, Zwerge. Es sind nur drei Höhlen. Sie sind auf dieser Seite des Flusses und –«

Tyorl weiß, wo. Er war schon da. Finn lagert Waffen in einer Höhle im Wald, aber er weiß nicht, daß sie mit den Höhlen am Fluß in Verbindung steht.

Lavim nickte. »Oh, Finn lagert –«

Nein! Sag nichts davon! Und gib ihm meine Flöte!

Lavim schob seine Hände in die Taschen und umklammerte die Flöte. Die wollte er noch nicht aufgeben. »– äh, Zeugs im Wald, oder? Waffen und so Sachen?«

Hat er je...?

»Hat er je diese La – ich meine, irgendwelche Höhlen hier benutzt?«

Der Elf schüttelte wieder ungeduldig den Kopf. »Doch, Lavim, das hat er. Aber diese Höhlen liegen im Wald und viel zu weit südlich, als daß sie mit Höhlen am Flußufer in Verbindung stehen könnten.«

»Ja, sie – ich – nun, ich meine, vielleicht doch.« Lavim legte seine Finger um die Flöte. Allmählich hatte er es raus, wie man mit zwei Leuten gleichzeitig redete. Hoffte er jedenfalls.

Du hast etwas über Höhlen gehört...

»Ich habe etwas über die Höhlen hier im Wald gehört. Ich

weiß nicht mehr, wo das war, aber es stimmt. Etwas über, hm, genau, Höhlen, die am Fluß anfangen und hier hinten im Wald herauskommen. Damals in Langenberg hieß es, daß Banditen sie bewohnen und manchmal hier in den Wäldern untertauchen, weil sie ihre Verfolger abschütteln wollen. Man hört alles mögliche in der Richtung, wenn man einfach zuhört und –«

»Tyorl«, Kelidas Hand zitterte, als Kelida sie dem Elf auf den Arm legte. »Wir müssen Stanach helfen.«

Tyorl gab einen entmutigten Stoßseufzer von sich. Er war hin- und hergerissen, zwischen der Frage, ob er das glauben sollte, was ein Kender ›gehört‹ hatte – das heißt, er konnte es gehört haben, oder er konnte glauben, es gehört zu haben, oder er konnte sich die ganze Sache gerade jetzt ausdenken –, und der Erkenntnis, daß Kelidas Leben in Gefahr war, falls Stanach von seinen Häschern zum Reden gebracht wurde.

Wie im Sprichwort also: entweder Bär oder Klippe, dachte er bitter.

Wir müssen Stanach helfen, hatte Kelida gesagt. Das war ein weiterer Punkt. Er konnte sie nicht mit dem Schwert allein zurücklassen, das sie für die Zwerge zum Ziel machte, aber er wollte sie auch nicht zur Gefahr hinbringen.

Warum sind mir bloß die Hände gebunden, fluchte Tyorl. Wo war Finn? Dreißig Waldläufer in diesen Wäldern, da hätte er längst ihren Pfad kreuzen müssen. Er verfluchte das Schwert, verfluchte die Zwerge und traf die einzige Entscheidung, die er treffen konnte.

Nachdem er das Mädchen und den Kender ermahnt hatte, ihm so leise wie möglich zu folgen, verließ er den Pfad und eilte nach Süden.

Pfeifers stürmischer Seufzer der Erleichterung ließ Lavim fast das Trommelfell platzen.

Panik kroch mit klammen, klebrigen Fingern in Stanach empor. Im Zauber des einäugigen Derros gefangen, konnte er weder richtig atmen noch richtig denken. Wie Echos von Träumen hörte er dünne, verzerrte Stimmen.

Kein klarer, blauer Himmel erstreckte sich hier über ihm, sondern nur eine unebene, niedrige Höhlendecke aus Stein, die nach Flußschlamm roch. Steine gruben sich in seine Schultern und seinen Rücken, denn er lag auf einem felsigen Untergrund. Obwohl seine Hände nicht gefesselt waren, konnte er sich nicht bewegen.

Nein, dachte er, das war es nicht. Er hatte nicht die Kraft, sich zu bewegen, oder er wollte sich nicht bewegen. Wie dicker, nasser Nebel schien die Trägheit in seine Muskeln, ja, in die Knochen selbst gesickert zu sein.

Weiches, nachlassendes Dämmerlicht schimmerte am Rand des Höhleneingangs. Stanach erinnerte sich nicht daran, wie er hierhergekommen war. Er erinnerte sich an gar nichts außer dem kalten Glitzern in dem einen schwarzen Auge des Herolds, die plötzliche, scheußliche Übelkeit, die den Transportzauber begleitete, und ein langes, ekelhaftes Hinübergleiten in den Schlaf.

Und die fernen Stimmen.

Sie wollten Sturmklinge.

Ein dünner Zwerg, dessen einer Arm steif an der Seite herabhing, trat in Stanachs Blickfeld, wodurch er das sanfte Licht abschirmte. Wulf nannten sie ihn. Stanach erkannte in ihm einen der Theiware, deren Blut er an der Straße nach Langenberg im Gras abgewischt hatte.

Die Angst zog Stanach den Magen zusammen. Er sah den Rachedurst in Wulfs Augen und hörte ihn mit seinem leisen, listigen Lachen.

Stanach war kein Magier. Er hatte keine übernatürlichen Kräfte, um sich zu verteidigen. Er hatte nur die eine Hoffnung, daß seine Gefährten nicht versuchen würden, ihn zu retten.

Tyorl, dachte er, bring das Königsschwert hier weg! Such deine Waldläufer und bring es nach Thorbardin!

Aber würde er das tun? Oder betrachtete er seinen Freund Hauk inzwischen doch als tot?

Doch, vielleicht. Aber Kelida nicht. Dafür hatte Stanach gesorgt. Er hatte ihr einen tapferen Waldläufer zum Lieben gegeben, und sie wußte nicht, daß dieser Waldläufer tot war. Sturmklinge würde nach Thorbardin gelangen, denn Kelida würde es dorthin bringen. Der Elf würde mit ihr gehen.

Stanach starrte an die Decke der Höhle. Er würde Hornfells Königsschwert nicht erneut verlieren. Er würde tun, was er tun mußte, wie Kyan Rotaxt, wie Pfeifer.

Wulf knurrte tief in seiner Kehle. Stanach sagte sich, daß er kein Schwertschmied mehr war. Er war ein Händler, und sein Geschäft war, Zeit zu kaufen.

Das Lager in der Höhle war leer. In der Nacht, bevor sie nach Langenberg aufgebrochen waren, hatten Tyorl und Hauk dabei geholfen, die Köcher voller Pfeile, Schwerter und Dolche zu verstauen. Wie es aussah, war Finn erst kürzlich hiergewesen, um Nachschub zu holen.

Tyorl wünschte wieder, daß er wüßte, wo die Waldläufer waren. Wenn das Lager leer war, hatten sie die Waffen gebraucht. Irgendwo kämpften sie, doch er hatte keine Zeichen dafür gesehen, daß in der Nähe ein Kampf stattgefunden hatte.

Verdammt! dachte er. Ich brauche sie, und sie wüßten wahrscheinlich meinen Bogen zu schätzen. Wo im Namen aller Götter sind sie?

Tyorl lächelte schief. Wahrscheinlich wußte Finn inzwischen sowieso über die Versorgungseinheiten der Drachenarmee Bescheid. Wahrscheinlich wußte die Drachenarmee inzwischen auch von Finn und seiner Alptraum-Truppe.

Die Höhle war nicht hoch genug, daß Tyorl darin hätte aufrecht stehen können, und so kurz, daß nur er und Lavim eintreten konnten. Kelida hielt Wache. Tyorl lauschte auf ihre Schritte, die über die Steine liefen, erhaschte einen Blick auf golddurchwirkte, rote Zöpfe und wandte sich an Lavim.

»Von hier aus gibt es keinen Weg zum Fluß zurück«, sagte er gereizt.

Der Kender nickte heftig, wobei sein langer, weißer Zopf gegen seinen Hals schlug. »Doch, doch, Tyorl. Er ist, ähm, genau hinter der Rückwand.«

»Lavim, hinter dieser Wand ist bloß Erde und Stein.«

Tyorls Hand glitt über den Fels. Sein Daumen untersuchte die Risse, die die dicken Wurzeln der Kiefer verursacht hatten, die über ihnen in den Felsen wuchsen. Der Ort roch nach satter, schwarzer Erde und nach Stein. Tyorl vermißte das warme Licht der untergehenden Sonne. Höhlen waren ganz gut, um darin heimliche Waffenlager einzurichten, aber das Gewicht der Erde machte sie zu schwer und zu dunkel für einen Elf.

Lavim quetschte sich an Tyorl vorbei und hockte sich vor den breitesten Spalt. Er schob seine rechte Hand in den Spalt und legte seine Finger um den Stein wie um ein Türblatt. Mit leuchtenden, grünen Augen lachte er den Elf an.

»Hier hinten zieht's, Tyorl.«

Lavims linke Hand tastete die Wand in Schulterhöhe ab und folgte dem dünnen Riß, den er da fand, bis zum Boden. Kräftig blinzelnd spähte er zur Decke und fand auch da einen schmalen Spalt. Sein Lächeln wurde zum Grinsen, als er die Spanne zwischen seinen ausgestreckten Armen maß. »Da passen wir leicht durch.«

»Genau«, murrte Tyorl, »wenn wir durch Stein gehen könnten.«

»Nein, das müssen wir nicht. Da ist...« Lavim legte den Kopf schief, als würde er auf etwas lauschen. Dann nickte er. »Ich glaube, ich höre ein Echo. Wie von Wasser – der Fluß – und wenn wir den Stein hier bewegen können, kommen wir direkt zum Wasser. Die Höhle da hinten geht... äh, der Geruch des Flusses bedeutet, daß er geradeaus geht, und geradeaus ist Osten, und... äh, da ist wahrscheinlich Stanach.«

»Vermutungen, Kenderchen.«

»Oh, nein, keine Vermutungen. Ich –« Lavim räusperte sich und nickte. »Du hast recht. Vermutungen. Ich höre den Fluß, Tyorl, und ich kann die Kante von diesem Stein fühlen.« Er zog seine rechte Hand weg und hielt sie Tyorl hin. »Die Wand hier ist nicht dicker als meine Hand, und die Kante ist glatt. Ich wette, wenn wir es nur schaffen, diesen Stein zu bewegen...«

Lavim drückte seine Schulter gegen die Wand und schob.

»Lavim«, seufzte Tyorl ergeben.

Der Kender stemmte seine Füße gegen den Steinboden und preßte die Augen fest zu, als er sein ganzes Gewicht einsetzte.

»Lavim, ich denke nicht –«

Der Kender grunzte. »Kannst du nicht mal aufhören, zu denken, Tyorl, und mir helfen? Lehn dein Gewicht gegen die rechte Seite des Steins.«

Um den Kender von seinem Unsinn abzubringen, machte Tyorl das, worum er gebeten hatte. Fast augenblicklich begann der Stein, sich zu bewegen. Stickige Luft drang aus der Öffnung. Dem Geruch nach Erde und Stein folgte der Geruch des Flusses: Fische, Schlick und absterbende Pflanzen.

»Räuberhöhlen!« schrie Lavim. »Siehst du! Wir – ich hatte recht!«

Er huschte in die Öffnung, und Tyorl konnte ihn gerade noch am Kragen seines unförmigen, schwarzen Mantels erwischen. »Warte, Lavim!«

Aber der Kender wartete auf niemanden. Er entwand sich dem Griff des Elfen und schoß los.

Rasch rief Tyorl Kelida. Sie schlüpfte in die Höhle, betrachtete den dunklen, schmalen Eingang in die Erde und dann das Licht hinter sich. Ihrem Blick nach war sie genauso skeptisch wie Tyorl.

»Wo ist Lavim?«

Tyorl zeigte mit dem Daumen auf den Spalt. »Dort. Wo sollte man ihn sonst erwarten. Fertig?«

Kelida nickte.

»Bleib dicht bei mir. Wir wollen sehen, ob wir den Kender einholen können.«

Das sollte kein Scherz sein, aber als Kelidas smaragdgrüne Augen plötzlich lachend aufleuchteten, lächelte Tyorl und trat zur Seite, als würde er sie in eine sichere, bequeme Kammer schleusen. Ohne darüber nachzudenken, legte sie ihm im Vorübergehen die Hand auf die Schulter. Er spürte die leichte Berührung ihrer Finger noch lange, nachdem er die Öffnung und das schwache Licht hinter sich gelassen hatte.

Drei!

Stanach hielt sich an der Vorstellung von dieser Zahl fest, während er wieder in die rotvernebelte Finsternis taumelte. Drei Finger hatten sie ihm gebrochen. Sieben, dachte er, noch sieben. Oder zwei, wenn sie mir nur eine Hand nehmen wollen. Sieben oder zwei…

Die Lethargie des Schlafzaubers war vergangen, aber er konnte sich immer noch nicht bewegen. Es war, als ob ihn unsichtbare Fesseln am Steinboden festhielten. Auch das Werk des Herolds, dachte er.

Der rote Stern, das Feuer aus Reorx' Schmiede, hing tief am Abendhimmel. Das einzige, was Stanach bewegen konnte, waren seine Augen. Mit ihnen fixierte er den Stern.

Sieben oder zwei. Es macht nichts... es macht nichts... bald werde ich es überhaupt nicht mehr fühlen können.

Wulf, dessen schwarze Theiwaraugen wie endlostiefe Gruben in der Nacht wirkten, lehnte sich vor. »Wo ist das Schwert?«

Stanach hatte weder den Mut noch die Kraft, sich zu fragen, warum Wulfs Ton so kalt und bedacht war. Er schluckte hochgewürgte Galle runter.

»Ich hab's doch gesagt«, flüsterte er mit dünner, krächzender Stimme, »ich weiß es nicht. Ich habe... es nicht gefunden.«

Der Herold nickte lächelnd.

Stanachs Schrei übertönte den brennenden Schmerz und ein weiteres Knacken.

Vier! Sechs, keuchte sein Gehirn, sechs oder einer... sechs oder –

Fünf!

Als schließlich sein Daumen gebrochen war, hörte sich Stanachs Schrei in seinen eigenen Ohren wie triumphierendes Gelächter an. Seine rechte Hand war eine geschwollene, blaue Fleischmasse.

Das sieht nicht aus wie Finger, stellte eine Stimme in seinem Kopf nüchtern fest, überhaupt nicht. Diese Hand wird keinen Hammer mehr heben.

Hinter ihm gab der Herold eine Art knurrendes Lachen von

sich. Einer der anderen Theiware kam beim Wachgang am Eingang der Höhle vorbei, ging wieder zurück, drehte wieder um. Wie schwache, alte Erinnerungen roch Stanach den Rauch vom Lagerfeuer der Wachen.

Der rote Stern blinkte, verschwand, tauchte wieder auf. Kalter Schweiß tropfte Stanach in die Augen, lief wie Tränen die Wangen hinunter in seinen Bart. Er schloß die Augen, öffnete sie wieder, wobei er nur feststellte, daß die Höhle an den Rändern etwas dunkler wurde.

Wulf zog einen Dolch aus dem Gürtel. Das einzige Licht in der Höhle war ein nachlassendes Zwielicht, das sich auf der Stahlklinge spiegelte. Zögernd krochen Rauchschwaden in die Höhle, die Stanachs Augen und Kehle reizten, als sie ihn erreichten.

Stanach blickte zur Seite, sah die gesunden Finger seiner linken Hand und schloß die Augen. In der Dunkelheit sah er das Königsschwert: rotgeäderter Stahl, vier Saphire von der Farbe des Zwielichts, ein fünfter wie ein Mitternachtsstern. Er hatte gesehen, wie der Stahl im Feuer geboren wurde, und er hatte Isarns Erstaunen gesehen, als der Widerschein des Feuers nicht nachließ. Er hatte voller Trauer und Mitleid zugesehen, wie sein alter Meister allmählich wahnsinnig wurde, nachdem Sturmklinge gestohlen worden war. Königsschwert!

Königsschwert, dachte er. Königsschwert, Realgar! Bei der Esse Gottes, du wirst es nicht bekommen!

Eisiger Stahl berührte den Daumen seiner linken Hand kalt liebkosend am ersten Gelenk. Stanach holte tief Luft und stieß einen abgehackten Seufzer aus.

Er wird das Gelenk wie eine fest geschlossene Nuß knacken, Stanach, alter Junge, ein Stoß, ein Knirschen…

»Wo ist das Schwert?«

Stanach fand, er konnte ein bißchen verrückt sein. Er lachte, und das Lachen paßte genau zu dem Pochen und Wüten des Feuers, das seine rechte Hand auffraß. »Ich – hab's dir doch gesagt. Ich habe es nicht.«

Nein! Das war die falsche Antwort! Stanach sah es an dem interessierten Aufflackern in Wulfs Augen.

Die Stimme des Theiwars war jetzt weich wie Rauch. »Wer dann?«

Stanach konnte den Stern nicht mehr sehen. Die Wache stand zwischen ihm und dem Himmel. Wieder schloß er die Augen.

Wenn Realgars Männer Kelida mit dem Schwert finden, töten sie sie.

Lyt Chwaer hatte er sie genannt, kleine Schwester. Sie hatte versucht, seine Trauer um Pfeifers Tod mit dem Verständnis und dem sanften Schweigen einer Verwandten zu lindern. *Lyt Chwaer*, die einen toten Waldläufer liebte.

Ich tue, was ich tun muß. Ich lüge einsame Schankmädchen an und sehe meine eigenen Freunde sterben. Was gleicht das aus, was gleicht das aus?

Stanach spürte Wulfs heißen Atem auf seinem Gesicht. Seine seltsame Derro-Seele offenbarte sich in dem Wahnsinn, der aus seinen Augen sprach. Er war jetzt ganz nah, und die Klinge seines Dolches lag an Stanachs Kehle. »Wer hat das Königsschwert?«

Der Herold bewegte sich auf ihn zu. Stanach hörte sein leises Atmen, das dem Zischen einer Schlange glich.

Er betrachtete seine rechte Hand, die verrenkt und bis zur Unkenntlichkeit geschwollen war. Nie wieder würde er einen Hammer heben. Nie wieder würde er den Zauber seines Handwerks erfahren. Sein eigenes Meisterschwert ruhte leblos wie eine Fehlgeburt zwischen seinen verkrüppelten Fingern. Das hatte Wulf ihm genommen. Auf diese Weise würden er und seine irrsinnige Derro-Rasse Thorbardin alles rauben, alles Schöne unter ihrer Herrschaft zerstören und zertrampeln.

Die Spitze des Dolches zeichnete eine dünne, blutende Linie bis genau unter Stanachs rechtem Auge. Die Muskeln an Wulfs Handrücken spannten sich.

»Ich frage noch einmal, aber zum allerletzten Mal. Wer hat Sturmklinge?«

Stanach spuckte aus und bereitete sich darauf vor, sein Auge zu verlieren.

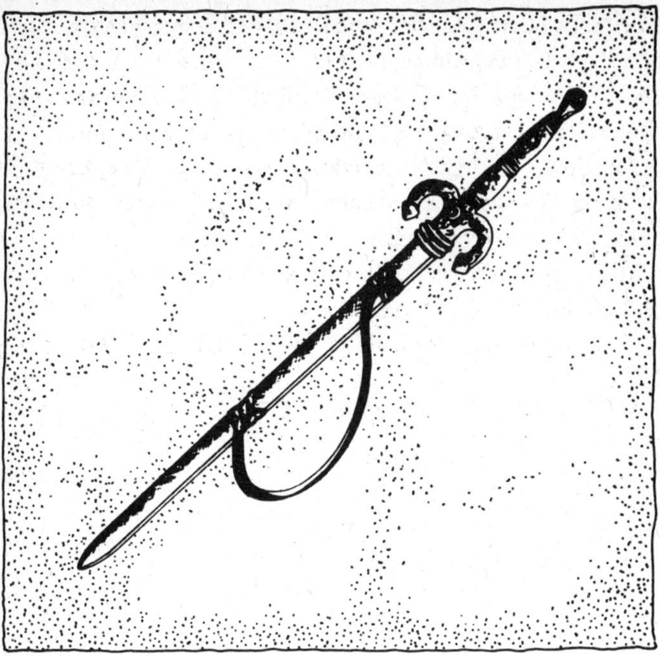

Kapitel 2

Die niedrige Höhlendecke wurde schon wenige Meter hinter dem Eingang höher. Feuchtigkeit vom Fluß glitzerte an den Felswänden und überzog den Staub auf dem glatten Steinboden. Das schwache Licht, das aus der Lagerhöhle der Waldläufer hereindrang, konnte diese inneren Höhlen kaum erhellen, sondern warf nur verwirrende Schatten. Hinter sich hörte Lavim, wie Tyorl und Kelida vorsichtig durch die Dunkelheit liefen.

»Pfeifer«, flüsterte er, als etwas, das wie eine Spinne mit zu vielen Beinen aussah, über seinen Stiefel huschte. »Du kannst wohl kaum von deinem Platz aus ein bißchen zaubern und mir etwas Licht verschaffen? Das da eben sah aus wie eine Spinne, aber ich bin mir nicht ganz sicher und –«

Nein, kann ich nicht. Verlier keine Zeit damit, im Dunkeln herumzustolpern und dich zu verirren. Los, lauf Tyorl nach.

»Oh, keine Bange. Ich gehe nie verloren. Ich finde einfach neue Orte. Ich – hmmmm. Ich frage mich, was hier drüben ist.«

Dreck. Lavim, Tyorl und Kelida sind dir schon voraus.

»Ach so. Danke, daß du's mir sagst. Ich komm' gleich nach.«

Das wollte der Kender auch – in einer Minute. Obwohl er nicht viel sah, hatte Lavim immer noch seine Hände und seine Neugier. Er hatte Tyorl gesagt, daß das hier Banditenhöhlen waren, und indem er den Elf davon überzeugt hatte, hatte er auch sich selbst überzeugt.

Er tastete sich um einen Geröllhaufen und in eine kleine Kammer, aus der er rückwärts wieder hinauslief, als sie nichts Interessantes enthielt. Dann kam er in eine weitere Kammer. Die gegenüberliegende Wand begann wie säuselnder Wind in Baumkronen zu rascheln.

»Pfeifer! Guck mal! Ich glaube, die Wand da bewegt sich!«

Fledermäuse, warnte Pfeifer, *raus hier, Lavim!*

»Fledermäuse? Na und? Ich habe keine Angst vor –«

Sie haben Angst vor dir, und wenn sie losfliegen, warnen sie jeden, daß du hier drin bist. Raus hier!

Lavim seufzte. Wahrscheinlich hatte Pfeifer recht. So leise, wie das nur Kender können, zog er sich aus der Höhle zurück.

Auf dem Weg nach Osten, immer dem Geruch des Flusses nach, wich Lavim nur kurz zur Seite, um sich in eine spinnwebenverhangene Ecke zu zwängen.

Pfeifer, der sich zu Lebzeiten für einen überaus geduldigen Menschen gehalten hatte, verlor zum vierten Mal innerhalb einer Viertelstunde die Geduld. *Lavim! Los jetzt!*

»Aber das sind Räuberhöhlen, Pfeifer, und ich –«

Es sind keine Räuberhöhlen. Versuch jetzt, Tyorl einzuholen. Und gib ihm meine Flöte!

Lavim stocherte in dem Geröll und Staub eines natürlichen Alkovens herum. Tyorl und Kelida waren ihm ein wenig voraus, aber er war davon überzeugt, daß er sie wieder einholen konnte. Er mußte nur dem Geruch und ihren Atemgeräuschen folgen.

»Du hast gesagt, es sind Räuberhöhlen.« Auch wenn er bei diesen Worten bereits glaubte, daß Pfeifer sich geirrt hatte. Der Alkoven enthielt nichts als Bruchsteine. Nicht einmal ein paar alte Knochen.

Was hast du dir denn erhofft, ein Skelett? Und außerdem hast du gesagt, daß es Räuberhöhlen sind, nicht ich.

Lavim seufzte tief. Er war sich gar nicht mehr sicher, ob er es mochte, daß da jemand in seinem Kopf war und jeden seiner Gedanken las. »Nein, Pfeifer, ich glaube wirklich, daß du gesagt hast, daß das hier –«

Verdammt, Lavim!

Nicht nur ein Geist, dachte Lavim mißmutig, sondern ein unwirscher Geist, der ihn genausowenig einen Satz zu Ende bringen ließ wie Stanach und Tyorl.

Genau, unwirsch! Wenn du mal einen Satz anfängst, der einen Sinn ergibt, dann kannst du ihn vielleicht zu Ende –

Ein Schrei, ein verlorenes Echo von Schmerzen, gellte durch die Finsternis. So wie ein Geist sich eigentlich anhören sollte, dachte Lavim. Als der Kender sich plötzlich daran erinnerte, warum er hier war, vergaß er den Räuberschatz völlig.

»Stanach?« Weiter vorne hörte er Kelidas Keuchen und ein leise gemurmeltes Wort von Tyorl.

Genau, Stanach. Lavim, bleib kurz hier.

»Aber du hast gerade gesagt, ich soll sie einholen. Pfeifer, wie soll ich kapieren, was du von mir willst, wenn du es nicht einmal selber weißt?«

Bleib hier! Warte.

»Ja, aber –«

Nimm meine Flöte raus.

Lavim grinste. Doch, das würde er mit Freuden tun! Auch wenn er es etwas merkwürdig fand, Musik zu machen, wenn Stanach seine Hilfe brauchte, wühlte er in seiner Tasche, zog die Flöte heraus und hob sie an die Lippen.

Nein! schimpfte Pfeifer. *Noch nicht! Nimm sie weg und hör mir ganz genau zu.*

Widerstrebend setzte Lavim die Flöte ab.

So, und jetzt machst du genau das, was ich sage, Lavim. Die Götter wissen, daß ich halb verrückt sein muß, aber wenn du zuhörst – ganz genau zuhörst! – und genau das machst, was ich sage, genauso, wie ich es sage –

Ein zweiter Schrei zog wie Gelächter durch die Höhle.

Jetzt hör zu. Die Flöte weiß, daß ich da bin – nein, stell jetzt keine Fragen! Sie fühlt meinen Verstand – meinen Geist. Das ist doch wohl das richtige Wort, hm? Sie wird mir ihre Magie zur Verfügung stellen. Hol tief Luft – nein, noch tiefer. Genau, so. Die Flöte wird die Melodie spielen, und die Melodie ist die Magie, aber du mußt die Luft und das Ziel dazu geben.

Schön, dachte Lavim (weil er mit angehaltenem Atem nicht so gut reden konnte), und was will ich? Kann ich Monster herbeirufen? Werde ich unsichtbar? Kann ich Tyorls Pfeile alle in Feuer verwandeln?

Laß das alles jetzt, Lavim, sagte Pfeifer streng. *Das ist es, was du anstrebst – und nur das.*

Lavim fühlte, wie Pfeifer lächelte, und weil der Magier plötzlich so gutgelaunt wirkte, beschloß er schnell, etwas Eigenes zu probieren.

Der niedrige, enge Tunnel, der die Waldhöhle mit der am Fluß verband, ließ das Echo des Schreis lange nicht verhallen. Tyorl erschauerte und sah sich über die Schulter nach Kelida um. Sie stand da, wo er es ihr gesagt hatte, in den Schatten und der Finsternis, wo der Tunnel nach links abbog, um dann in die Richtung zurückzuführen, aus der sie kamen. Ihre Augen leuchteten in der Dunkelheit, und sie hatte ihre Lippen fest aufeinandergepreßt. Kelida hielt ihren Dolch fest in der Hand, wie Lavim es ihr gezeigt hatte.

Der Tunnel stank nach Moder, und in der Mitte des Bodens hatte sich Wasser zu stinkenden, stehenden Pfützen gesammelt. Steine und Erde waren bis auf wenige Fußabdrücke unberührt. Wenn die Theiware diesen Gang oder die Höhle dahinter überhaupt untersucht hatten, dann waren sie wahrscheinlich an der scheinbar unpassierbaren Wand der Waldhöhle umgekehrt. Tyorl wunderte sich flüchtig, wie Lavim den Eingang gefunden hatte.

Schön, aber ein Kender findet auch den Weg zum Geldbeutel eines Geizkragens, wenn er will. Warum sollte dicker Fels ihn aufhalten?

Die halbverfaulten Reste von Fischen, die bei einer Überflutung nach heftigen Regenfällen hier gestrandet waren, schimmerten in seltsamem, unheimlichem Licht. Mit dem Rücken zur Wand umging Tyorl das Wasser, wobei er sorgfältig darauf achtete, auch nicht den leisesten Spritzer zu verursachen.

Bei einem zweiten Schrei, einem tiefen, grausigen Brüllen, krampfte sich Tyorl der Magen zusammen. Im Schutz des Echos sprang der Elf vorwärts, bis er den Eingang zur Flußhöhle erreicht hatte. Der enge Zugang, der gerade breit genug war, daß sich Tyorl seitlich hindurchschieben konnte, wurde von einem Zwerg mit Mantel und Kapuze versperrt, der dem Waldläufer den Rücken zukehrte.

Der Zwerg verlagerte sein Gewicht und ging schräg nach vorn, und Tyorl schloß die Augen. Er hatte nicht viel gesehen, nur einen Arm und eine Hand.

Tyorl zitterte vor Wut. Jeder Finger dieser Hand war verrenkt und gebrochen. Seine eigenen Finger umklammerten das Heft seines Dolches. Der verhüllte Zwerg stand in Reichweite, und Tyorl wußte, daß er ihm nur zu gern seinen Dolch zwischen die Rippen stoßen würde. Noch ehe er sich rühren konnte, schwebte der hohle Klang einer Flöte von seinen eigenen Echos gefolgt durch den Tunnel. Von hinten.

Nein! Oh, Götter, nein! Der Kender hatte die Zauberflöte!

Der Theiwar drehte sich abrupt um. Er hatte nur ein Auge, aus dem Haß und Tod sprachen. Als er Tyorl sah, fluchte er. Seine Hände gestikulierten in der kalten, feuchten Luft der Höhle am Fluß und nahmen plötzlich den beflügelten Tanz der Magie auf. Tyorl hatte kaum Zeit zu sehen, wie die Hände des Theiwars wie angeschossene Vögel flatterten, bevor seine eigenen Knie schwach und nachgiebig wurden.

Hinten im Tunnel schrie Kelida auf. Ihr Schrei war von Würgen und Husten unterbrochen.

Die Musik, eine widersinnig fröhliche, leichte Melodie, trieb auf den Elf zu – auf Schwaden des schlimmsten Gestanks, den er je gerochen hatte. Es stank nach faulen Eiern, toten Ratten unter einem Gasthausboden und moderndem Gras. Tyorl fiel auf die Knie und konnte gegen den überwältigenden Drang, sich zu übergeben, nur noch fest die Arme um seinen Bauch schlingen.

Aus der Höhle am Fluß und auch von draußen kamen Röcheln und gequälte Schmerzenslaute. Eine Stimme, die nur Lavim gehören konnte, brach hinter dem Elf in tiefes, prustendes Gelächter aus. Kleine Hände klopften dem Elf auf den Rücken und zerrten an seinen Armen.

»Tyorl! War das nicht ein gräßlicher Gestank? Die dürften einfach alles auskotzen, was sie die ganze letzte Woche gegessen haben! Ist das nicht toll? He, Tyorl! Steh auf, ja? Tyorl! Du mußt da reinlaufen und Stanach retten und diese Wie-heißen-sie-doch-gleich erledigen, solange sie alle – äh, Tyorl?«

»Kender«, keuchte Tyorl schwach. »Ich schwöre bei allen Göttern, die es gibt, daß ich –« In einem stechenden Bauchkrampf gefangen, kippte er nach vorn und wußte auf einmal, daß es falsch gewesen war, zu sprechen. Er beendete seine Drohung mit Stöhnen und Röcheln. Als er wieder aufschauen konnte, war er allein.

Ich bring' ihn um, dachte er, während er sich mit dem Handrücken über den Mund fuhr. Taumelnd kam er auf die Beine, lehnte sich rücklings gegen die Wand und versuchte, nicht zu atmen. Ich werde diesen verdammten Kender vom Hals bis zum Bauch aufschlitzen und ihn umbringen!

Eine Hand, die noch von der plötzlichen, heftigen Übelkeitsattacke zitterte, berührte Tyorls Arm. Kelida lehnte sich schwach und benommen an den Elf. Bebend flüsterte sie: »Alles in Ordnung?«

»Doch.« Tyorl hob ihr Kinn an. Dann zog er seine Hand, von sich selbst überrascht, wieder zurück, und schob Kelida auf Armeslänge von sich fort. »Und du?«

Schulterzuckend brachte sie ein mattes Lächeln zustande. Die giftigen Dämpfe begannen, sich zum Fluß hin zu verziehen, und wurden dort allmählich vom feuchtkalten Wind weggetragen. »Tyorl, was ist passiert? Was ist das für ein furchtbarer Gestank?«

»Der verfluchte Kender hat die Zauberflöte! Hast du gesehen, wo er hin ist?«

Jetzt sah sich Kelida rasch um und schüttelte den Kopf. »Diese Schreie –« Ihr Gesicht war weiß. »Stanach.«

In der Höhle am Fluß waren die rauhen, mühsamen Geräusche von Würgen und Husten verstummt. Lavims Lachen erscholl, um dann auffällig plötzlich abzubrechen. Tyorl betrat die Höhle, Kelida dicht hinter ihm.

Der auffrischende Nachtwind trieb den Rest von Lavims übelriechendem Zauber davon. Tyorl wagte einen vorsichtigen Atemzug, dann einen weiteren. Die schmerzhafte Übelkeit ließ nach. Er sah sich in der Höhle um und entdeckte Stanach in den Schatten an der Wand. Kelida schlüpfte hinter ihm durch und rannte zu dem Zwerg.

Realgars Assassine lagen auf dem Steinboden. Sie würden nicht wieder aufstehen. Zweien war der Schädel zerschmettert, und der Stein, der sie getötet hatte, lag mit Blut und Gehirn verschmiert neben Tyorls Füßen. Den dritten hatte ein Dolch zwischen den Rippen das Leben gekostet. Tyorl überprüfte rasch den Platz vor der Höhle, wo er weiter unten am Fluß einen Zwerg fand, der halb im Wasser, halb am Ufer lag.

»Lavim«, sagte Tyorl mit vor Staunen leiser Stimme, »hast du sie alle getötet?«

Lavim, der im dunkelsten Schatten der nächtlichen Höhle hockte, sah sich um. »Ich wünschte es! Einer ist entwischt, Tyorl, und das war mein Liebling – der, den ich am liebsten umgebracht hätte. Ich hätte wohl auf euch warten sollen, aber ihr scheint gewisse Schwierigkeiten zu haben, und da –«

»Stanach!«

Mit einem leisen Seufzer fiel Kelida auf die Knie und legte ihre Finger sanft an Stanachs Hals. Sie nickte Tyorl zu: Sie hatte einen schwachen Puls gefunden.

Tyorl zog sich der Magen zusammen bei dem, was das schwache Sternenlicht ihm zeigte. Blut und Schmutz befleckten den schwarzen Bart des Zwergs. Eine Messerspur zog sich vom Auge bis zum Kinn durch sein Gesicht. Doch der eigentliche Grund für seine Übelkeit war Stanachs ruinierte rechte Hand.

Tyorl war zwar als Krieger erzogen worden, aber er hatte auch einen Sinn für höhere Dinge. Die Hand eines Künstlers ist heilig, hatte man ihm einst beigebracht. Ohne sie gibt es keine Brücke zwischen dem, was ihm vorschwebt, und dem, was er erschaffen kann. Stanachs Brücke war für immer eingestürzt.

Ein leises, unterbrochenes Stöhnen voller Schmerz holte Tyorl aus seinen Gedanken zurück. Stanachs blaugesprenkelte Augen waren trüb und dunkel umrandet. Er sah Kelida an, und er sprach leise flüsternd mit schwacher Stimme.

»Ich – ich kann meine Hand nicht fühlen.«

Ein Anflug von Entsetzen durchzuckte die Müdigkeit seiner Augen. Er versuchte, seine Finger zu bewegen. Als nicht einmal der kleine Finger reagierte, schloß Stanach wieder die Augen.

»Ist sie da? Ich fühle meinen Arm – aber nicht die Hand.«

Kelida setzte zum Sprechen an, fand aber keine Worte. Sie streichelte sanft seinen Kopf und strich ihm das blutverkrustete Haar aus der Stirn. Tyorl blutete das Herz, als er Tränen über ihre Wangen laufen sah.

Mit belegter Stimme sagte Lavim: »Doch, Stanach, alter Junge, deine Hand ist da.«

»Ich – kann sie nicht fühlen.«

Um Stanachs willen setzte Tyorl ein mühsames Lächeln auf. »Danke deinem Gott, daß du das jetzt nicht kannst, aber deine Hand ist da, Stanach.« Tyorl wurde kalt ums schmerzende Herz. Um so besser für dich, wenn du sie nicht fühlst, dachte er. Laut sagte er nur: »Ruh dich jetzt aus.«

Stanach keuchte. »Pfeifer. Sie haben Pfeifer getötet. Sie wollten – Sturmklinge.«

Tyorl sah, wie Kelidas Augen sich verstehend verdunkelten. Ach, Hauk, sie hofft, daß du lebst. Junge, ich hoffe, daß du tot bist. Den Zwerg hatten sie ein paar Stunden. Dich haben sie schon mindestens eine Woche. Götter, ich hoffe, du bist tot!

Kelidas Hand berührte Sturmklinge an ihrer Hüfte und zuckte dann zurück, als hätte sie sich die Finger verbrannt. Sie wußte, daß sie jetzt tot sein würde, wenn es Stanach nicht gelungen wäre, während der qualvollen Verkrüppelung seiner Hand nichts zu sagen.

»Nein«, murmelte sie. »Oh, Stanach, nein!«

Wie erträgt man die Last zu wissen, daß man selber lebt, weil andere leiden und sterben? Tyorl schüttelte den Kopf. Man zerreißt seinen Mantel für einen Verband, man kühlt das unerträgliche Brennen mit Wasser aus der eigenen Flasche. Während er Kelidas vorsichtigen Händen zusah und ihren freundlichen, tröstenden Worten zuhörte, als sie Stanach das Gesicht säuberte und die grünen Stoffstreifen für Verbände anfeuchtete, begriff Tyorl, daß er sich genauso in Kelida verliebt hatte, wie sie sich in Hauk verliebt hatte.

Nein, dachte er, nein. Ich bin müde, mir ist immer noch übel, und ich weiß nicht, wo wir jetzt hin sollen. Ich bin so manches, aber nicht in ein Schankmädchen verliebt, und noch dazu ein menschliches. Nein, und nicht in die Frau, die Hauk liebt.

Tyorl stupste Lavim an und ging langsam zum Eingang der Höhle. Er brauchte frische Luft, um seinen Kopf klar zu bekommen. Der Kender stand langsam auf und folgte ihm.

»Lavim, du hast gesagt, einer wäre entwischt?«

Lavim nickte. »Er war schnell, dieses einäugige Stück Gossenzwerg –« Er blickte nach hinten, sah Kelida und zuckte mit den Schultern. »Glück für ihn. Außerdem hatte ich mit den anderen alle Hände voll zu tun.«

»Ja, sicher.« Tyorl sah den Fluß hinab. »Und der da?«

»Oh, der ist auch tot. Oder wenigstens fast.«

»Ich sehe schon. Da hattest du wirklich ein, zwei Minuten einiges zu tun.«

»O ja, wirklich, Tyorl. Mir blieb ja nicht gerade viel Zeit, aber habe ich dir schon mal erzählt, was für ein guter Höhlenkämpfer ich bin, falls die anderen nicht zu sehr in der Überzahl sind und meine Hände nicht gerade gefesselt sind und ich noch ein Messer habe und –«

»Wo ist die Flöte?«

Lavim musterte eindringlich den Nachthimmel. »Ähm, die Flöte?«

»Die Zauberflöte.« Der Elf streckte die Hand aus. »Gib her. Und versuch nicht, mir weiszumachen, daß du sie nicht hast.«

»Aber, Tyorl, ich – ähm, ich glaube, ich habe sie dahinten in der Höhle verloren.« Lavim durchwühlte die tiefen Taschen seines alten, schwarzen Mantels, durchsuchte ein paar Beutel und klopfte sich sogar ab, alles mit verwirrten, unschuldsvollen Augen. »Ich, tja, ich muß sie irgendwo dahinten verloren haben. Dieser Stinkezauber war schlimmer, als ich es mir vorgestellt hatte, und, na ja, um die Wahrheit zu sagen, er hat mich etwas überrumpelt. Warst du nicht überrascht? Als ich dich eingeholt habe, sahst du ziemlich überrascht aus, irgendwie grün im Gesicht. Nicht so sehr, weißt du, aber doch grün. An den Rändern sozusagen.«

An den Rändern! Tyorl hegte keinen Zweifel, daß er so grün wie ein verschimmeltes Brot gewesen war. Er wollte jetzt nicht darüber streiten oder auch nur darüber nachdenken. Er wußte, daß er selbst losgehen müßte, um die Flöte zu suchen, aber irgend etwas an dem Zwerg am Fluß erregte seine Aufmerksamkeit.

»Geh und hol sie, Lavim, und bring sie gleich zu mir.«

»Ja, klar, aber ich weiß wirklich nicht, wo ich suchen soll.«

»Such in der Höhle!«

»Oh. Genau, in der Höhle. Welche –?«

Den Rest der Frage hörte Tyorl nicht mehr, weil er schon von der Höhle am Fluß weglief. So wie der Zwerg am Ufer ausgestreckt lag, mit ausgebreiteten Armen und die Hände in die Luft erhoben, kam Tyorl der Gedanke, daß er nicht an einem eingeschlagenen Schädel oder einem Dolch zwischen den Rippen gestorben war, ja, daß der Kender ihn überhaupt nicht getötet hatte.

Stanach sehnte sich nach den windgepeitschten Felsen über Thorbardin. Er sehnte sich nach Frieden. In seinen Träumen versuchte er sich an das Gefühl, wenn er uralte Steine in seinem Rücken spürte, und an den frostigen Duft des goldenen Herbstes zu erinnern. Er wollte das kühle Sternenlicht, das herunterströmte, das silbern sprühende Licht von Solinari auf dem ersten Schnee und Lunitaris Schein, der die Gipfel und Spalten der Berge in Karmesinrot tauchte.

Nichts davon tauchte in seinen fiebrigen Träumen auf, und nichts in den kurzen, wachen Momenten. Alles, was er empfand, war Schmerz.

Er bestand sozusagen nur noch aus Schmerz. Nicht Fleisch und Knochen, nicht Atem und Blut. Jedesmal, wenn er zum Himmel klettern wollte, verbaute der Schmerz ihm den Weg wie ein grinsender Dämon mit den Augen von Wulf. Er konnte das goldene Sonnenlicht, die diamantene Nacht, das saphirblaue Dämmerlicht nicht erreichen. Er war in der Finsternis verloren. Wenn er schrie, hörte es niemand, und es wurde kein Licht gebracht. Er war allein, ohne einen Weg zurück nach Thorbardin unter dem Berg.

Lavim erschien wieder in der Höhle am Fluß. Als er ankam, tauchte seine Hand in die Tasche und berührte die glatte Kirschholzflöte. Er war beinahe überrascht, sie zu finden. Lavim betrachtete sich nicht als Lügner oder Zeitschinder. Was er sagte, daran glaubte er fest. In dem Moment, wo er es sagte.

In Erwartung von Pfeifers Kommentar senkte er den Kopf. Der Magier hatte anscheinend immer etwas dazu zu sagen, was Pfeifer dachte.

Jetzt hatte Pfeifer nichts zu sagen. Pfeifer, dachte er. Pfeifer?

Nichts.

Lavim kniete sich neben Kelida nieder. Er nahm an, Pfeifer war vielleicht ein bißchen verärgert über seine Improvisation.

Na schön, sagte er sich, der Flöte hat es aber wohl nichts ausgemacht.

Sie hatte anscheinend genau die richtige Melodie gespielt, um das zu zaubern, was Lavim als Stinkezauber bezeichnete.

Außerdem war es ein netter, kleiner Spruch, dachte er, um den schweigenden Zauberer zu versöhnen.

Kelida hatte Stanach Blut und Schmutz aus dem Gesicht gewischt, die Schnittwunde gesäubert und ihn mit Mantelstoff bedeckt. Mit einer Hand hielt sie vorsichtig seinen Kopf, mit der anderen hielt sie ihm ihre Wasserflasche an die Lippen. Als er nicht schluckte, beugte sich Lavim vor und streichelte ihm mit seinen knochigen, alten Händen die Seiten der Kehle. Der Zwerg schluckte einmal, dann noch einmal, öffnete aber nicht die Augen.

»Das hilft manchmal«, sagte Lavim. Er sah Kelida an und schüttelte den Kopf. »Armer Stanach.«

Das Mädchen sah müde und erschöpft aus. Abwesend wischte sie sich einzelne rote Haarsträhnen aus dem Gesicht. »Wir – wir sollten etwas für seine Finger tun, Lavim, aber ich will nicht – will nicht –« Sie brach ab, weil sie keine Worte für ihre Zurückhaltung fand, sich mit dieser geschwollenen, verunstalteten Hand zu befassen.

Als ob er ihr Zögern bemerkte, holte Lavim tief Luft und stieß sie seufzend wieder aus. »Du hast Angst, du könntest es noch schlimmer machen?«

»Das«, flüsterte sie, »und – ach, Lavim, egal was ich mache, es wird ihm so weh tun!«

»Wie schade, daß wir keinen Zwergenschnaps haben. Ich habe gehört, daß man, wenn man erst genug davon intus hat, wahrscheinlich nicht einmal mehr merkt, wenn man von einem umstürzenden Baum begraben wird. Wir haben keinen, also mach lieber, was nötig ist, bevor er aufwacht. Ich glaube kaum, daß er zusehen möchte, wie du diese Finger richtest und verbindest.« Lavim schüttelte den Kopf. »Ich glaube übrigens nicht, daß ich selbst zusehen möchte.«

»Lavim, hilfst du mir?«

Das wollte Lavim ganz bestimmt nicht. Wenn er daran dachte, wurde ihm gleich flau im Magen. »Kelida, ich glaube nicht – tja, weißt du, ich kann so etwas nicht so gut und –«

Hilf ihr, Lavim.

Oh, aber ich finde nicht –

Halt seine Hand am Gelenk fest und streck seine Finger, wenn sie sie verbindet.

Jetzt rebellierte Lavims Magen wirklich. Reste vom Stinkespruch, sagte er sich und erinnerte sich lieber nicht daran, daß er als der Zauberer von dem Gestank überhaupt nicht betroffen gewesen war.

Nein, Pfeifer, sagte er schweigend. Ich glaube nicht, daß ich das will.

Pfeifers Stimme in seinem Kopf war sehr sanft.

Lavim, er wird diese Hand nie mehr benutzen können. Aber du kannst Kelida helfen, den Schmerz zu lindern.

»Na schön«, flüsterte Lavim.

Etwas fraß Stanachs Hand auf. Es nagte an einem Finger, zerkaute das Fleisch, spuckte die Knochen aus und ging zum nächsten über. Selbst stumm, doch umgeben von hohlen Stimmen, die ihm bekannt vorkamen, es aber nicht waren, versuchte er vergeblich zu schreien.

Drei!

(Zwei oder sieben...)

Vier!

(Einer oder sechs...)

Reorx! Ich bitte dich! Gnade, oder mach mich gefühllos!

Feuer rann an den Kanten von Wulfs Dolch entlang; der Stahl seiner Klinge versprühte Angst, die von den kalten, nassen Wänden der Höhle zurückprallte und in Stanachs Kopf widerhallte.

»Wo ist Sturmklinge?«

Fetzen der Dämmerung und ein Mitternachtsstern.

»Lyt Chwaer.«

»Einer noch, Stanach.«

Stanach hörte einen fernen Schrei. Schwach und sehr dünn zitterte er in der Dunkelheit um ihn herum.

Fünf!

»Ruh dich aus, junger Stanach«, sagte der Gott mit der Stimme eines alten Kenders. »Ruh dich aus.«

Stanach seufzte, als der saubere, kalte Wind der Berge seinen Schweiß trocknete und durch die widerhallenden Stimmen echote und sie wie Rauch zerstieben ließ.

Kapitel 3

Tyorl lief durch den gefrorenen Matsch am Flußufer. Der Wind über dem Wasser wehte kalt aus den Bergen im Osten heran. Der Elf fand, daß es nach Schnee roch. Sein Instinkt verriet ihm, daß die Nacht zwar noch viele Stunden entfernt war und daß sie auch wirklich eine gute Strecke von diesem verwünschten Ort fortkommen mußten, aber daß sie auch Feuer, Essen und einen Platz für Stanach brauchten, wo er bis zum Morgengrauen soviel Kraft wie möglich sammeln konnte.

Er wollte Stanach irgendwie auf die Beine bringen. Der einäugige Theiwar konnte immer noch irgendwo lauern. Er war zwar allein, doch er war das, was die Zwerge *Derro* nannten. Tyorl hatte genug Zeit an der Grenze zu Thorbardin verbracht, um über einen gewissen Wortschatz auf Zwergisch zu verfügen. *Derro* bedeutete halb verrückt und offenbar dazu fähig, allein von Haß zu leben. Er war Zauberer und dazu ein gefährlicher.

Tyorl trat einen kleinen Stein ins Wasser, was er in dem Moment bereute, wo er ihn aufplatschen hörte. Kindisches Benehmen wie das hier bringt uns alle noch vor dem Morgen um, dachte er. Kindisches Benehmen wie das hier und der unerwartete Umschwung seiner Gefühle Kelida gegenüber. Im Tunnel hatte er sich ihretwegen zurückgehalten, weil er sich um sie sorgte. Lavim hätte seine Hilfe gebraucht, und wenn er sie geleistet hätte, wäre der Theiwar jetzt kein Problem mehr; er wäre tot.

Verdammt! Diese Frau läuft nicht durch den Wald und setzt ihr Leben aufs Spiel, weil Hauk dir wichtig ist! Sie macht das, weil er ihr wichtig ist. Hauk hatte das Tenny's ohne sein Schwert, aber mit dem Herzen des Schankmädchens verlassen. Wußte er das?

Tyorl schüttelte den Kopf. Er glaubte nicht, daß Hauk noch lebte und es wußte. Um seines Freundes willen hoffte er, daß er nicht mehr am Leben war.

Der Elf unterdrückte mit zusammengebissenen Zähnen einen Fluch und begann zu rennen. Der tote Theiwar lag genau vor der Flußkrümmung.

Ein Pfeil ragte aus der Brust des Zwergs. Vier dünne, blaue Streifen kennzeichneten den Pfeil eine Daumenlänge über dem Ansatz der Befiederung. Er kannte das Zeichen gut und die graue Befiederung mit der schwarzen Hahnenfeder um so besser. Finn!

Er sah sich rasch um. Der unablässig murmelnde Fluß verlief links von ihm. Schwarze Schatten und noch schwärzere Bäume des Waldes standen auf dem Hang zur Rechten. Tyorl zog dem Zwerg den Pfeil aus der Brust und stand auf. Dann stieß er das schrille »Kiii-jiiir!« des rotschultrigen Falken aus, das von der Baumwand des Waldes zurückgetragen wurde. Es gab nur eine Antwort auf diesen Schrei, das durchdringende, aufsteigende Lied der Drossel. Tyorl hörte es fast augenblicklich und lachte laut vor Erleichterung.

Groß und dünn wie ein Zaunpfosten stand Finn zwischen zwei Bäumen auf dem Hang. Tyorl sah sein Lächeln nicht, aber er hörte es aus der Frage heraus.

»Wo warst du, Elf?«

»Ich habe dich gesucht, Herr, und gehofft, daß du mich findest.« Er trat gegen den Körper, der neben seinen Füßen lag. »Hast du noch mehr von denen gesehen?«

»Nur den da. Er hat die Armbrust zu schnell hochgerissen, als er mich sah. Ließ mir keine Zeit, nach anderen zu fragen.«

Finn kam den Abhang heruntergesprungen. Zwei nachtschwarze Schatten lösten sich vom Wald und folgten ihm. Lehr überholte den Anführer der Waldläufer; Kembal, sein Bruder, kam hinterher.

Lehrs dunkle Augen leuchteten vor Freude, und sein struppiges, schwarzes Haar war vom Wind zerzaust, als er Tyorl zur Begrüßung auf die Schulter schlug. »Wo ist Hauk? Er schuldet mir seit über einer Woche drei Goldstücke oder zwölf Stahlmünzen. Ich dachte schon, ihr würdet absichtlich nicht kommen, weil er sie in der Stadt nicht ergattern konnte.«

Tyorl schüttelte den Kopf. Die Freude des Wiedersehens verflog. »Er ist nicht da, Lehr.« Er zeigte zu der Höhle am Fluß. »Kem, du wirst da hinten gebraucht. Aber paß auf deine Sachen auf. Da drin ist ein Kender, der angeblich vier Zwerge getötet hat.«

Tyorl betrachtete den Pfeil, den er noch in der Hand hielt. »Ich weiß, daß er drei umgebracht hat. Drei oder vier. Wahrscheinlich wird es ihm bald langweilig, stolz auf sich zu sein, und dann wird er sich nach neuen Schwierigkeiten umsehen, in die er sich stürzen kann.«

Lehr lachte, aber sein Bruder nickte nur und ging zur Höhle.

»Begleite ihn, Lehr«, sagte Finn ruhig. Als sie allein waren, nahm der Anführer der Waldläufer seinen Pfeil von Tyorl entgegen und überprüfte die Federn. Sie waren noch gut, deshalb steckte er den Pfeil wieder in den Köcher. »Schön, dich zu sehen, Tyorl.«

Der Elf sah zum Wald zurück. »Ganz meinerseits, Herr. Sind die anderen bei dir?«

»Nein, ich habe sie sechs Meilen nördlich zurückgelassen. Lehr fand gestern deine Spur. Wir wären früher gekommen, aber Verminaard scheint seinen Grenzkrieg vorantreiben zu wollen. Wir hatten die letzten drei Tage zu tun.« Finn lächelte kalt. »Versorgungstrupps überfallen.«

»Hatten wir Verluste?«

»Nein, obwohl Kem vor ein paar Minuten wegen dem Gestank von da drüben sein Innerstes nach außen gekehrt hat. Wo kam das her? Wenn du sagen würdest, aus dem Abgrund, würde ich es dir wahrscheinlich sogar glauben.«

Tyorl seufzte, als ihm plötzlich klar wurde, wie müde er war und was für eine merkwürdige Geschichte er zu erzählen hatte. »Das ist eine sehr lange Geschichte.«

»Zweifellos.« Finn sah ihn scharf an. Dann wurde sein Blick

milder. »Tyorl, wir haben keine Spuren von Hauk gefunden. Ist er tot?«

»Ich weiß es nicht. Ich glaube, er ist in Thorbardin.«

Finn sagte einen Moment gar nichts, sondern sah nur über den Fluß zu den Vorbergen im Osten hinüber. Thorbardin war fast hundert Meilen entfernt. »Komischer Platz für ihn, ob tot oder lebendig, hm?«

Komisch? O ja, dachte Tyorl, verdammt komisch.

»Ich warte auf deinen Bericht!«

»Gut, Herr, aber du wirst mir vielleicht nicht alles glauben.«

Finn trat von dem toten Theiwar zurück und hockte sich hin. »Erzähl.«

Tyorl setzte sich neben ihn. Er sah den Wind über die dunkle Wasseroberfläche streichen und durch das braune Haar und den Bart des Zwergs wehen und hatte den Eindruck – wie in der ersten Nacht in Qualinesti –, daß Takhisis, die Königin der Finsternis, auf Krynn Einzug hielt.

Drachenkönigin hieß sie in Istar und Ergod. Das Volk von Eismauer kannte sie als die Verderbte. In Thorbardin nannten die Zwerge sie Tamex, das Unedle Metall.

Für dich hat sie sich als trügerisch genug erwiesen, sagte er schweigend zu dem Theiwar. Möge sie sich deinem Meister gegenüber als ebenso trügerisch erweisen!

Leise erzählte Tyorl seine Geschichte vom Königsschwert und von der Revolution, von den Waldläufern und dem Schankmädchen, der Verfolgung und der Flucht.

Am hohen, sternenklaren, kalten Himmel verschmolz das Licht der beiden gerade aufgegangenen Monde, des roten und des weißen, zu einem grellroten Schein. Nachtschwarz schoß wie eine schwarze Lanze durch den Kreis des roten Mondes. Mit

Verminaard auf seinen langen, kraftvollen Schultern strich Ember wie ein riesiger Schatten vor Solinari vorbei.

Die Augen gegen die bittere Kälte der Höhe wie auch gegen das Mondlicht halb geschlossen, legte Nachtschwarz seine breiten Schwingen an und schoß unter dem Roten hindurch. Beim Wiederauftauchen rollte der schwarze Drache über und kehrte an Embers Seite zurück, wobei er vor Lachen über die Verachtung des Roten für seine Kapriolen brüllte.

Nachtschwarz war es egal. Die feuchten Wände der Tiefen Höhlen sperrten ihn nicht mehr ein, und er fühlte nur die überschäumende, wilde Freude.

Zehn Meilen vor Thorbardin, am Südwestrand der Ebene der Toten, hatte Nachtschwarz Ember über die Wälder des Ostens gleiten spüren. Mit kräftigen Flügelschlägen hatte er an Tempo zugelegt und den Drachenfürsten mit seinem Reittier über den Bluthügeln eingeholt. Nachtschwarz hatte Ember beiläufig grüßend mit dem Flügel zugewinkt und dem Drachenfürsten die Situation in Thorbardin geschildert.

Die telepathische und gefühlsmäßige Verbindung zwischen Verminaard und Takhisis' Drachen war so stark, daß der Drachenfürst nicht nur den Sinn von Realgars Plänen verstand, sondern auch eindeutig mitbekam, wie Nachtschwarz ihre Erfolgsaussichten einschätzte.

Genau, bring ihm sein Königsschwert, Nachtschwarz. Hilf ihm, den ersten Streich seiner Revolution zu führen. Verminaards Zufriedenheit drang wie schwarzes Eis in Nachtschwarz' Kopf ein. *Dann bring mir dieses Sturmklinge, wenn du mir seinen Kopf bringst. Sie werden beide einen schönen Wandschmuck abgeben.*

Ember krümmte seinen langen Hals, und im hellen Schein eines Flammenstoßes aus seinem schmalen Maul sah Nachtschwarz ihre Schatten klein und deutlich über die Vorberge des Kharolisgebirges ziehen. Der Schwarze legte wieder die Flügel an und stieß tief zu den rollenden, graubraunen Hügeln hinab. Als Nachtwesen sichtete er vor dem Roten, was Ember suchte, und schickte das Bild von einem Haufen Waldläufer direkt zum Drachenfürsten.

Mehrere Meilen südlich von den Waldläufern entdeckte er die dunkle Wolke des Geistes des Grauen Herolds. Nachtschwarz stieß ein donnerndes Brüllen aus, drehte ab und tauchte hinunter.

Unten schoß der Drache die dünne, silberne Linie eines Flusses westlich der Hügel entlang. Bis zur Dämmerung waren es noch mehrere Stunden, und Nachtschwarz rechnete damit, vor Sonnenaufgang wieder im alten Thorbardin zu sein. Noch ehe die Sonne wieder unterging, würde Realgars Triumphschrei durch die Zwergenreiche hallen.

Die Monde wanderten dicht am Horizont über dem Wald nach Westen. Während Tyorl zusah, wie ihr seltsames, purpurrotes Licht die Baumwipfel berührte, dachte er über Finns Reaktion auf seine Geschichte nach. Tyorl wußte, daß der Anführer der Waldläufer nicht glaubte, daß Hauk noch am Leben war. Davon hatte ihn der Elf nicht überzeugen können.

»Wenn die Hoffnung des Mädchens jemanden am Leben erhalten kann, doch, dann lebt er.« Finns Augen verrieten Tyorl, daß er schon um Hauk trauerte. »Du willst nach Thorbardin.«

»Richtig, Herr, das will ich.«

Finn hatte lange nichts gesagt, sondern nur von Sturmklinge an Kelidas Hüfte zu Stanachs verstümmelter Hand geschaut, als Kem den notdürftigen Verband abnahm und das Mädchen ernst zu ihrer Arbeit beglückwünschte.

Tyorl stocherte in dem kleinen Feuer herum. Lavim hatte ungefragt Zunder und Brennholz gesucht und das Feuer etwas abseits von der Höhle angezündet. Der Kender hatte Pfeifers Flöte immer noch nicht gefunden.

Verloren, klar, dachte Tyorl. In deinen Taschen verloren, du Kobold! Freu dich ruhig an deinen nächtlichen Ausflügen, Lavim. Bei allen Göttern, ich werde dich festbinden und jeden Beutel und jede Tasche durchsuchen, wenn du zurück bist.

Plötzlich fuhr Tyorl herum, weil ein Stiefel leise an einen Stein gestoßen war und ein Mantel über Lederkleidung rieb. Kelida tauchte zögernd hinter ihm auf. Unter ihren Augen hatte sie dunkle Ringe.

»Störe ich?«

Tyorl schüttelte den Kopf. »Nein. Lehr hat zum Abendbrot ein paar Fische gefangen. Hast du Hunger?«

»Nein. Ich bin nur müde.« Sie setzte sich neben ihn und lehnte sich an die Außenwand der Höhle.

»Wie geht es Stanach?«

»Er schläft. Schläft richtig. Kem hat ihm eine Kräutermischung und ein paar Pulver eingeflößt. Er sagt, damit würde er schneller wieder zu Kräften kommen.«

»Das wird er. Kem ist ein guter Krieger und ein noch besserer Heiler. Ist er jetzt bei ihm?«

Kelida nickte. Sie starrte über den Fluß und lauschte dem Lied des ewig wandernden Wassers. »Du hast viel Zeit an diesen Grenzen verbracht, oder?«

»Ein paar Jahre.«

»Als ich Stanachs Hand gesäubert und verbunden habe, hat er etwas gesagt. Es war in einer Sprache, die ich nicht verstehe.«

»Zwergisch wahrscheinlich.«

»Vielleicht. ›Lit Kwer‹, sagte er.«

»*Lyt Chwaer*, hm? Kleine Schwester. Nun, er hatte Schmerzen und war vielleicht nicht ganz da. Es ist nicht ungewöhnlich, daß er nach seiner Familie ruft.« Tyorl schüttelte den Kopf. »Stanach hat also eine jüngere Schwester? Er hat gesagt, daß Kyan Rotaxt sein Vetter war, aber irgendwie hatte ich mir nie vorgestellt, daß er Verwandte hat oder irgend etwas außer seinem verwünschten Königsschwert.«

Der Fluß plätscherte am Ufer entlang. Tyorl warf einen Zweig in das kleine Feuer. Er lächelte Kelida an und zeigte auf den untersetzten jungen Mann, der rastlos mit langen Schritten am Ufer Wache ging. »Der da erinnert mich manchmal an Hauk. Finn nennt uns seine Alptraum-Truppe. Wir nennen Lehr ›Finns Alptraum‹.«

»Warum?«

»Weil er impulsiv und rastlos ist, und immer versessen auf einen guten Kampf.«

Der Wind wurde kälter und fegte mit trauernder Stimme über das Wasser. Kelida kroch tiefer in ihren grünen Mantel. »Ist das bei einem Waldläufer nicht wünschenswert?«

Tyorl beantwortete ihre Frage mit einer anderen. »Siehst du keinen Unterschied zwischen ihm und Hauk?«

»Ich kenne Hauk nur von diesem einen Abend im Tenny's. Aber da habe ich …«

Tyorl starrte ins Feuer. »Was?«

»Ich weiß nicht, Tyorl. Ich dachte, daß er etwas – jemand – wäre, den ich mögen könnte.«

Mögen, fragte er sich, oder lieben?

Der Wind drehte und blies jetzt aus Nordosten den Fluß hinauf. Lehr gab sein rastloses Gerenne auf und stand still am Wasser.

»Er ist ein sympathischer Bursche, unser Hauk.«

»Aber ist er auch zu sehr auf Kämpfen aus?«

Tyorl schüttelte den Kopf. »Nein, überhaupt nicht. Normalerweise behält er einen kühlen Kopf. Er ist ein Mann, von dem man sich gern den Rücken decken läßt, aber wie Finns Alptraum da drüben ist er jung. Ich glaube, das ist der eigentliche Grund, warum Lehr mich an ihn erinnert.«

Kelida erinnerte sich an jene, jetzt so ferne Nacht in Langenberg, die Nacht, in der Hauk ihr Sturmklinge gegeben hatte. Sie erinnerte sich daran, wie Tyorl sich in jener Nacht verhalten hatte, nachlässig amüsiert über die extravagante Entschuldigung seines Freundes. Er hatte zugesehen, wie sie die Bier- und Weinflecken von der Theke schrubbte, und sie hatte bei der Arbeit die beiden Waldläufer verglichen: Hauk so dick und mächtig wie ein Bär, Tyorl wie ein leichtfüßiger Hirsch. Damals hatte sie gedacht, daß es schwierig, wenn nicht unmöglich sein mußte, einem Elf sein Alter anzusehen.

Sie sah ihn an. Sein sonnenfarbenes Haar wurde vom kalten Wind zerzaust, die blauen Augen waren weich von sanften Gedanken, die langen Beine kreuzten sich im Schneidersitz, als er sich zum Feuer lehnte. Die Aura eines Waldläufers aus dem Grenzland, Gefahr und Romantik, umgab den schlanken, durchtrainierten Mann. Man konnte sich unmöglich vorstellen, daß er mehr als nur ein paar Jahre älter war als Hauk.

»Ich denke«, sagte sie langsam, »daß wir dir alle jung vorkommen.«

»Nun, manchmal stimmt das. Ich habe einhundert Sommer gesehen, Kelida. Darum kommt ihr mir jung vor, du und Hauk. Bei meinem eigenen Volk bin ich jedoch selbst ein junger Mann.« Er lächelte und zuckte mit den Schultern. »Es verwirrt mich nur, wenn ich nicht bei Elfen lebe. Da sind all die Jahre...«

Er klopfte auf seine Brust, die plötzlich eng war und weh tat. »Und dann ist da dieses Herz, das mich daran erinnert, wie jung ich wirklich bin.«

Lehr verließ seinen Posten und tappte mit gesenktem Kopf wie ein Hund, der Ärger wittert, flußaufwärts nach Norden. Tyorl, der diesen Ausdruck kannte, sprang auf. »Kelida, hol Finn.«

Sie spürte die plötzliche Anspannung in seiner Stimme und erhob sich. Bevor sie eine Frage stellen konnte, war er schon fort und rannte zum Wasser hinunter.

Lavim roch den Rauch gerade, als der Wind umschlug. Auf dem Bauch am Fluß liegend, dachte er an Lagerfeuer und Wärme. Ein bißchen Wärme konnte er jetzt wirklich vertragen. Sein alter, schwarzer Mantel lag neben ihm auf dem Ufer, und er war bis zu den Schultern naß, weil er versucht hatte, Fische mit den Händen zu fangen, wie er es vorher bei Lehr gesehen hatte.

Man sollte doch meinen, sagte er zu sich selbst, daß es genauso einfach ist, wie es aussieht!

Nichts ist so leicht, wie es aussieht, Lavim.

Lavim sagte nichts, sondern tauchte seine Hände wieder in das eisige Wasser. Zu spät! Der Barsch flutschte ihm durch die Finger und kitzelte seine Handfläche, als er aus dem Flachen unter der Böschung zur Flußmitte schoß. Lavim riß seine Hände aus dem eisigen Wasser, schüttelte sie ab und steckte sie unter seine Arme.

Es ist alles eine Frage der Perspektive, Lavim. Wenn du ins Wasser schaust, siehst du nicht, was du zu sehen glaubst. Der Fisch übrigens auch nicht, wenn er nach oben guckt.

»Aaaha«, machte Lavim. »Du weißt das, weil du die meiste Zeit deines Lebens ein Fisch warst, was?«

Um genau zu sein, grummelte Pfeifer, *glaube ich, daß jetzt der Falsche von uns empfindlich ist. Ich bin schließlich der, der tot ist. Wenn jemand empfindlich sein darf, dann bin das ich.*

»Ich bin nicht empfindlich. Ich versuche, unser Frühstück zu fangen. Pfeifer«, sagte er plötzlich, »es tut mir leid, daß du tot bist. Ich habe dich nicht gekannt, als du gelebt hast, aber – es tut mir leid. Wie fühlt sich das an, Totsein?«

Pfeifer schwieg eine Weile. *Es fühlt sich eigentlich nach überhaupt nichts an.*

»Wo bist du?«

Ich bin in deinem Kopf und in der Zwischenwelt.

»Wie sieht es da aus?«

Pfeifer lachte. *Es ist neblig – an beiden Orten. Lavim, da ist ein neuer Fisch für dich.*

Eine braune Forelle, die fast so lang und dick war wie der Barsch, glitt durch das stille, seichte Wasser. Ein gemächlicher Schwanzschlag brachte den Fisch in das dicke Gras, das genau unter der Wasseroberfläche wogte. Lavim hob grinsend beide Hände, um erneut zuzuschlagen.

Ziel ein bißchen weiter vor und zur Seite.

»Warum?«

Weil du Forelle zum Frühstück willst.

Da das ein vernünftiger Grund war, tat Lavim das, was Pfeifer ihm geraten hatte.

»Ha!« krähte er, als seine Finger sich um die Forelle schlangen. Er riß den Fisch, der im Mondlicht tropfte und glitzerte, aus dem Wasser. »Ich hab' dich!« Aber die Forelle zappelte und drückte gegen seine Handflächen, so daß Lavim fasziniert von dem Gefühl von Schuppen in den Händen etwas losließ. Als hätte er Flügel, sprang ihm der Fisch aus den Händen und ins Wasser zurück.

»Verdammt!« Enttäuscht legte sich Lavim auf den Rücken. Es war zu kalt, um seine blaugefrorenen Finger noch einmal ins Wasser zu stecken. Der Geruch nach Feuer wurde im Wind stärker. »Was machen die eigentlich mit dem Feuer? Die werden noch –«

Lavim!

»O Götter, Pfeifer, brüll doch nicht so! Mir platzen gleich die Ohren! Was ist?«

Drachen!

»Wo?« Lavim schnappte Mantel und Hupak und krabbelte auf die Füße, wobei seine Augen den Himmel absuchten. »Wo?«

Im Norden! Zurück zum Lager, Lavim! Einer ist über dem Wald und kommt auf den Fluß zu!

Frohlockend rannte Lavim in das Lager am Fluß. Immer redeten alle über Drachen: rote, schwarze, blaue und grüne, ein ganzer Regenbogen. Lavim hatte erst einmal einen gesehen – den Roten, der jeden Tag hoch über Langenberg geflogen war.

Der Kender lachte laut, als er zur Höhle jagte, wobei er versuchte, Himmel und Erde gleichzeitig im Blick zu behalten. Jetzt würde sich sein Glück wenden.

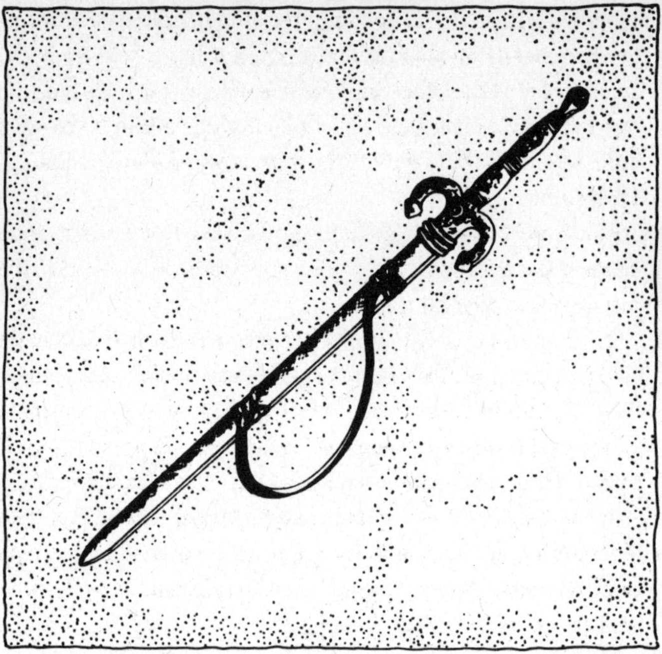

Kapitel 4

Hauks Träume waren aus Stein und huschten so leise wie Geister über die nahe Wand der Zelle. Als sie zum erstenmal aufgetreten waren, hatte er sie für Vorboten des Wahnsinns gehalten.

Das war ihm jetzt egal. Er wartete auf den Tod und darauf, diesmal wirklich zu sterben. Obwohl Realgar keine Fragen mehr stellte und ihm keine schrecklichen Trugbilder mehr zeigte, hatte er immer noch Spaß an seinem Todesspiel. So plötzlich wie ein Falke, der hinunterschießt, oder so faul wie ein am Himmel kreisender, wartender Geier lebte der Tod in diesem feuchten Grab, flüsterte seinen Namen, grapschte mitunter mit kalten Händen nach ihm und zerrte ihn durch schwarze Tore in ein Reich, wo die Luft mit eisigen Zähnen an seinen Lungen nagte.

Hauk hatte längst aufgehört, seine Tode zu zählen. Er lag nur noch in der Dunkelheit und betrachtete die Träume, die über die rauhe Steinwand glitten.

Er sah den Wald. Qualinesti, die grüne, schattige Heimat der Elfen, wurde von dicken, honiggoldenen Säulen aus Sonnenlicht erhellt. Wie ein Traum in einem Traum zog Tyorl durch Haine und dichte Gruppen von Kiefern und Pappeln. Ein seltsamer Ausdruck stand in seinen Augen, den schmalen, blauen Augen, die Hauk so gut kannte: Augen eines Freundes. Schmerz lag in ihnen und Kummer und – beinahe – Resignation. Er folgte Pfaden, die nur die Elfen kannten. Und immer war er auf der Suche.

Wie im Wind treibender Rauch veränderte sich der Traum, und Hauk war wieder in der Taverne in Langenberg. Ein Mädchen mit kupferroten Zöpfen und blattgrünen Augen lächelte ihn an.

Genau, dachte er, aber das hat sie doch nie getan? Sie war bloß ängstlich vor ihm zurückgewichen und hatte ihm dann in plötzlichem Zorn ins Gesicht gespuckt. Als der Zorn verflogen war, war sie auf der Hut gewesen. Kein Lächeln.

Wie sie wohl hieß? Er würde es nie erfahren.

Er betrachtete die Wand genauer, um den Traum und ihr Gesicht besser erkennen zu können. Groß war sie, zumindest für ein Mädchen. Sie war nur eine Handbreit kleiner als er. Das Mädchen. Das Schankmädchen. Wie sie wohl hieß?

Die Szene an der Wand schimmerte und verblaßte, und aus Angst, daß er dieses Mädchen aus den Augen verlieren würde, die einzige Erinnerung, die Realgar nie aus ihm herausgelockt hatte, griff Hauk hin. Seine Hand tastete sich zur Wand.

Genau, groß, dachte er, als der Traum plötzlich deutlicher wurde. Sie sah aus wie eine Jägerin oder sogar eine Waldläuferin, denn sie trug ein Schwert und hatte einen Mantel von der Farbe ihrer Augen, dazu lederne, sturmgraue Jagdkleider.

Jägermädchen, Waldläufermädchen, wie heißt du?

Als er diese stumme Frage stellte, drehte sie sich um. Ihr Gesicht war weiß, die Augen dunkle Smaragde. Mit anmutiger, einladender Geste streckte sie die Hand aus. Ein kaltes Licht blitzte auf Gold und Saphiren.

Sie trug sein Schwert, das Realgar Sturmklinge nannte, an der Hüfte.

Der Traum zersprang splitternd durch einen Blitz aus brennendem Schmerz, der seine Wirbelsäule hinunterjagte. Hauk schrie auf vor Kummer um den gemordeten Traum, und der Schrei hallte von den Gefängniswänden zurück.

Jemand hielt eine Laterne hoch. Eine alte, trockene Stimme ertönte aus den Schatten hinter dem Licht.

»Er wird es nicht bekommen. Das wird er nicht.«

Hauk kannte die Stimme. Alt und verrückt, durch Flüstern wie Spinnweben zusammengehalten, hatte er sie oft an den Rändern seiner Alpträume vernommen, wie sie lachte oder schluchzte, wenn er starb.

Stöhnend stellte Hauk die Frage, auf die er nie eine Antwort erhalten hatte. »Wer bist du?«

Bisher war die Stimme bei dieser Frage immer verschwunden, war von den schlurfenden, kratzenden Begleitgeräuschen des Rückzugs mitgenommen worden. Dieses Mal nicht.

»Er wird es nicht bekommen. Hoch, Junge, hoch!«

Hauk konnte nicht aufstehen. Knorrige, zitternde Hände voller Narben berührten die schmerzverzerrten Züge seines Gesichts.

»Meine Sturmklinge, er will meine Sturmklinge. Er glaubt, daß er sie gefunden hat, Junge. Er glaubt, er hat sie gefunden.«

Angst durchschoß Hauk. Rauch stieg wie Totenfahnen aus der Öllampe auf. Orangefarbenes Licht spritzte durch die Dunkelheit. Hauk rollte auf den Rücken und schaute einem Zwerg ins Gesicht. Weißes Haar hing lang und ungekämmt über seine Schultern. Ein völlig verfilzter Bart ging ihm fast bis zur Taille. Auf seinem Gesicht standen Tränen, in seinen braunen Augen stand Entsetzen.

Obwohl es ihn jeden Rest Kraft kostete, hob Hauk die Hand und erschrak dabei über das Geräusch und das Knacken seiner Gelenke. Er packte den Zwerg am Handgelenk. Der Schrecken flackerte in dem alten, bärtigen Gesicht auf, als er dem in die Augen sah, den Realgar vor seinen Augen viele, viele Male umgebracht hatte.

Höhle folgte auf Höhle: Felswände erhoben sich zu schattenverhangenen Decken auf, es roch kalt nach Wasser und nach Stein.

Er war stark, dieser Zwerg, obwohl er so alt wie die Berge selbst zu sein schien. Der Zwerg zuckte jedesmal zusammen, wenn er Hauks Gewicht stützen mußte oder seine Hand an seinen Armen spürte. Es machte ihm zu schaffen, aber er hielt es aus. Er wollte den Waldläufer unbedingt aus dieser Kerkerhöhle fort und an einen Ort bringen, der hoffentlich eine sichere Zuflucht vor Realgar darstellte.

So kamen sie schließlich zur letzten Höhle. Der Zwerg führte

Hauk zu einer einfachen Pritsche an der gegenüberliegenden Wand. Mit vier Decken war sie warm und kam ihm trotz des kalten Steins darunter so schön und einladend wie ein fürstliches Bett vor. An den Wänden der Höhle hingen Fackeln in gleichmäßig verteilten, sorgfältig gearbeiteten Eisenhalterungen. Der Ort war so gut belüftet, daß ihr Rauch kaum zu riechen war.

Der Zwerg, der so leise vor sich hin redete, als ob er Hauks Erholungspause um keinen Preis stören wollte, lief herum und prüfte kleine Haufen Vorräte und Wasserflaschen. In der Mitte der Steinkammer stand ein niedriges Kohlebecken, an dem der Zwerg von Zeit zu Zeit anhielt, um das Feuer zu schüren. Dann sah er jedesmal zu dem Waldläufer hin und hörte auf zu plappern.

Hauk musterte ihn sorgfältig. Die braunen, alten Augen waren eindeutig verrückt, aber jetzt flackerte etwas Neues in ihnen, das einen Herzschlag lang zu sehen war und dann wieder verflog, von Schmerz, Sehnsucht und Angst verjagt. Das Neue war Wiedererkennen. Hauk wußte nicht, warum es da war. Er würde nie erraten können, was der Zwerg wiedererkannte.

Es war ihm auch egal. Er gab ihm nichts zurück, nicht einmal ein Zwinkern, um das kalte, unablässige Starren zu unterbrechen, das den alten Zwerg sichtlich erschreckte.

Stück für Stück kehrten Hauks Kräfte zurück wie die Flut, die bei Morgengrauen an den leeren Strand rollt. Damit wuchsen auch Wut und Haß. Er würde geduldig auf eine Gelegenheit zur Rache warten, egal, wie lange er warten mußte.

Dann würde er aufstehen und dem alten Bastard mit bloßen Händen das Herz herausreißen und es auf dem Stein zermalmen.

Kapitel 5

Stanach hob seine rechte Hand mit der linken hoch. Unter den Bandagen lagen die gebrochenen Finger schwer und gefühllos wie Eisenstäbe in seiner Handfläche. Obwohl er auf wackligen Knien stand, wies er Kems Unterstützung zurück und versuchte erst einen, dann zwei taumelnde Schritte. Nachdem er tief Luft geholt hatte, lief er zum Eingang der Höhle. Der Waldläufer hatte ihm zugesichert, daß er seine Kräfte bald zurückgewinnen würde.

An die Steinwand der Höhle gelehnt, sah Stanach aufs Wasser hinaus. Er hoffte, daß Kem recht hatte. Rauch trieb wie dunkler Nebel von kaltem, starkem Wind gesteuert über den Fluß. Der Himmel hoch über dem Wald glänzte rot. Kelida, die immer noch Sturmklinge trug, rannte den kurzen Weg über die Böschung zu Lavim. Der Kender tanzte vor Aufregung. Kelida packte seine Arme und hielt ihn so still, damit er zuhörte, was sie ihm zu sagen hatte. Daraufhin sprang Lavim mit baumelnden Beuteln flußabwärts zu dem Punkt, wo Tyorl am Wasser entlanglief.

Unter Stanachs Augen kamen zwei Waldläufer aus der Dekkung des Waldes und schlossen sich dem Elf am Fluß an. Der eine, Finn, zeigte nach Norden.

Stanach drehte sich in Richtung Höhle um. »Was ist los?«

Kem, dessen Gesicht sorgenvoll und düster war, packte gerade seine Heilmittel ein. Er sah auf. »Waldbrand, sagen sie. Wir müssen hier weg, Stanach. Kannst du laufen? Finn will hier den Fluß überqueren und ihn so schnell wie möglich zwischen uns und das Feuer bringen.«

»Ach, will er das? Dann sollte ich besser laufen können.« Stanach milderte sein Grollen durch ein Schulterzucken ab.

Lehr betrat die Höhle. Sein zottiges Haar war vom Wind zerzaust. Er und sein Anführer waren so weit in den Wald eingedrungen, daß der Brandgeruch in ihrer Kleidung hing. Lehr sah Stanach forschend an. Dann schlug er dem Zwerg so fest auf die Schulter, daß dieser dankbar war, daß hinter ihm die Wand war. »So, du schaffst es also auf eigenen Füßen, was? Gut. Los, Kem, laß uns gehen.«

Kembal warf seinen Medizinbeutel über die Schulter. »Wie weit nördlich ist das Feuer? Verdammt, Lehr! Wie ist das passiert?«

»Nicht sehr weit, und es kommt rasch näher.« Der Waldläufer überprüfte die Höhle, ob sie auch nichts vergessen hatten, und warf einen kurzen Blick zum Fluß zurück. »Wir glauben, daß die vordersten Flammen zwischen uns und dem Rest der Gruppe sind, aber wir wissen nicht, wo die Flanken sind, und wir hatten keine Zeit nachzusehen. Finn sagt, der einzige Ort, wo wir die anderen finden können – oder sie uns –, ist das Ostufer.«

Der Waldläufer war fort, bevor Stanach oder Kembal gemerkt hatten, daß er die Frage nach dem Ursprung des Feuers nicht beantwortet hatte. Kem verzog ungeduldig das Gesicht.

Stanach verließ die Höhle mit seinem Schwert auf dem Rükken und mit Angst im Bauch.

»Hier ist keine starke Strömung«, sagte Tyorl, »und das Wasser geht nur ungefähr bis zum Bauch. Schaffst du das, Stanach?«

Ob seine wiedergewonnenen Kräfte jetzt auf den Trank des Heilers zurückgingen oder auf die Drohung der fernen, prasselnden Geräusche des anrückenden Feuers – Stanach wußte, daß er mit seinen Gefährten im Fluß Schritt halten konnte. Er schaute kurz zum Himmel. Die Monde waren untergegangen. Der karmesinrote Schein über dem Wald wirkte wie eine unheilvolle Morgendämmerung.

»Ja, ich schaffe es.«

Obwohl der Elf nickte, sah Stanach den Zweifel in seinen Augen. »Ich bleibe direkt hinter dir. Kem sagt, du solltest aufpassen, daß deine Hand nicht naß wird.«

Finn ging als erster ins Wasser, wobei er seinen Langbogen über den Kopf hielt. Der Rauch, der den Fluß herauftrieb, machte ihn unsichtbar, bevor er sehr weit gewatet war.

Stanach hielt seine verbundene Hand in die Luft, vertraute

darauf, daß seine gutgeölte Lederscheide das Schwert auf seinem Rücken schützen würde, und folgte Finn in den Fluß.

Als das eisige Wasser ihn erfaßte, gewaltsam an seinen Knien zerrte und ihm dann um die Brust wirbelte, schnappte Stanach nach Luft. Die Kälte tat seinen Knochen und Muskeln weh und betäubte seine Füße, als ob sie nicht in dicken Stiefeln steckten.

Als nächste wateten Tyorl und Kelida hinein. Nach Finns Vorbild hob das Mädchen Sturmklinge, das sie in ihren Mantel gewickelt hatte, hoch über den Kopf, um besser das Gleichgewicht zu halten und damit das Schwert trocken blieb. Kem sicherte die Durchquerung des Flusses seitlich und war auf dem Sprung, falls jemand in dem schneller werdenden Strom Hilfe benötigte. Lehr hielt sich nahe bei Kelida. Wenn sie es brauchte, reichte er ihr stützend die Hand. Einmal schlang er ihr den Arm um die Taille und zog sie eng an sich, als die Strömung an ihren Füßen riß.

Lehr lachte laut, als er Kelida wieder abstellte. Dem Waldläufer machte es eindeutig nichts aus, daß ihm ein hübsches Mädchen in triefnasser Lederkleidung am Hals hing. Tyorl wirkte, als wenn es ihm viel ausmachte. Überrascht stellte er fest, daß er überlegte, ob die Breitseite seines Schwerts dem unverschämten jungen Waldläufer wohl ein paar Manieren beibringen konnte. Dann zog Tyorl an Stanach vorbei, der bereitwillig etwas zurückfiel.

Lavim hatte keinen bestimmten Platz in der Reihe. Indem er sich dem Unvermeidlichen fügte, sprang er in den eisigen Fluß und pflügte mit der Begeisterung eines Fisches – aber ohne dessen Grazie – durch das Wasser.

Als Stanach endlich auf das steinige Ostufer trat, war er benommen vor Kälte, fühlte sich scheußlich und war froh, wieder festen Boden unter den Füßen zu haben. Er drehte sich in die

Richtung um, aus der er gekommen war. Wie der Atem eines Geistes verschleierte der dunkle, wabernde Rauch das jenseitige Ufer. Kelida legte ihm die Hände auf die Schultern.

»Geht es dir gut?«

»Ja«, sagte Stanach, obwohl er sich nicht sicher war. Nach der Überquerung des Flusses war ihm sehr kalt geworden.

Finn zeigte mit dem Daumen auf die niedrigen Hügel. Kem bildete rechts die Vorhut, und Tyorl bestand darauf, daß Lehr ihn links begleitete. Lavim schüttelte sich wie ein nasser Hund, eilte vor und ließ die beiden Waldläufer rasch hinter sich.

Der aufdringliche Geruch des brennenden Waldes folgte ihnen ins Hügelland. Das Gelände auf der Ostseite des Flusses war steinig und stieg an. Niedriges Gestrüpp kauerte sich in flächendeckendem Dickicht zusammen. Nach Osten erstreckten sich Hügel, dann hohe Berge. Kelida, die in Gedanken versunken war, paßte ihr Tempo dem Stanachs an. Jedesmal, wenn sie sich umsahen, erblickten sie den leuchtend roten Schein des Feuers am Himmel.

»Guyll Fyr«, flüsterte Stanach, als er stehenblieb und zusah, wie das Feuer nur eine Meile von der Flußhöhle entfernt einen Busch erfaßte. Trotz des beißenden Windes und der kalten Luft der frühen Morgenstunden lief ihm der Schweiß über die blassen Wangen, glitzerte an den Rändern seines Schnurrbarts und auf seinem dicken, schwarzen Bart. Als Kelida sah, daß er eine Rast brauchte, hielt sie mit ihm an.

Stumm probierte sie seine Worte aus. Dann sah sie auf und versuchte es laut: »Guill Feuer?«

Stanach lächelte schief. »Beinahe. Buschbrand.« Der Zwerg zeigte nach Süden am Waldrand entlang. »Das Unterholz ist verkohlt, aber in den Baumwipfeln brennt es noch. Wenn der Wind umspringt, kommt es über den Fluß.«

»Das ist ein Buschbrand?«

Stanach suchte die Dunkelheit vor ihnen ab. Kembal wartete am Fuß einer Bergkette. »Nein«, sagte er, als er wieder losging. »*Guyll Fyr* wird es erst, wenn es in etwa dreißig Meilen die Ebene der Toten erreicht.«

Wenn der Wind richtig steht, dachte er finster, wird es morgen soweit sein.

Mehr sagte er nicht, weder über das Feuer noch über etwas anderes. Er mußte sich jetzt aufs Laufen konzentrieren. Kelida ging kurz vor ihm und hatte die Augen auf den dunklen Boden geheftet. So fand sie das Geröll auf dem Pfad und die Löcher und Mulden im Steinboden immer rechtzeitig genug, um nach seinem Arm zu greifen, bevor er stolperte.

Seine rechte Hand hing wie ein Stück Eisen gefühllos und schwer herunter. Stanach erinnerte sich an das Feuer, das erst Stunden zuvor gnadenlos in dieser Hand gebrannt hatte. Jetzt spürte er die Schmerzen nicht mehr. In seiner Brust wurde es kalt, sein Magen krampfte sich zusammen.

Er fragte sich, wie lange Kembals Salben wohl wirken würden.

Tyorl hockte auf dem Berg und suchte am Himmel nach Anzeichen der Morgendämmerung. Die verblassenden Sterne verrieten ihm, daß der Horizont heller werden sollte, doch Feuerschein erleuchtete den Himmel, seit die Flammen den Wald erfaßt hatten und rasch nach Süden und Osten vordrangen. Sie übertönten jeden Anklang der frühen Dämmerung.

Hatte das Feuer den Fluß schon überquert? Tyorl glaubte es nicht. Er stand auf und streckte seine schmerzenden Glieder. Wann hatte er zuletzt geschlafen? Wann würde er wieder schlafen dürfen?

Finn, dessen scharfe Augen den Boden am Fuß des Hügels absuchten, stieß Tyorl an. Kem lief den Abhang hinunter, um Stanach und Kelida zu helfen. »Der Zwerg braucht bald eine Pause. Und so wie er aussieht, wird das schon unten am Hügel sein.«

»Wir können hier keine Rast machen. Das Feuer könnte über den Fluß kommen.«

Finn schnaubte. »Es wird über den Fluß kommen.«

Einen Augenblick standen sie schweigend da. Tyorl suchte den Westen ab, während er sich fragte, ob die anderen dreißig Waldläufer den Flammen entkommen waren. Er blickte zu Finn und sah dieselbe Frage im wettergegerbten Gesicht des Waldläufers. Und die Antwort in seinen Augen.

Sie konnten nicht entkommen sein. Sechs Meilen weiter nördlich war der Fluß ein wildes, tückisches Gewässer, das nicht zu überqueren war. Das Feuer mußte ungefähr am Lager von Finns Gruppe ausgebrochen sein. Was war passiert?

Ihr Götter, betete Tyorl, was er nicht oft tat, *schenkt ein paar von ihnen das Leben, wenn Ihr schon nicht alle leben lassen könnt!*

Kerrit. Bartt. Der alte Gart. Die Namen und die Gesichter der dreißig Menschen und Elfen, die so viele Jahre seine Freunde gewesen waren, schienen sich im Rauch zu formen. Tyorl erschauerte. So schnell konnten sie sterben, seine Freunde, so leicht, wie der Wind den Rauch verteilt.

Finn umrundete die Spitze des Hügels und kehrte wieder zurück. »Ich wüßte gern, wo der Kender hingelaufen ist.«

»Geht mir zweifellos aus dem Weg«, sagte Tyorl.

Finn grunzte. »Kommt er zurück?«

»Er ist ein Nachtschwärmer, aber er kommt immer zurück. Um so schlimmer für mich.«

»So?« Finn betrachtete den Elf nachdenklich. »Ich dachte, ihr wäret Freunde. Habt ihr Ärger miteinander?«

»Eins schließt das andere nicht aus«, sagte Tyorl müde.

Die Monde waren längst untergegangen. Sie konnten keine Schatten mehr werfen. Und trotzdem sah Tyorl plötzlich einen riesigen Schatten von Gefahr und Verhängnis.

Finn stieß einen Fluch aus. Wie als Echo kam Lehrs Entsetzensschrei von unten, als dieser seinem Bruder eine Warnung zurief.

Wie ein Stück Mitternacht schoß mit dem Kriegsruf einer Todesfee ein schwarzer Drache vom Himmel.

Der Augenblick, in dem der Drachenschrei ertönte, war wie ein Moment, der aus jeglicher Zeit herausfiel. Kelida schlug das Herz bis zum Hals. Ihr war schlecht vor Angst. Bis ins Mark erstarrt vor kalter Furcht, sah sie bewegungslos zu, wie die Flügel der Kreatur an ihren glitzernden, ebenholzschwarzen Seiten zurückschlugen und das Wesen mit hochgerecktem Kopf den Boden berührte. Mit beängstigender Geschwindigkeit schossen die Vorderbeine des Drachen vor, als ob sie nach etwas griffen.

Nach ihr!

Stanachs Entsetzensschrei zerschlug Kelidas Angstfesseln wie ein scharfes Schwert. Sie warf sich zur Seite.

Sturmklinge!

Sie dachte nicht daran, daß sie so ungeübt war, daß sie wahrscheinlich eher sich selbst als den Drachen verwunden würde. Messerscharfe Klauen hingen schwarz und gekrümmt über ihr wie ein Käfig, der sich schließen wollte. Kelida fummelte an den Friedensknoten herum und versuchte, das Schwert aus der Scheide zu ziehen. Rotleuchtender Stahl und eisblaue Saphire – Sturmklinges Gewicht würde an ihren Muskeln zerren, wenn sie versuchte, es in die Luft zu heben, doch was machte das schon. Sie mußte es tun.

Ein fürchterlicher Triumphschrei gellte durch die Nacht, bevor sie das Schwert ziehen konnte. Der Drache trug einen Reiter! Ein Zwerg in dunklem Mantel und Kapuze saß rittlings auf dem Untier.

Stanach brüllte – ein Geräusch wie ein wortloser Fluch – und warf sich zwischen Kelida und das Monster. Die Riesenschwinge des Drachen erwischte ihn mit Wucht und warf ihn zu Boden. Instinktiv rollte er ab, kam taumelnd hoch und fiel auf ein Knie. Schnell wie ein Blitz peitschte der lange Hals des Drachen zur Seite. Seine geifernden Zähne waren gefletscht, die Augen leuchteten vor Mordlust.

»Nein!« schrie Kelida. »Nein! Stanach!«

Ein fliegendes Gewicht erwischte Kelida schwer wie ein gefällter Baum von hinten. Sie schlug hart auf, wobei alle Luft aus ihren Lungen gepreßt wurde. Noch einmal versuchte sie zu schreien. Sie hatte nichts mehr zum Schreien in sich, keine Stimme, keine Luft. Eine Hand faßte sie am Arm und zog und zog, und Kelida kam schluchzend auf die Knie. Lehrs widerspenstiges, dunkles Haar flatterte im Wind der Drachenflügel. Er stand zwischen Kelida und dem Drachen. Mit erhobenem Schwert sprang der Waldläufer hoch, obwohl er wissen mußte, daß seine Klinge den Schuppenpanzer des Drachen keinesfalls durchbohren konnte.

Lehrs Schwert traf, prallte jedoch von der pechschwarzen Haut ab. Der Drache brummte in seiner mächtigen Brust. Der tiefe, donnernde Laut klang wie ein belustigtes Lachen.

Mit einem nachlässigen Schlag seiner messerscharfen Klauen riß der Schwarze dem Waldläufer das Herz aus dem Leib, während seine Augen sich wieder Kelida zuwandten. Lehrs Blut spritzte wie heißer Regen über Kelidas Gesicht und Hände. Sie wollte schreien, konnte aber kaum stöhnen, versuchte zu rennen und stürzte.

Wie ein Käfig, hatte sie als erstes gedacht, als sie die Drachenpranken sah. Wie ein Käfig schlossen sie sich jetzt um sie und gingen so weit zu, daß sie einander berührten, während sie Kelida fingen, mit sich zerrten und in die Luft hoben.

Nein, kreischte ihr Kopf. Nein!

Der Drachenreiter griff nach ihrem Arm, machte einen Ruck und hievte sie über den Hals des Untiers. Ihr Kopf fiel zurück, und ihr drehte sich der Magen um.

Kelida war völlig außer sich und dachte nur noch daran, wie sie sich befreien konnte. Sie trat heftig nach hinten, schaffte es, sich aufzusetzen, und zerkratzte dem Zwerg das Gesicht. Ihre Finger zerrten die Kapuze weg, woraufhin sie sah, daß er nur ein Auge hatte.

Als der Drache sich vom Boden abstieß und mit ausgebreiteten Flügeln aufzusteigen versuchte, schlug Kelida mit dem Instinkt einer Bergkatze nach diesem Auge. Vage fühlte sie, wie eine Hand sich mit der Kraft der Verzweiflung um ihren Knöchel schloß, um dann genauso schnell wieder loszulassen. Zwei dicke, starke Arme schlossen sich um ihren Bauch. Die rechte Hand war in Verbände gewickelt, die sie von ihrem grünen Mantel abgerissen hatte. Die Hand rutschte ab, preßte sich dann aber wieder fest gegen ihre Rippen. Stanach!

Von der Stirn des Drachenreiters strömte Blut, das sich in seinem grauen Bart sammelte. Er riß sich von ihr los. Kelida erkannte den schrillen Triumphschrei in ihren Ohren kaum als ihren eigenen. Der Himmel schoß auf sie zu und erschien beim wilden Gebrause des Windes unter den schwarzen Drachenflügeln schwindelerregend.

Obwohl schlank und leicht, war sie doch ein Bauernmädchen und stärker, als sie aussah. Kelida balancierte auf dem Drachenhals wie auf einem Pferd. Wieder warf sie sich auf den Drachenreiter, ohne seinen Dolch zu bemerken, bis eine feuervernarbte Hand sich um das Handgelenk ihres Gegners schloß.

Stanach!

Kelida sah voller Panik genauer hin und entdeckte, daß er sich hinter dem dunkel gekleideten Zwerg an den Kamm auf dem Drachenrücken klammerte.

Knochen knackten, und der Drachenreiter schrie. Die starken Muskeln des Drachen spannten sich unter Kelidas Knien an, als er hochfuhr und sich umdrehte. Wie in einem Traum ohne Ton, wo alles ganz langsam geht, merkte Kelida, wie sie das Gleichgewicht verlor, sah, wie der Drachenreiter über die lange, schwarze Schulter herunterrutschte und wie sich sein Mund zu einem vergeblichen Schrei öffnete, als er keinen Halt fand. Wild in der Luft herumrudernd fiel er mit ausgebreiteten Armen und Beinen in die Tiefe.

Ihre Hände waren vor Schreck gefühllos und ihre Beine zu schwach, um sich weiter festzuklammern. Kelida sackte über dem Hals des Drachen zusammen und wartete, ohne sich in der brausenden Luft bewegen zu können. Die graubraunen, steinigen Hügel würden auf sie zukommen und sie packen, so wie sie den einäugigen Zwerg gepackt hatten.

Doch das taten sie nicht.

Stanach schlang rasch seine zitternden Arme um Kelidas Bauch, während sein Atem in der eisigen Höhenluft dünne Wölkchen bildete. Er zog sie zu sich hin und drückte sie fest an sich. Sie spürte seinen warmen Bart in ihrem Rücken. Dann sah sie wie von weitem, wie er mit der linken Hand um sie herumgriff und sich am knochigen Kamm des Drachen festhielt.

Das Ungeheuer brüllte und stieg auf, wobei es die grauen Wolkenschleier des Morgens durchbrach. Kelida hörte Stanach hinter sich seufzen. Er stammelte etwas vor sich hin.

Es hörte sich an wie ›*Lyt Chwaer*‹. Kleine Schwester.

Wegen des Windes, der von der hohen Geschwindigkeit des Drachen herrührte, schloß sie die Augen und konzentrierte sich darauf, sitzenzubleiben, bis sie das unbekannte Ziel des Drachen erreicht haben würden.

Lehrs Blut hatte dunkle Flecken auf Kelidas grauen Jagdkleidern hinterlassen und klebte an ihren Händen und Armen. Sie erschauerte, begann heftig zu schluchzen, und ihre Tränen gefroren auf den Wangen zu Eis.

Nachtschwarz brüllte und schwang sich in den Himmel auf. Tief unter ihm fiel Realgars kleiner Zauberer, den sie den Grauen Herold nannten, wie ein Stein dem Boden entgegen.

Ein Flug anderer Art! Der schwarze Drache stieß ein heulendes Gelächter aus. Er hatte die herrischen Kommandos des Zauberlings, den Klang seiner Gedanken und den Geruch seiner Ausdünstungen gehaßt. Jetzt drehte er den Hals nach hinten, um die anderen beiden zu betrachten, die nun da ritten, wo der Graue Herold gesessen hatte. Wieder ein Zwerg, genauso leicht wie Agus, und ein Menschenmädchen. Servrist kniff die Augen wegen des Windes zusammen. Die lange, gespaltene Drachenzunge glitt über die messerscharfen Zähne. Er roch ihre Angst, und die roch wahrlich süß.

Nichts war zäher als ein sehniger, muskulöser Zwerg. Nichts war zarter als junges Menschenfleisch. Das Mädchen trug das Königsschwert, und Nachtschwarz freute sich auf Realgar. Der würde zufrieden sein und ihm die beiden als Belohnung überlassen. Als Abendbrot, dachte er.

Der schwarze Drache gab sich große Mühe, seine Reiter auf dem Rücken zu behalten. Sein Flug war gleichmäßig, und er mied die turbulenteren Windströmungen wie ein Kapitän, der sein Boot durch eine Meerenge steuert, ohne daß die Wellen die Ladung von Bord spülen.

Stanach fühlte nichts, weder Erschöpfung noch Angst, noch Kelidas heftiges Schluchzen, bis der Drache über die Ebene von Dergod, die Ebene der Toten, jagte. Als der Schwarze dann hoch aufstieg, um eine günstige Windströmung zu nutzen, und sich schräg stellte, um den Wind in den Rücken und unter seine breiten Flügel zu bekommen, sah er den nach Osten vorrückenden Flammenteppich.

Vor ihm zitterte Kelida wie eine Pappel im Sturm, doch er fand keine tröstenden Worte für sie.

Hoch am Südosthimmel strahlte die Sonne über einer Art langem, feuerrotem Pfeil. Ein zweiter Drache, ein feuerspeiender Roter, schoß durch den wogenden, schwarzen Rauch über dem Wald zu der hohen, düsteren Kette der südlichen Berge nach Pax Tarkas hinunter.

Da wußte Stanach, was den Wald in Flammen gesetzt hatte. Nur wußte er nicht, warum. Wenn Verminaard Truppen und Vorräte in die Berge schickte, warum sollte er es dann riskieren, den Wald anzustecken und die Angriffsreihen zu vernichten, die er gerade erst aufgestellt hatte?

Der Drache fand weiter unten einen Aufwind und sank mit einer Geschwindigkeit, bei der sich ihnen der Magen umdrehte. Stanach hielt Kelida fest. Als er zur Seite blickte, wurde Stanach der Grund für das Feuer klar. Tiefe, breite Brandschneisen, die aus dieser Höhe wie Pflugspuren aussahen, führten direkt zur Ebene.

Schneisen, dachte er bitter, die den Wald im Norden und Süden schützen und die Flammen in die Ebene der Toten lenken.

Von da aus würde das Feuer als *Guyll Fyr* wie die unbarmherzige Vorhut einer verheerenden Armee nach Thorbardin rasen.

Stanach stöhnte laut auf. Kein Heer mit hungrigen Plünderern konnte schlimmeren Schaden anrichten.

Vor hundert Jahren war ein Waldbrand über die Ebene der Toten gefegt. Damals hatten die Zwerge versucht, ihn aufzuhalten, um die Moore zu retten. Sie waren karg und häßlich, aber sie waren ein Teil der Wildnis des Zwergenreiches, Nistplatz für Vögel, Tränke für viele Tiere und Lebensraum für Fische. Und die Moore waren wichtig für die Versorgung von Thorbardin.

Vor einem Jahrhundert hatte man die Moore nicht retten können. Es stimmte zwar, daß die Ackerhöhlen tief im Berg Thorbardin ernähren konnten. Aber es bestand auch stets die Gefahr einer Hungersnot, falls das Getreide verdarb und die Tiere krank wurden.

Wir werden belagert!

Kelida drehte sich schlaff vor Erschöpfung um und barg ihr Gesicht an Stanachs Schulter. Er löste seine Hand vom Kamm des Drachen und schob seine verbundene Rechte höher, um das Mädchen besser festhalten zu können. Sie sagte nichts, doch seit ein paar Minuten weinte sie nicht mehr. Stanach versuchte, ihr ins Gesicht zu sehen, konnte es aber nicht.

Der Drache sank tiefer und wurde langsamer. Dort unten im Südosten lag Thorbardin. Die Stadt lag in den hohen Berggipfeln, über denen die Sonne gerade aufging. Schnee errötete sanft auf den höchsten Spitzen, wo der Winter schon herrschte. Als der Drache nach unten kreiste, konnte Stanach den noch schattigen Hohlweg nach Nordtor erkennen, der vor dreihundert Jahren in den Zwergentorkriegen zerstört worden war. Der Mund des Tores öffnete sich weit klaffend auf einen verräterisch schmalen Sims. Die Steine schienen immer noch stumm vor Schmerz zu schreien. Da sein Mechanismus im Krieg beschädigt worden war, stand dieses Tor seit dreihundert Jahren offen. Daher war Nordtor strenger bewacht als das noch funktionstüchtige Südtor.

Wind brauste um sie herum, als der Drache noch tiefer sank, unter den Hohlweg, unter den Sims, und schließlich in die letzten Schatten der Nacht am Fuß des Berges eintauchte.

Kalte Angst bemächtigte sich Stanachs. Nordtor war von starken, kaltblütigen Daewarkriegern bewacht. Die Höhlen da unten jedoch, geheime Gänge, die die Theiware die Tiefen Höhlen nannten, lagen weit unter dem Tor.

Realgar hatte einen Drachen, der ihm gehorchte und ihn wahrscheinlich Drachenfürst nannte. Jetzt wartete er in den Tiefen Höhlen auf Sturmklinge. Das Königsschwert würde ihn nicht nur zum Drachenfürsten machen, sondern zum Prinzregenten der Zwerge und damit zum Herrscher von Thorbardin.

Stanach schloß die Augen.

Er fühlte das Aufsetzen, als der Drache landete, und hörte seine Klauen über die Steine schleifen. Kelida bewegte sich und löste sich von ihm.

»Wo sind wir? Weißt du das?«

Stanach wußte es. Seine Augen hingen an dem glitzernden Schwert an ihrer Seite, und er wollte sagen, daß sie zu dem Ort gekommen waren, an dem sie bald sterben würden. Er sprach es nicht aus, sondern schüttelte nur den Kopf.

»Zu Hause.« Das Wort kam nur mühsam über seine Lippen, als ob es eine Lüge wäre. »Wir sind in Thorbardin.«

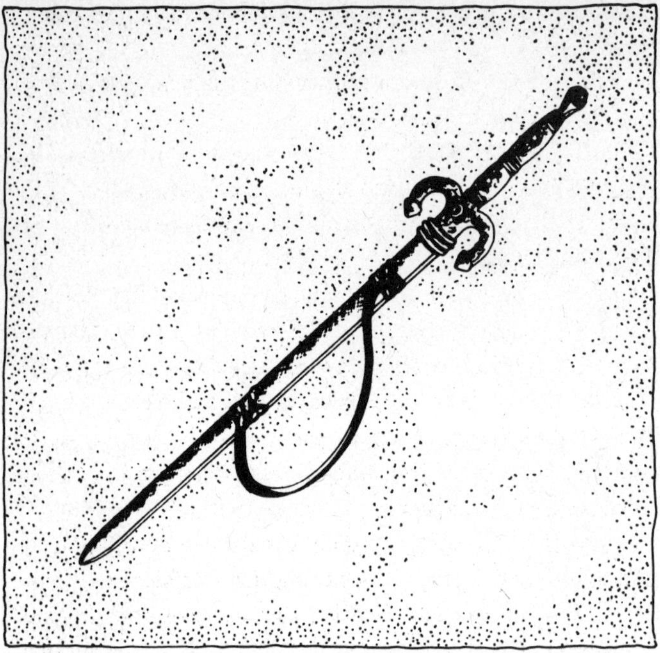

Kapitel 6

Lavim trat gegen einen kleinen Stein und sah zu, wie er den Hügel hinunterkullerte. Er hatte gehört – er wußte nicht, ob von Pfeifer oder von jemand anderem –, daß diese ganze Wüste, diese ganze endlose, trockene, staubige, leere, schattenlose und stumpfsinnige Gegend, die sie die Bluthügel nannten, einst eine Grassteppe gewesen war.

Du hast ›langweilig‹ vergessen.

»Was?«

Du hast vergessen zu erwähnen, daß die Hügel langweilig sind.

Lavim seufzte. »Ich dachte, das müßte ich nicht. Spricht doch irgendwie für sich selbst, oder?«

Pfeifer lächelte.

Lavim stampfte mit dem Fuß auf und sah zu, wie der Staub vom Wind davongetragen wurde. Er fand es bemerkenswert, daß er wußte, wann Pfeifer lächelte.

Er wühlte in seiner Tasche und zog eine sorgfältig gefaltete Karte aus brüchigem Pergament hervor. »Ich hatte mal eine Kartenrolle für so was, aber ich weiß auch nicht, was damit passiert ist. Es ist noch gar nicht so lange her, vielleicht einen Monat, bevor ich nach Langenberg kam. Jetzt ist sie weg. Es scheinen viele Dinge zu verschwinden, wenn ich irgendwo auftauche und wieder weggehe.«

Er ging in die Hocke, legte die Karte auf den Boden und glättete sorgfältig die Falten. »Schau dir den Ort hier an, Pfeifer. Sogar auf der Karte ist er häßlich.« Er zeigte es dem Geist auf der Karte.

Pfeifer sagte nichts, sondern ließ ihn fortfahren.

»Guck! Hier hinten im Osten ist Qualinesti.« Lavim schaute blinzelnd zum Himmel hoch. »Irgendwie komisch, nicht wahr, daß ich da fast die ganze Zeit nach Gespenstern gesucht habe und erst eins fand, nachdem ich da weg war. Jedenfalls, das ist er, der Elfenwald, richtig grün und schön. Hier ist der Fluß, den wir überquert haben, die blaue, schnörkelige Linie.« Er schniefte verächtlich. »Und hier wird die Karte häßlich und das Land noch häßlicher. Nur kleine Hügel, sagt die Karte. Hah! Das hier sind keine Hügel, das sind kleine Berge.«

Nein, es sind Hügel.

»Du hast gut reden, du mußt ja nicht hier herumlaufen.« Lavim faltete seine Karte zusammen und steckte sie wieder in die Tasche. »Wir könnten viel einfacher nach Thorbardin gelangen, wenn wir quer durch die Ebene von Dergod gehen würden – oder Ebene der Toten, wie die Zwerge sie nennen. Warum heißen sie so, Pfeifer?«

Weil dort in den Zwergentorkriegen Tausende von Hügelzwergen und Bergzwergen ums Leben kamen.

Lavim stand auf und streckte sich. Der Wind kam jetzt schneidend kalt von Osten und trieb den Waldbrand vor sich her. Obwohl am Himmel kein Rauch von dem *Guyll Fyr* zu sehen war, sogen die Luftströmungen den Qualm durch den Kanal des Sumpfgebiets. Er konnte ihn immer noch riechen.

Ohne weitere Worte trabte er nach Süden, kletterte auf den höchsten Hügel, der zu finden war, und ließ sich wieder auf den Fersen nieder.

Das Feuer war meilenweit weg und wirkte von seinem Hügel aus wie eine dicke, rote Schlange, die sich auf die Berge im Osten zuschob. Der Rauch hing als dicke, schwarze Masse über den Sümpfen. Wenn Lavim sich sehr anstrengte, die Augen zupreßte und die Schultern zusammenschob, konnte er das Brüllen des Feuers wie fernen Donner hören.

Pfeifer, der die ganze Zeit geschwiegen hatte, meldete sich so plötzlich zu Wort, daß Lavim hochschreckte. *Warum redest du nicht mit Tyorl?*

»Ach, nein, das mag ich nicht.« Lavim sah über die Schulter. »Er regt sich immer noch furchtbar auf, daß Kelida und Stanach von dem Drachen geschnappt wurden. Ich versteh' das ja. Ich – ich denke selbst nicht so gern darüber nach.«

Das habe ich gemerkt. Vielleicht sollte Tyorl darüber reden.

Lavim schüttelte düster den Kopf. »Nicht mit mir, nein, nein. Guck ihn dir doch an.«

Tyorl hockte da und betrachtete den Himmel. Seit der Drache Kelida geschnappt und sie und Stanach in die Dämmerung verschleppt hatte, klebten seine Augen an diesem unbarmherzigen Blau. Lavim seufzte. Er hatte fast alles von dem aufregenden Ereignis verpaßt und war erst zu den anderen gestoßen, als der Drache wie eine spitze, schwarze Träne am Himmel ostwärts nach Thorbardin davonflog – mit Kelida und Stanach und ohne seinen Reiter.

Sie hatten den einäugigen Zwerg in einer Rinne zwischen zwei Mooren gefunden. Trotz gebrochener Knochen und Blutungen war er nicht tot gewesen. Lavim nahm an, daß Finn ihm aus Rache für Lehrs schrecklichen Tod die Kehle durchgeschnitten hatte. Pfeifer hatte gesagt, ein solcher Tod sei keine Strafe.

Jetzt blickte Lavim zu Finn. Der Anführer der Waldläufer hatte die Stirn auf die angezogenen Knie gelegt und saß regungslos im Windschatten des Hügels, anscheinend ohne auf Kems rastloses Auf- und Abschreiten zu achten. Der schweigsame Kembal hatte kein Wort gesagt, seit sein Bruder von dem Drachen getötet worden war. Mit aufrechtem Kopf lief er startbereit am Fuß des Hügels hin und her wie ein Jäger, der die Spur des Wildes wieder aufnehmen will. Er schärfte seine Pfeile am Stein der Rache, hatte Pfeifer gesagt.

Mit dem Umschlagen des Windes kurz nach Tagesanbruch hatte sich das Feuer rasch in den Hügeln ausgebreitet, war im Nu nach Süden, Norden und Osten vorgestoßen und hatte eine Flammenwand hinter ihnen aufgebaut. Auf Finns Anraten hin hielten sie auf die Wüstenhügel zu. Hier gab es nicht viel Brennbares, und der Anführer der Waldläufer hielt den Ort für sicher. Es war ein Gewaltmarsch gewesen, und jetzt, als die Schatten kurz vor Sonnenuntergang länger und dunkler wurden, hatten die vier Rast gemacht, bevor sie weiter nach Osten hasten würden.

Los, Lavim. Rede mit Tyorl.

»Und?«

Und was?

»Und gib ihm die Flöte, nicht wahr? Das ist es doch, wovon du immer wieder anfängst. Gib ihm die Flöte, gib ihm die Flöte.«

Ich wäre glücklicher, wenn du das tätest.

»Aber er kann sie nicht benutzen, ich schon!«

Pfeifer seufzte. *So lange ich dir sage, was du zu tun hast, ja.*

»Warum also sollte ich sie ihm geben?«

Lavim! Geh schon!

Lavim kniff die Augen zusammen und hielt sich die Ohren zu. Während er wünschte, daß Pfeifer nie diese gemeine Angewohnheit entwickelt hätte, mitten in seinem Kopf zu schimpfen, ging er zu Tyorl.

Der Elf sah sich nicht einmal um, als Lavims kleiner Schatten über ihn fiel. Lavim räusperte sich geräuschvoll.

Tyorl stand auf und suchte den Osten des Himmels ab. »Es wird erst in einer Stunde dunkel, Lavim. Wir wollen sie nicht mit Reden verschwenden.« Er nickte Finn zu, welcher aufstand und Kem zuwinkte, daß sie weiter wollten.

Kem lief wie gewohnt an der Nordseite voraus. Mit langen Schritten kam er voran. Finn trabte südöstlich voraus und gab das Tempo an. Bald schwebte die Rauchwolke von der Ebene der Toten hoch über ihren Köpfen. Lavim trottete neben Tyorl her. Er mußte sich anstrengen, um Schritt zu halten.

»Äh, Tyorl, ich will dir was sagen.«

Tyorl antwortete nicht.

»Ich will dir etwas über Pfeifer sagen.«

»Der ist tot«, blaffte Tyorl. »Was muß ich noch über Pfeifer wissen?«

Lavim seufzte geduldig. »Ich weiß, daß er tot ist. Aber ich glaube, du glaubst, wenn du die Flöte gehabt hättest, als der Drache Stanach und Kelida erwischte, dann hättest du etwas dagegen tun können.«

Tyorl sagte kein Wort.

»Das hättest du nicht. Du hättest es nicht gekonnt.«

»So? Und warum nicht?«

»Weil die Flöte nur bei mir funktioniert, Tyorl. Pfeifer sagt, daß sie nicht –«

»Pfeifer sagt?«

Lavim nickte. »Weißt du, Tyorl, er ist ein Geist. Er redet in meinem Kopf zu mir und erzählt mir Sachen –«

»Lavim –«

»Bitte, Tyorl, laß mich ausreden. Er ist wirklich ein Geist. Er hat es mir gesagt, als der rote Drache über den Wald flog und die Bäume ansteckte. Na ja, nicht daß er – der Drache, meine ich – das machen wollte, aber daß er flog. Und – und er hat mir auch von dem schwarzen Drachen erzählt.« Der Kender seufzte und lief schneller. »Aber – aber ich war zu weit weg, um irgend etwas zu machen. Ich habe es versucht! Wirklich, aber Pfeifer sagt, daß Sprüche begrenzte Reichweite haben und – es tut mir leid. Es tut mir wirklich leid. Ich wünschte, ich wäre näher dran gewesen. Ich wünschte, ich wäre nicht draußen in den Hügeln gewesen. Aber da war ich. Und – und ich weiß, daß du denkst, du hättest Lehr und Kelida und Stanach helfen können, als der Drache kam, wenn du nur die Flöte gehabt hättest, aber das hättest du nicht. Du hast keinen Pfeifer im Kopf.«

»Und du auch nicht. Kenderchen, manchmal glaube ich, du bist halb verrückt und –«

Sag ihm, du bist nicht halb senil.

Pikiert fauchte Lavim: »Ich bin nicht halb senil! Nicht im mindesten!«

Tyorl blieb stehen. Das war der Satz, den er hatte sagen wollen. »Was?«

»Ich – Pfeifer hat gesagt – ich meine, ich habe gesagt – ich bin nicht halb senil.« Lavim atmete tief durch und hielt an. Mit gesenktem Kopf und den Händen auf den Knien stand er keuchend da. Er schloß die Augen, japste nach Luft und redete weiter: »Und Pfeifer sagt auch, daß du gerade jetzt denkst, daß du besser einen Weg finden solltest, mich ruhig zu halten, bevor Finn etwas mitkriegt.«

Tyorl zwinkerte. »So? Sagt er das?«

»Ja, und er sagt, daß du jetzt denkst, daß das letzte, was du brauchst, ein verrückter Kender ist. Ich bin nicht verrückt, Tyorl! Verstehst du? Ich denk' mir das nicht aus. Es ist wahr. Hier.« Er suchte in seinen Taschen und zog die Flöte heraus. Bevor er es sich anders überlegen konnte, drückte er sie Tyorl in die Hand. »Versuch es. Spiel etwas.«

»Was soll das beweisen? Ich kann das Instrument spielen, aber ich weiß keine Noten für Zaubersprüche.«

Lavim pfiff die schnellen, lebhaften Töne, die er für seinen Stinkezauber gespielt hatte. »Probier das mal.« Er pfiff die Melodie noch einmal. »Hast du's?«

Tyorl hielt die Flöte mit spitzen Fingern fest. »Lavim.«

»Versuch es! Los. Pfeifer sagt, es macht nichts.«

Tyorl betrachtete die Flöte, warf einen scharfen Blick auf Lavim und holte tief Luft.

»Los.«

Tyorl probierte die Melodie und machte sich auf das Schlimmste gefaßt, bestenfalls noch auf den unbeschreiblich ekligen Gestank, der ihn in der Höhle am Fluß umgehauen hatte.

Nichts geschah. Nur der Wind blies ein bißchen stärker.

»Pfeifer sagt, daß der Wind nichts mit der Flöte zu tun hat. Irgend etwas mit Luftströmungen über dem Feuer oder so. Siehst du? Versuch's noch mal.«

Das tat Tyorl. Die Brise blieb genauso stark, und die Luft roch immer noch nach Waldbrand und nach sonst gar nichts. Er starrte die Flöte in seiner Hand an und sah genau einen Augenblick zu spät, wie die Hand des Kenders vorschoß und das Instrument zurückholte. Bevor Tyorl Einspruch erheben konnte, war sie in tiefen Geheimtaschen versteckt.

»Lavim! Warte! Gib –«

Doch Lavim war fort. Er lief Finn nach, nachdem er die Flöte wieder in seinen Besitz gebracht hatte.

Tyorl wollte ihm nachsetzen. Wenn Lavim auf dem Hügel gewesen wäre, als der schwarze Drache zugeschlagen hatte, hätte er vielleicht helfen können. Aber er streifte durch die Nacht und war nicht da. Ihm dafür jetzt die Schuld zu geben, war genauso sinnlos, wie sich selbst die Schuld zu geben, weil sein Pfeil danebengegangen war.

Tyorl rannte schneller. Er dachte nicht an Geister oder vertane Chancen. Ihm wurde plötzlich klar, daß die Magie der Flöte nur bei Lavim funktionierte. Die Folgen waren nicht auszudenken.

Von dem Hügel aus, wo er in den Stunden nach Mitternacht seine Wache ablief, sah Tyorl das Feuer in den Sümpfen der Ebene der Toten wüten. Der Westwind hatte sich nach Sonnenuntergang gelegt, aber das Buschfeuer brauchte keine Hilfe mehr, um rascher zu den Bergen zu laufen. Das Sumpfgras wirkte wie Lampenöl; jetzt konnte das Feuer nichts mehr aufhalten.

Tyorl fluchte verzweifelt und sah zu den Sternen hoch, die wie winzige, glitzernde Eissplitter über den schwarzen Himmel verteilt waren. Hoch oben war der helle Solinari von einem trüben, silbernen Hof umgeben. Lunitaris Licht tauchte die dunklen Hügel im Osten in Scharlachrot und ließ indigoblaue Schatten in die Ebene hinunterragen. Der Ring des roten Mondes war rosa wie abgespültes Blut. Tyorl roch Schnee in der Luft.

Wir werden es nicht vor dem Feuer bis in die Berge schaffen, dachte der Elf, und das heißt, daß wir überhaupt nicht nach Thorbardin gelangen werden.

Er fuhr mit dem Daumen über das glatte Holz seines Langbogens. Sanft wie Seide und wohlvertraut fühlte sich das Eibenholz an. Und nutzlos, nutzlos, um Kelida vor einem Drachen zu verteidigen.

Tyorl zog die Schultern hoch, weil Schmerz und Reue sein Herz erfaßten. Auch das war vertraut. Seine gut gezielten Pfeile waren vom ebenholzschwarzen Schuppenpanzer des Drachen abgeprallt wie von Stahl. Ein Schuß in das Auge des Ungeheuers hätte ihn verlangsamt, vielleicht sogar getötet, aber der Drache bewegte sich zu schnell und war längst außer Reichweite von Tyorl, als dieser endlich besser zielen konnte. Als der Drache abhob, hatte er einen Augenblick lang geglaubt, daß Stanach Kelida losgerissen hätte. Betend hatte er dem Kampf auf dem Rücken des Riesentiers zugesehen und geflucht, als das Ungeheuer sich in die Luft schwang.

Stanach, dachte der Elf bitter, Sturmklinge hat dich Vetter, Freund und Hand gekostet. Du behauptest, die Klinge wäre von Reorx gesegnet; ich sage, er hat sie verflucht. Aber du hast es versucht. Wie ein Wolf hast du dafür gekämpft.

Er wendete dem grellen Schein des *Guyll Fyr* den Rücken zu und beobachtete, wie der Schatten des Rauchs von dem kleinen, zahmen Lagerfeuer in der Senke über den Boden da unten floß. Im Sonnenlicht waren die Felsen rot, im unheimlichen Schein der Monde glommen sie seltsam lila. Lavim war wie üblich nirgends aufzutreiben. Tyorl hatte ihn nicht mehr einholen können, bevor sie das Lager aufschlugen, und hatte ihn auch seitdem nicht mehr gesehen.

Nachtschwärmer, dachte er. Oder er redet mit seinem Zauberergeist.

Das brachte ihn auf andere Gedanken. Er war davon überzeugt, daß Lavim glaubte, der tote Pfeifer würde mit ihm reden. Tyorl wußte nicht, was er davon halten sollte. Aber schließlich hatte Lavim seine Worte tatsächlich gewußt, bevor er sie auch nur halb gedacht hatte. Als er versucht hatte, die Sache mit Finn zu besprechen, hatte sein Anführer mit den Schultern gezuckt und bissig seine Zweifel angemeldet.

Tyorl schaute wieder zum Lager. Finn lag in seinen Mantel gewickelt am Feuer und schlief. Kem, den der Elf vor einer Stunde mit der Wache abgelöst hatte, saß da und starrte in die Schatten. Tyorl fragte sich, wann er schlafen würde.

Kems Schweigen war immer mit gutmütigem, amüsiertem Beobachten einhergegangen. Der von Natur aus ruhige Heiler hatte das Reden größtenteils seinem geschwätzigen, kleinen Bruder überlassen. Jetzt kam es einem so vor, als hätte Lehrs Tod den sanften, humorvollen Glanz aus Kems Augen geraubt. Kem wollte Rache und Tyorl ebenfalls.

Plötzlich erstarrte der Elf. Es war das erste Mal, daß er sich eingestanden hatte, daß er Kelida für tot hielt.

Der schwarze Drache war von Osten gekommen. Aus Thorbardin. Das konnte nur bedeuten, daß die Revolution, die Stanach befürchtet hatte, erfolgreich gewesen war. Realgar regierte im Zwergenkönigreich und gebot über Drachen. Und Verminaard war sein Verbündeter.

Wieder flüsterte er einen Fluch, diesmal weil sich seine Kehle plötzlich zusammenschnürte. Letzte Nacht hatte er sich gefragt, ob er in Kelida verliebt war, eine Vorstellung, der er ausweichen wollte, obwohl er auf den weichen Klang ihrer Stimme wartete und auf die Wärme ihrer Berührung hoffte.

Heute nacht – zu spät – wußte er, daß er sie liebte. Jetzt konnte er nur noch in der Erinnerung ihrer Stimme lauschen, ihre leichte Hand auf seinem Arm fühlen oder das Glitzern der Sonne in ihrem Haar sehen.

Hätte er es ihr gestanden? Doch, auf der Stelle!

Und was war mit Hauk?

Der Elf lächelte bitter. Das war jetzt wohl ziemlich egal. Sie waren beide tot, und er hatte nur eine Handvoll Erinnerungen an ein Bauernmädchen, das im Wirtshaus gearbeitet hatte. Es war zu spät, sich zu fragen, was daraus hätte werden können. Es war vorbei.

Tyorl nahm seinen Wachgang wieder auf. Links von ihm war das Buschfeuer, vor und hinter ihm die Schatten. Zu spät für alles außer Rache, dachte er kaltblütig. Egal, wer Thorbardin jetzt regierte. Er würde einen Weg zu den Bergstädten finden, und er würde seine Rache für Kelida und für Hauk bekommen.

Aus einer nachtschwarzen Schlucht westlich des Lagers beobachtete Lavim, wie Tyorl auf dem Hügel auf und ab lief. So schnell, wie das nur Kinder können, hatte er sich von dem Wüstenmarsch erholt und war gleich in den Schatten der Dämmerung verschwunden und den drei Waldläufern aus dem Weg gegangen. Er wußte, daß Tyorl jetzt hinter der Flöte her sein würde. Zuerst wollte er in Ruhe mit Pfeifer reden, ohne daß Tyorl dauernd nach der Flöte fragte. Lavim brannte einiges auf der Seele, und nur Pfeifer würde die richtigen Antworten wissen.

Er setzte sich bequem zwischen den Steinen zurecht und brütete vor sich hin. Das Problem war, daß Pfeifer ihm nicht mehr geantwortet hatte, seit der Kender die Flöte herausgeholt hatte. Lavims Finger fuhren über das glatte, rote Kirschbaumholz, und er lächelte schlau. Vielleicht war Pfeifers fehlende Erwiderung auf seine letzte Frage auch eine Antwort.

»Ich glaube«, sagte er, während er mit der Flöte dahin zeigte, wo Pfeifer stehen müßte, wenn er woanders als in seinem Kopf wäre, »daß ich diese Flöte benutzen kann, wann immer ich will.«

Pfeifer schwieg.

»Ich glaube, es ist egal, ob du der Flöte sagst, welche Melodie sie spielen soll, oder nicht.«

Pfeifer schwieg immer noch.

Lavim grinste. »Das ist es, was ich glaube. Weißt du, warum? Schön, ich sag's dir: Weil dieser Stinkespruch meine eigene Idee war und die Flöte das Lied gespielt hat, das ich brauchte, und zwar als ich es brauchte. Darum willst du, daß ich Tyorl die Flöte gebe. Ich kann die Magie benutzen, und du brauchst mir nicht zu sagen, wie. Ich brauche dich nur in meinem Kopf, damit die Flöte funktioniert. Was meinst du dazu?«

Ich meine, du bist ein Esel, Lavim.

Lavim ließ sich nicht beirren. »Möglich, möglich. Aber ich bin ein Esel mit einer Zauberflöte.«

Pfeifer antwortete mit kühler Stimme. *Genau, und ich könnte mir nichts Dümmeres oder Gefährlicheres vorstellen.*

Lavim sah, wie sich das Mondlicht in dem seidenmatten Holz

spiegelte. »Du bist sauer auf mich, nicht wahr? Komisch, eigentlich müßte ich sauer auf dich sein, weil du behauptet hast, ich bräuchte dich, damit du mir sagst, wie die Magie funktioniert.« Er nickte ernsthaft. »Freunde lügen einander nicht an.«

Freunde bestehlen einander auch nicht, Lavim.

Getroffen sprang der Kender auf. »Ich habe die Flöte nicht gestohlen! Du hast sie mir gegeben!«

Ich habe dich gebeten, sie Tyorl zu geben.

»Und ich habe gesagt, daß ich das mache. Und zwar sehr bald!«

Lavim, ich weiß nicht, was du planst, aber es sollte lieber nichts mit der Flöte zu tun haben. Du kannst nur ein paar Sprüche mit der Zauberkraft der Flöte bewirken, und du weißt nicht, welche.

Lavim kicherte. »Zwei davon kenne ich. Ein Stinkezauber und ein Transportzauber. Und jetzt brauche ich keinen Stinkespruch!«

Er verließ die Schlucht, krabbelte die steilen Hänge hoch und rannte zum Lager.

»Es ist ganz einfach!« krähte er. »Wir teleportieren uns einfach nach Thorbardin und retten Kelida und Stanach und vielleicht auch diesen alten Hauk!«

Nein, Lavim, nein! Für diesen Zauber brauchst du auch Worte. Du mußt sie genauso kennen wie die Noten. Wenn du den Spruch ohne die richtigen Worte versuchst, stehst du mitten im Nichts neben drei Staubhaufen, die mal deine Freunde waren!

Lavim blieb stehen und legte stirnrunzelnd den Kopf schief. Dann glättete ein Lächeln die Falten in seinem verwitterten Gesicht. Er hatte auch für dieses Problem eine Lösung. »Das macht nichts, Pfeifer. Sag sie mir einfach, wenn ich sie wissen muß.«

Pfeifer fühlte sich, als galoppierte er auf einem scheuenden Pferd einen Berg hinunter. Er wünschte sich verzweifelt einen festen Halt. Den würde er brauchen. Denn jetzt war Lavim durch nichts mehr zu bremsen.

Als Tyorl sah, wie der Kender die Zauberflöte herauszog, wußte er, daß auch er die Geschichte mit dem Geist glaubte. Als Lavim den Elf vom Hügel herunterwinkte, keuchte er von seinem Spurt wie ein alter Blasebalg.

»Tyorl! Komm her! Ich habe alles rausgekriegt! Ich kann uns nach Thorbardin bringen, bevor du es auch nur merkst!«

Sofort hörte er in sich eine Stimme, die gedämpfte, kummervolle, flüsternde Stimme von Stanach. »Pfeifer ist in Thorbardin für seine Transportzauber bekannt.«

Pfeifer, betete Tyorl stumm. Pfeifer, laß das nicht zu!

Tyorl sprang los, stolperte über einen spitzen Stein und rutschte den größten Teil des Hangs in der Hocke hinunter. Nur die Götter wußten, was geschehen würde, wenn Lavim einen Transportzauber falsch benutzte. Worte und Gesten für einen Spruch waren genau festgelegt. Und genauso exakt mußten die Noten gespielt werden, wenn der Spruch mit einer Zauberflöte beschworen wurde! Was konnte nicht alles aus Versehen schiefgehen!

Tyorl hechtete auf Lavim zu.

Finn desgleichen.

Und Kem ebenfalls.

Der Kender ging in einem Gewirr von Armen und Beinen unter, trat und wand sich, ließ die Flöte jedoch nicht los.

»He! Wartet doch! Was wollt ihr? Laßt mich doch! Ihr versteht das nicht, ich –«

Tyorl kam unter Finns Knie hervor, ohne Lavims Knöchel

loszulassen. Finn wich Kems Ellbogen aus, wobei er den Kender weiter an der Taille festhielt. Kem versuchte, Lavim auf die Beine zu stellen. Keiner hielt seine Hände fest, und keiner dachte daran, ihm den Mund zuzuhalten.

Lavim war davon überzeugt, daß seine Kameraden irgendwie falsch verstanden hatten, was er gesagt hatte – wenn sie ihn verstanden hätten, müßten sie doch viel glücklicher aussehen. Also atmete er tief ein und hob die Flöte an die Lippen.

Er hatte irgendwie geglaubt, die Melodie für einen Transportzauber würde wenigstens ein bißchen aufregender sein als drei kleine Töne. Als er den ersten hörte, zeterte Pfeifer in seinem Kopf. Lavim fand, daß der Spruch etwas zarter klingen mußte, irgendwie sanfter als Flüche.

Er schien zu verschwimmen, sich zu strecken, und plötzlich drehte sich ihm der Magen um und verknotete sich.

Sehr seltsam, dachte er, als alles Gefühl aus ihm wich (anscheinend durch Finger und Zehenspitzen). Ich glaube, wenn ich aus diesem Zauber rauskomme, muß ich mich als erstes übergeben. Am besten landen wir außerhalb der Stadt. Es wäre doch etwas peinlich, wenn wir unser Abendessen vor einem Haufen –

Und dann fühlte Lavim gar nichts mehr.

Tyorl knallte mit einem kräftigen Bums auf den Boden. Als er um Atem rang, füllten sich seine Lungen mit Rauch. Flammen leckten an seinen Fingern, und er hätte aufgeschrien, wenn er nur genug Luft bekommen hätte.

Der verdammte Kender hat uns in Brand gesteckt!

»Hoch, Tyorl! Hoch!«

Das war Finn. Aus alter Gewohnheit wollte Tyorl gehorchen. Er zog ein Knie an, rutschte aus und fiel in kaltes Wasser.

Der verdammte Kender hat uns mitten in den Ozean verfrachtet!

»Tyorl, bitte steh auf!« Das war Lavim, und obwohl es Tyorl nicht hätte schwören können, daß da Furcht aus der Stimme des Kenders sprach, zappelte und planschte er herum, bis er endlich auf die Beine kam. Mit einer Handbewegung wischte er sich zähen Matsch und schleimige Gräser aus dem Gesicht. Taumelnd drehte er sich zu dem Kender um. Er sah Lavim nur als eine kleine, unscharfe Gestalt in der raucherfüllten Nacht.

»Im Namen der Götter«, fauchte er, »wo sind wir?«

»Es – es tut mir leid, Tyorl. Ich wollte nicht hier landen, wirklich nicht. Ich wollte bloß kurz vor der Stadt landen, weil mir ein bißchen, äh, flau war, und ich fand es wirklich ziemlich unhöflich, ohne Einladung mitten in einem fremden Haus aufzutauchen. Und dann habe ich irgendwie nicht gewußt, was ich machen soll, und ich konnte niemanden fragen, und der ganze Spruch hat sich irgendwie ungefähr hier...«, er kratzte sich den Kopf und sah die Flammen näher kommen, »...äh, aufgelöst. Geht es dir wieder gut?«

»Wo ist die Flöte?«

Lavim zuckte mit den Schultern. »Ich weiß nicht, ich –«

»Wo ist die Flöte?«

Da holte Lavim tief Luft und lächelte verlegen. »Ich hab' sie.«

»Gib sie her.«

»Aber, Tyorl, ich –«

»Sofort!« brüllte Tyorl.

Niedergeschlagen händigte Lavim ihm die Flöte aus. »Na gut. Aber Pfeifer sagt –«

Tyorls Stimme klang leise, gefährlich und drohend. »Was sagt Pfeifer?«

»Wirf sie nicht weg. Er sagt, wir brauchen sie vielleicht noch.«

Der Rauch wurde dichter, und als er sich umschaute, sah Tyorl, wie Finn Kem auf die Beine half. Die vier standen bis zu den Knien im Wasser und waren von hohem Schilf umgeben. Nur eine Viertelmeile entfernt standen Rohrkolben in kleinen Gruppen wie Fackeln in Flammen – und das Feuer reichte so weit nach Westen, wie Tyorl sehen konnte. Funken und glühende Grashalme wurden vom Wind durch die schwarze Luft getrieben. Er packte Lavim fest an der Schulter und riß ihn herum.

»Schau mal.«

Lavim wand sich. »Ich seh's ja.«

»Wir sind im Sumpf, Lavim, und wir sind mitten im Feuer. Ist das vielleicht kurz vor der Stadt?«

»Nein, aber –«

Finn patschte durch den stinkenden Schlamm und das abgestandene Wasser. Er ergriff Tyorls Arm und zeigte nach Osten. »Da lang. Ich kenne mich in dieser Gegend überhaupt nicht aus, aber uns bleibt nichts anderes übrig, als in diese Richtung zu laufen.« Mit harten, blauen Augen sah er erst Lavim an und dann den Elf. »Ich finde, wir sollten die kleine Kröte umbringen und verschwinden.«

Lavim wollte sich gerade entschuldigen, doch bei diesen Worten klappte sein Mund sofort wieder zu. Er sah Finn im Rauch verschwinden und wartete, bis Kem vorbei war, bevor er zu Tyorl hochschaute. »Das hat er doch nicht ernst gemeint, oder?«

Tyorl antwortete nicht, sondern trieb Lavim vor sich her.

Pfeifer, fragte Lavim stumm, hat Finn das etwa ernst gemeint?

Wenn nicht er, sagte Pfeifer, dessen Geisterstimme schwach und rauh klang, *dann ich*!

Aber – aber Pfeifer, dachte er, ich wollte doch nur helfen. Ich wollte doch nur – Pfeifer?

Der Magier antwortete nicht.

Ach, komm schon, Pfeifer. Wirklich, ich wollte nur helfen!

Guck dich doch um, Lavim, regte sich Pfeifer auf. *Du hast nur dafür gesorgt, daß ihr alle gebraten werdet, bevor ihr auch nur in die Nähe von Thorbardin kommt.*

Lavim sah sich um und stolperte, weil er gleichzeitig nach hinten schauen und nach vorne laufen wollte. Die Flammenherde hinter ihnen kamen näher, prasselten laut und warfen wilde Funkenschauer in den schwarzen Nachthimmel.

Weise beschloß Lavim zu warten, bis sie aus dem Feuer und den Sümpfen heraus waren, bevor er Tyorl und Pfeifer darauf aufmerksam machte, daß sie zwar nicht genau in Thorbardin, aber doch mehrere Tagesreisen näher dran waren.

Kapitel 7

Gneiss von den Daewars lief durch die verwinkelten Gassen und Pfade zwischen den eilig errichteten Bauernhütten, die sich an den Wänden der östlichen Ackerhöhlen entlangzogen. Die Zwerge werden keine Luft mehr bekommen, hatte er gesagt. Auch wenn er zugab, daß dieser Einwand übertrieben war, kam ihm der Gedanke jedesmal, wenn er die Akkerhöhlen betrat.

Die achthundert Menschenflüchtlinge hatten sich schnell zurechtgefunden. Die kleinsten Kinder, die nicht mit den Männern auf den Feldern waren, rannten zwischen den Hütten herum, wobei ihre lauten, schrillen Rufe von den Höhlenwänden zurückhallten und bis zur viele hundert Fuß entfernten Decke der Höhle emporstiegen. Frauen versorgten die Tiere: die paar Dutzend Pferde, die sie zum Pflügen brauchten, eine laute Ziegenherde und viel zu viele Hühner und Enten.

Der verflixte Ort sah aus wie eine lumpige Grenzstadt am Rande von Nirgendwo! Eine gewisse, zurückhaltende Bewunderung schlich sich in die Gedanken des Daewars ein. Bei Reorx, sie hatten sich schnell von ihrem langen Marsch durch die Außenwelt erholt.

Obwohl die Felder ganz und gar nicht dem entsprachen, woran diese Menschenbauern gewöhnt waren, hatten sie sich schnell an die ebenen Äcker mit der schweren, schwarzen Erde angepaßt, die die Zwerge vor vielen Jahren in die Höhlen gebracht und jährlich aus dem Tal vor Südtor aufgefrischt und nachgefüllt hatten. Kein Stein verdarb die Pflugscharen; kein noch so kleiner Hang forderte besondere Kraft von Pferden und Pflügern.

Gneiss hielt am Rand eines frisch bestellten Feldes an. Im Licht der vielen Kristallstäbe hoch oben glänzte die dunkle Erde. Jungen mit großen, schweren Saatbeuteln aus Leintuch über den Schultern folgten den sorgfältig gezogenen Furchen und säten beim Gehen nach rechts und links aus. Bald würde die fruchtbare schwarze Erde von einem zartgrünen Teppich aus jungem Weizen bedeckt sein. Jenseits dieses Feldes bauten sie Mais an, und in der Höhle dahinter würden bald Hirse und Gras für die Tiere wachsen.

Ja, sie machten ihre Sache gut, die Menschen von Goldmond. Man sollte fast meinen, daß Mesalax ihre Arbeit segnete. Man sollte fast meinen, daß die Frau aus den Ebenen wirklich in der Gunst der Göttin stand.

Fast. Gneiss schnaubte. Er hatte noch nie davon gehört, daß Mesalax ihren Klerikern die Fähigkeit verlieh, Lehnsherren zu verzaubern. Und Hornfell war verzaubert. Derzeit schien er mehr Zeit hier bei den flüchtigen Bauern zu verbringen als oben in den Städten.

Und ich, dachte der Daewar, ich muß jedesmal wie ein Laufbursche hier runterrennen, wenn ich mit ihm reden will! Verbündete gewinnen, sagt er. Verbündete bekommt man am leichtesten, wenn man sie kennt, sagt er. Hah! Was für Verbündete sollen diese zerlumpten Flüchtlinge abgeben? Verdammt schwächliche, würde ich meinen.

Ein heiseres, schrilles Kinderlachen ging dem Mädchen voraus, das mit gesenktem Kopf und rudernden Armen hinter einer Hütte hervorschoß und in Gneiss hineinrannte, bevor der Daewar sich umdrehen konnte. Er geriet ins Stolpern, und das Mädchen fiel hin.

Er nahm es an den Ellbogen und stellte es ohne Umschweife wieder auf die Beine. »Immer langsam mit deinem wilden Gerenne, Kleine! Du hast zwei Augen – benutze sie!«

Diese beiden Augen starrten Gneiss groß und himmelblau an, bevor das Mädchen sich in Richtung Feld davonmachte.

So magere Beinchen, dachte Gneiss. Jemand sollte das Ding mal füttern. Und womit haben sie ihr die Haare geschnitten? Wahrscheinlich mit einer Säge, so wie es aussieht.

»Halt mal kurz still, ja?«

Das Mädchen blieb wie angewurzelt stehen und strich sich das unbändige, schwarze Haar aus dem Gesicht.

»Ich suche Goldmond und –«, er lächelte böse, »– ihren Gefangenen, Hornfell. Wo sind sie?«

»Gefangener?« Die Augen des Mädchens wurden noch größer (falls das möglich war) vor Entzücken. »Oh, du machst Witze, Opa.«

»Opa!«

Mit ihrem verschmierten Finger zeigte sie auf seinen langen, schon leicht ergrauten Bart.

Gneiss kniff die Augen zusammen, weil er ein Lächeln unterdrücken mußte. Unverschämte kleine Gören sollte man nicht ermutigen, unter keinen Umständen.

Das Gesicht der unverschämten Göre verzog sich zu einem Grinsen. »Ich weiß, wo sie sind. Ich bring' dich hin.«

»Genau«, grummelte der Zwerg, »und danach gehst du besser mal zu deiner Mutter, damit sie dich wäscht und kämmt, hm?«

Sie schüttelte den Kopf und zuckte unglaublich selbstverständlich mit den Schultern. »Geht nicht, Opa.«

»Geht nicht? Wieso nicht?«

»Lady Goldmond sagt, meine Mutter und mein Vater sind zu Mishakal gegangen.« Der Gesichtsausdruck des Kindes verdüsterte sich. »Ich glaube, sie sind tot.«

Mit diesen Worten hüpfte das Kind davon, und Gneiss mußte sich sputen, ihm zu folgen. Kriegskinder sind Fatalisten, erinnerte er sich. Das hatte er oft genug gesehen, ohne sich daran gewöhnen zu können, obwohl er doch selbst ein Krieger war.

Gneiss folgte dem Kind durch die neuen, gewundenen Gassen zu einer einfachen Hütte mit niedrigem Dach, die sich in nichts von den anderen unterschied. In dieser winzigen Hütte fand er Hornfell und die Frau aus den Ebenen. Der Halb-Elf hockte an der Tür, weil es keinen anderen Sitzplatz mehr gab. Mit der selbstverständlichen Fertigkeit eines Mannes, der seine Aufgabe als Zeitvertreib und gleichermaßen als Notwendigkeit ansieht, fertigte er Pfeile an. Obwohl der rothaarige Tanis und Goldmond als Anführer der Flüchtlinge oft gemeinsam zu sehen waren, gab es das Gerücht, daß irgendwo ein großer, finsterer Mann aus den Ebenen herumlief, der Goldmond rechtmäßig seine Lady nennen durfte. Die Gruppe, die die Sklaven aus Verminaards Minen befreit hatte, bestand aus insgesamt neun Leuten. Gneiss hatte allerdings nur den Halb-Elf und Goldmond kennengelernt. Die anderen sieben hatten entweder eigene Angelegenheiten zu erledigen oder waren froh, diesen beiden die Verhandlungen überlassen zu können.

Auch gut, dachte Gneiss. Er hatte gehört, daß ein Hügelzwerg aus dem berüchtigten Clan Feuerschmied zu der Gruppe gehörte. Ihm fehlte jedes Interesse daran, mit einem Hügelzwerg zu reden oder auch nur im selben Raum mit jemandem zu sein, dessen Großvater in der Zwergentorkriegen gegen die Bergzwerge gekämpft hatte.

Ja, und hier sitzt Hornfell, dachte der Daewar, und trinkt Schnaps mit Fremden! Als ob er und der Rat sich um nichts anderes zu kümmern hätten als darum, wie man den Nachmittag am schönsten verbringt!

Gneiss bereute sein Urteil, als er die Augen seines Freundes sah. Die dunklen Schatten in den Augen des Hylaren verrieten ihm, daß hier schwerwiegende Dinge besprochen wurden.

Goldmond lächelte und winkte Gneiss in die Hütte, als würde das winzige Gebäude ihr gehören, als wäre sie die stolze Gastgeberin.

»Sucht Ihr Euren Freund? Nennt mich ruhig selbstsüchtig, Lehnsherr Gneiss. Ich nehme ihn zuviel in Anspruch.«

Der Titel Häuptlingstochter stand ihr zu. Gneiss dachte, daß er gern ihren Vater gekannt hätte, nur um den Mann zu sehen, der Goldmond so gut zum Herrschen erzogen hatte.

»So ist es, Lady. Wir brauchen ihn. Hornfell«, sagte er, »es gibt Neuigkeiten von der Grenze. *Guyll Fyr.*« Er hatte die zwergischen Worte verwendet und war überrascht, als der Elf reagierte.

»Buschbrand?« Mit aufmerksamen, grünen Augen wandte Tanis sich an Gneiss. »Wo?«

»Er kommt von den Hügeln westlich der Ebene der Toten herunter. Zwei Grenzpatrouillen haben das Feuer heute nacht entdeckt. Der Wind treibt es von hinten an, so daß es schnell vorwärts kommt.«

Schneller als der Wind, vor dem es hertrieb, dachte Gneiss. In der Morgendämmerung hatte er das Feuer von den Mauern von Nordtor beobachtet. Grelles Licht war zum leuchtenden Himmel aufgestiegen. Das *Guyll Fyr* hatte wie ein Flammenmeer ausgesehen, dessen Wellen gegen den Wald am Fuß des Gebirges brandeten wie gegen eine Küste. Dichter, schwarzer Rauch stieg in dicken Säulen zum Himmel auf oder wurde von den übermütigen, kalten Windströmungen über die Ebene der Toten hinweg vor den tobenden Flammen hergetragen. Der grelle Schein und der tödliche Rauch hatten das Licht der Dämmerung blaß und kränklich wirken lassen.

Gneiss sprach zu Hornfell: »Du wirst im Ratssaal gebraucht, mein Freund. Diese und andere Angelegenheiten warten auf dich.«

Goldmond stand von dem wackligen Tisch auf, an dem sie gesessen hatte. »Das Feuer.«

Gneiss nickte kurz angebunden. »Ja, Lady?«

»Wodurch ist es entzündet worden? Wißt Ihr das?«

»Nein, Lady, aber Ihr und die Euren seid hier sicher.« Er sah Hornfells Grimasse und zuckte mit den Schultern. »War das Eure Sorge?«

»Nein«, sagte sie leise. »Ich weiß, daß wir hier sicher sind. Ich weiß aber auch, was geschieht, wenn ein Buschbrand über die Ebenen rast. Ich habe das erlebt, aber nie so spät im Jahr.«

»Ihr denkt an Verminaards Drachen, nicht wahr?«

»Richtig.«

»Doch, ja, ich hatte denselben Gedanken, Lady.« Um Hornfells willen, weil sein Freund diese Frau aus den Ebenen, diese angebliche Klerikerin von Mesalax, zu schätzen schien, bemühte sich Gneiss um einen höflichen Ton. »Lady Goldmond, das ist eine Angelegenheit für den Rat. Ich hoffe, Ihr gestattet uns zu gehen.«

Goldmond sagte nichts, doch als Hornfell und Gneiss die enge, kleine Hütte verließen, begleitete Tanis sie. Hornfell sagte nichts dagegen, und Gneiss erhob keine Einwände, sondern lief einfach etwas voraus, während er sich damit beschäftigte, warum seine Worte sich so ungehobelt angehört hatten.

Thorbardin bestand aus sechs kleinen, tief im Berg gelegenen Städten. Diese Städte waren durch zahlreiche Straßen und Transportschächte sowohl untereinander als auch mit diversen Nebenhöhlen und den zwei großen Toren verbunden. Die beiden Zwerge kannten sich überall aus. Sie gingen durch diese Straßen, ohne nachzudenken, wie man es tut, wenn man an einem Ort geboren ist und sein ganzes Leben dort verbracht hat. Der Lärm aus dem Geschäftsviertel und die Stille der Gärten umgaben sie wie Sonnenlicht und Schatten.

Tanis folgte den beiden Lehnsherren schweigend und beschäftigte sich mit seinen Beobachtungen. Als die drei an einer kurzen, schmalen Brücke über die abgrundtiefe Haupthöhle anhielten, in der die Städte lagen, sah Gneiss sich um, weil er hörte, wie der Halb-Elf leise seufzend Luft holte.

Auf der Brücke, deren gewölbtes Dach und breiter Boden aus quadratischem hellen und dunklen Granit bestanden, war niemand zu sehen. Von der Promenade vor ihnen drangen Rufe und Gelächter von spielenden Zwergenkindern zu ihnen hin. Die zurückliegenden Gärten harrten still im Schatten.

»Was ist los?« flüsterte Gneiss.

Tanis hob eine Hand und lauschte mit gesenktem Kopf. Sie hörten, wie Ledersohlen über Stein liefen. Der Halb-Elf griff nach seinem Kurzschwert. Hornfells Finger schlossen sich um den Griff des kleinen Dolches an seiner Hüfte.

»Im Schatten«, sagte der Hylar.

Noch während er das sagte, trat aus den Schatten, die von der unten gähnenden Höhle bis zum Rand der Brücke reichten, eine Gestalt hervor. Schauer lief Gneiss über den Nacken. Er kannte den Zwerg, der aus der Dunkelheit trat und die Promenade betrat, als hätte er sie nicht gesehen.

Ein Theiwar, einer von Realgars Derro-Zauberlingen.

Tanis' Daumen streichelte abwesend das Heft seines Kurzschwerts. Er sah von Hornfell zu Gneiss. »Wer war das?«

»Den Namen weiß ich nicht«, raunzte Gneiss.

»Dhegan«, sagte Hornfell. »Genau, Dhegan. Einer von Realgars – Untertanen.«

Er hätte genausogut ›Assassinen‹ sagen können, dachte Gneiss. Er strich sich den Bart und hielt auf die helle Promenade zu.

Beim Gehen fiel dem Daewaren auf, daß Hornfell Tanis nichts erklärte. Das machte ihm bewußt, daß der Halb-Elf sie nicht begleitete, um die Stadt kennenzulernen. Irgendwann gestern oder heute nacht mußte Hornfell den beiden Anführern der Flüchtlinge die politische Lage im Zwergenkönigreich erklärt haben. Tanis, der Halb-Elf, Ausländer und Fremder, begleitete sie nicht nur als Weggefährte, sondern auch als Leibwächter.

Genau, ja, sie vertreten ihre Interessen. Das erste, was der verdammte Theiwar macht, wenn seine Revolution anfängt, ist, diese Flüchtlinge loszuwerden.

Plötzlich wollte der Daewar Licht sehen und fühlen. Bald würde er kämpfen müssen. Er wollte nicht im Dunkeln kämpfen.

Nachtschwarz hatte keine Freude am Feuerschein. Realgar beachtete sein ungeduldiges Fauchen nicht weiter, sondern drehte der Fackel an der Wand den Rücken zu. Sein schwarzer, verzerrter Schatten sprang vor ihm über den rauhen Steinboden der Drachenhöhle. Ein heftiger Wutausbruch hatte den Theiwar gepackt. Seine rechte Hand griff nach dem Schwert, das an seiner Hüfte hing, die Finger betasteten die Versilberung und das Muster der in das Heft gebetteten Saphire. Als ob er einen ruhespendenden Talisman berührt hätte, legte sich sein Zorn. Er winkte den beiden Wachen, die hinter ihm im Dunkeln warteten. Gemeinsam zogen sie eine schwere, reglose Last ins Licht.

Totes Fleisch! Nachtschwarz grollte, ein grimmiger, wütender Protestlaut. In der kleinen Nachbarhöhle lag außer Reichweite besseres Futter: der einhändige Zwerg und das Menschenmädchen, die Realgar am Morgen gefangengenommen hatte. Der Drache dachte an das lebende Fleisch, um dann die Leiche einer toten Zwergenwache zu beäugen.

»Soll ich das etwa essen?«

Realgar lachte, ein Geräusch wie knisterndes Eis. »Bist du denn immer noch hungrig? Waren eine Ziege und ein Kalb nicht genug? Ach, Drache, du bist wirklich unersättlich.« Mit flammenden Augen kam er auf Nachtschwarz zu. »Der Waldläufer ist weg! Ich habe den hier in der Zelle gefunden, wo er hätte sein sollen! Hast du Hunger? Schön und gut. Friß erst mal diese Leiche und dann finde den Waldläufer. Danach bekommst du besseres Fleisch. Vorher nicht.«

Nachtschwarz schlängelte seinen Hals nach vorn und weitete die großen Nüstern. Aas war eine Zumutung, aber sein Magen rebellierte vor Hunger. Er senkte seine messerscharfen Zähne in die Schulter des toten Zwergs, biß fest zu und knackte die Knochen.

Realgar nahm keine Notiz davon, sondern entließ die beiden Wachen mit einem kurzen Wort. Dabei drehte er dem Drachen und dem Toten zu seinen Füßen den Rücken zu. Er zog das Königsschwert aus der Scheide.

Öliger Fackelrauch strömte über das juwelenbesetzte Heft.

Das vom Gott berührte Herz der Klinge pochte im flackernden Licht der Flamme schneller. Realgar hob das Schwert mit beiden Händen hoch und senkte es langsam auf Augenhöhe. Der Stahl lief von seinen kurzen, raschen Atemzügen an. Durch den Schleier glühte das tiefrote Herz nach wie vor weiter.

Als Königsschwert trug Sturmklinge keinerlei Rune oder Zeichen.

»Die«, flüsterte er dem Schwert zu, »kommen später, um davon zu künden, was ich vollbracht habe. Prinzregent?« Seine Augen wurden zu Schlitzen. »Nein. Hochkönig.«

Kein Prinzregent, dachte er jetzt, als er die Klinge herunternahm. Kein Statthalter auf dem Thron des Hochkönigs, der bis ans Ende seiner Tage darauf wartet, daß ein sagenumwobener Streithammer gefunden wird. Ich werde Hochkönig!

Nachtschwarz reckte seinen Hals wieder und brachte seinen Kopf so tief, daß er fast den feuchten Stein bei dem Zwerg berührte. Das Auge des Ungeheuers war praktisch auf der gleichen Höhe mit Realgars. »Wozu bewache ich sie, Fürst, wenn nicht für mich selbst?«

Realgar lächelte kalt, während seine Augen von dem Königsschwert zu den Gefangenen wanderten, die immer noch da im Dunkeln lagen, wo seine Wachen sie hingeworfen hatten. Sein Schlafspruch würde bald nicht mehr wirken. Wieder lächelte er, als er daran dachte, wie sie unter den Augen eines hungrigen Drachen erwachen würden. Stanach, der Lehrling des Schwertschmieds, und das Menschenmädchen sollten für Besseres als für den Magen von Nachtschwarz aufbewahrt werden.

Für meine Krönung, dachte er, wo ich ihnen danken werde, daß sie mir das Königsschwert gebracht haben, nur um ihnen danach das Herz herauszuschneiden, weil sie es mir vorenthalten wollten. Zu dem Drachen sagte er nichts, sondern zuckte nur mit den Schultern.

Nachtschwarz hob den Kopf. Seine langen Zähne geiferten, und sein Atem stank nach seinen letzten Morden. »Fürst?«

Realgar blieb ruhig, obwohl er eine Gänsehaut bekam, als die Drachenzähne so nah an seinem Hals waren. »Du bewachst sie auf meinen Befehl. Das sollte Grund genug sein.«

Der Drache begnügte sich damit, sich auszumalen, mit welcher Zufriedenheit Verminaard das Schwert im Thronsaal von Pax Tarkas über dem Schädel dieses arroganten kleinen Fürsten aufhängen würde.

Realgar witterte den Sieg wie ein Wolf seine Beute. Er war so nah, daß er ihn nur noch packen mußte. Seine Assassine belauerten die anderen Lehnsherren, rangniedere Wölfe, aber ebenso hungrig. Nachtschwarz rollte seinen Schwanz fest an seine Flanken und verzog sein lippenloses Maul zu schweigendem Lachen.

Auch diesen Jägern würde die Beute verwehrt werden, bis Realgar das Kommando zum Schlachten gab. Dieses Kommando würde erst fallen, wenn Hornfell tot war.

Der Drache sah zu, wie Realgar, der die Gefangenen schon wieder vergessen hatte, das Schwert der Flamme entgegenhielt und wie seine Augen dem Licht folgten, das sich in der Klinge spiegelte.

Bald würde der Hylar Realgars finsteren Plänen zum Opfer fallen. Genau, du Feigling, höhnte der Drache, du tötest deinen größten Feind in Finsternis und Schatten. Heimlich stichst du ihm das Schwert in den Rücken. Glaubst du wirklich, daß das denen, die in diesem armseligen Königreich überleben, deinen Mut beweisen kann?

Realgar steckte das Schwert mit langsamen, fast feierlichen Bewegungen wieder in die Scheide. Mit einem seltsamen, wissenden Lächeln auf den Lippen drehte er sich zu dem Drachen um. »Du liest meine Gedanken, nicht wahr, Sevrist?«

Nachtschwarz streckte seine Flügel aus, wie um sich zu putzen.

»Doch, du liest sie, und das ist gut so. Hör weiter zu. Du wirst noch einmal für mich fliegen müssen, bevor wir hier fertig sind, und es ist gut möglich, daß ich dich nicht anders rufen kann.«

Während er seine Flügel eng an seine schlanken schwarzen Flanken legte, umzüngelte der Drache ununterbrochen seine Zähne. »O ja, Fürst. Ich stehe wie immer zu deinen Diensten.«

Realgar sah ihm nach, lauschte der zuversichtlichen Stimme in seinen Gedanken und bekam nicht den leisesten Zweifel an seinen eigenen Plänen oder an den lauteren Absichten des Drachen. Er dachte daran, Hochkönig zu werden, und er dachte an die dunkle Straße, die zu seinem Ziel führte.

Schön und gut, dachte Nachtschwarz, indem er Realgars

Wendung benutzte. Mit den Klauen fuhr er kratzend über den Steinboden, saugte an dem halb aufgefressenen Leichnam der Zwergenwache und stellte sich vor, die Knochen zwischen seinen mächtigen Kiefern wären die von Realgar.

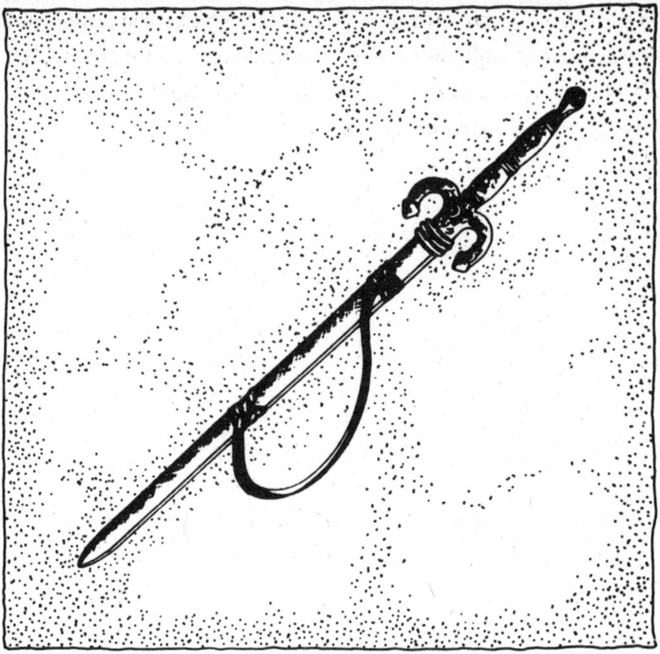

Kapitel 8

In der Luft der Höhle, die Hauk inzwischen als seinen Zufluchtsort betrachtete, schwirrte die Aufregung des irren Isarn. Stammelnd und schluckend versuchte der Schwertschmied verzweifelt zu reden. Das dunkle Haar auf Hauks Armen sträubte sich, als wenn ein Gewitter anrückte. Kalter Haß kroch sein Rückgrat hoch. Isarns Bemühungen, seine Aufregung zu beherrschen, ließen sein Gesicht derart zucken, daß er kaum ein verständliches Wort über die Lippen brachte.

Hauk schlug die Beine übereinander und lehnte sich mit dem Rücken an die Wand der Höhle, in der sie sich versteckten. »Langsam und ruhig«, flüsterte er. »Erzähl's noch mal.«

»Der Junge. Das Elfenmädchen. Der Junge.«

Hauk wußte nichts darauf zu antworten. Er begriff nicht, was Isarn ihm sagen wollte. Aber wegen der Panik in den Augen des Schwertschmieds hielt er den Zwerg für klarer bei Verstand als die ganzen letzten Tage.

»Erzähl«, sagte er wieder. Damit Isarn seine Nachricht loswerden konnte, sprach Hauk so freundlich wie möglich und versuchte, seine Ungeduld zu unterdrücken. Er wußte nicht, wie lange es anhalten würde – ob Momente oder ob eine Stunde –, daß Isarn vernünftig reden konnte.

Der Rhythmus der lichten Momente des Zwergs hatte sich ständig verändert, seit sie sich versteckten. Das Licht in seinen Augen war manchmal für längere Zeit scharf und klar, aber es kam selten vor. Wenn er verrückt war, trottete er unablässig in der Höhle herum. Dann erinnerte er Hauk an einen Spatzen, der in einer verschlossenen Scheune gefangen war und sich auf der Suche nach einem Ausgang flatternd gegen die Wände warf. Nur die Stimme in seinem Inneren konnte ihn dann beruhigen.

Wenn er bei Verstand war, so wie jetzt, waren seine Augen so ruhig wie das Wasser eines Weihers. Seine Hände lagen still in seinem Schoß, und er konnte sich nicht mehr daran erinnern, hin und her gelaufen zu sein. Da saß er neben Hauk und redete leise mit ihm wie mit einem Freund, der lange krank gewesen und jetzt auf dem Weg der Besserung ist.

Trotz dieser Fürsorglichkeit wollte Hauk ihn immer noch umbringen. Jetzt aber dachte der Waldläufer nicht ans Töten, obwohl er sich immer noch zeitweise danach sehnte.

Isarn atmete tief durch. Mit blitzenden Augen lehnte er sich vor, und Hauk befürchtete schon, sein Eifer würde einen weiteren Ausbruch wahnsinnigen Herumlaufens ankündigen. »Sturmklinge ist heimgekehrt!«

Hauk saß absolut still und wagte kaum zu atmen.

»Hör zu«, flüsterte Isarn, »hör gut zu. Das Meisterschwert ist hier. Das Königsschwert ist zurück ins Herz der Welt gekommen, wo es geboren ist!«

Hauk bewegte sich immer noch nicht.

»Hörst du?« Hektisch rieb Isarn seine Hände aneinander. Die Stille des Wassers würde gleich vorbei sein.

»Ich höre«, flüsterte der Waldläufer.

Kleines Schankmädchen, dachte er, nun hat er dich gefunden! Oh, Götter, nein! Er hat dich gefunden!

»Ja, zurück, wo es hingehört, zurück zu mir, der ihm Herz und Leben gegeben hat. Zurück zu mir für den Lehnsherrn. Den Lehnsherrn, den König, der sein wird. Mit dem Jungen zurückgekommen.«

Voller Angst fragte Hauk schnell dazwischen: »Was für ein Junge?«

»Der Junge – der Junge, den ich ausgebildet habe. Der Junge. Der kleine Stanach.«

»Ein Lehrling?«

»Genau, genau, der Junge. Und ein Mädchen, angezogen wie eine Elfe und genauso groß. Ist aber keine! Nein. Ein Mädchen mit Feuerhaar und Jadeaugen.«

Isarn schrie auf, als Hauk sein Handgelenk packte. Ein Mädchen mit Feuerhaar und Jadeaugen hatte Sturmklinge nach Thorbardin gebracht! Sein Schankmädchen!

»Erzähl mir von dem Mädchen! Rede!«

Der Zwerg schrak zurück wie ein Kaninchen vor den Fängen

eines Wolfes. Sich windend keuchte er etwas, das Hauk nicht verstand.

»Sag schon!«

»Realgar«, jammerte er. Angst durchschoß Hauk wie ein Blitzschlag. Sein Griff zerquetschte das dünne Handgelenk des Zwergs. »Realgar hat sie! Realgar – hat mein Schwert und den Jungen und das Elfenmädchen, das keine Elfe ist!«

»Wo?«

»In den Derro-Tunneln. Versteckt.«

»Warum?« schnappte Hauk. »Sag mir, warum!«

»Ich – ich weiß nicht.«

»Bring mich hin, Alter, oder ich brech dein Handgelenk wie einen dünnen Zweig.«

Es war kein großer Kampf. Etwas in seinen Augen ließ Hauk auf die Idee kommen, daß Isarns Nachgeben geplant gewesen war. Plötzlich verstand er, daß der alte Zwerg wollte, daß er seine kostbare Sturmklinge zurückholte.

Zorn loderte wie Feuer in Hauk. Sein Schankmädchen war gefangen. Er überlegte keine Minute, warum er sie als sein betrachtete. Vielleicht weil sie für ihn so lange das einzige gewesen war, das Realgar ihm nicht hatte nehmen können. Es spielte keine Rolle. Um des Mädchens willen würde er Isarns Sturmklinge finden.

Kapitel 9

Stanach starrte in leere Finsternis und lauschte dem grollenden, pfeifenden Atmen des Drachen. Wie ein zartes Echo auf den Drachenatem hörte er Kelidas Seufzen. Seit sie hierher gebracht worden waren, lag das Mädchen zusammengerollt neben ihm. Den Drachen nicht aus den Augen lassend, bewegte Stanach langsam seine Hand zur Seite. Er legte seine Finger an ihr Handgelenk, um den Puls zu fühlen. Obwohl er langsam und regelmäßig schlug, besänftigte das Stanachs Angst nicht. Realgars Schlafspruch hätte schon längst seine Wirkung verlieren müssen.

Er lehnte sich wieder an den kalten Stein, doch das Herz stockte ihm jedesmal, wenn der Drache gähnte oder sich streckte, jedesmal, wenn Kelida sich bewegte und das Riesenvieh in ihre Richtung schaute.

Die zweigeteilte Höhle enthielt die kleine Kammer, in der Stanach jetzt saß, und die große Drachenhöhle mit ihrer hohen Decke. Die Zweiteilung war nur daran zu erkennen, daß der Steinboden breiter wurde und die Wände höher, so hoch, daß man die Decke nicht mehr sehen konnte. Wahrscheinlich stiegen sie bis zum Himmel an. Durch den hohen Eingang zur Drachenhöhle dröhnte das Echo des Bergwinds in die Gänge.

Seine eigene, natürliche Infravision zeigte Stanach den matten, roten Umriß des Drachen, der in seinem Bau lag. Stanach versuchte, die Entfernung zu schätzen, und stellte fest, daß fast fünfzig Meter zwischen ihnen und dem Ungeheuer lagen.

Und die kann er im Nu überwinden, dachte er.

Vom rechten Handgelenk bis zu seiner Schulter brannte ein sengendes Feuer. Realgars Wachen waren unsanft mit ihm umgegangen. Doch trotz des wiedererwachten Brennens in seinem Arm und seiner Schulter spürte Stanach immer noch nichts in seiner verbundenen Hand. Er wußte jetzt, daß er die Schmerzlosigkeit nicht Kems Salben zu verdanken hatte. Er würde nie wieder etwas in dieser Hand fühlen. Nicht einmal Schmerz. Verrenkte Knochen, ja, auch gebrochene Knochen waren heilbar. Zerfetzte Muskeln jedoch niemals.

Stanach sah den bösartigen, gelben Glanz in den Augen des Drachen.

Sein Atem ging schneller, wie ein Blasebalg. Stanach spürte seinen Hunger wie eine Drohung tief in seinen Eingeweiden, spürte sein Warten. Er hatte den Befehl, Realgars Gefangene noch nicht zu zerreißen, sie nur zu bewachen. Also wartete er.

Nachtschwarz nannte ihn Realgar. Vor einiger Zeit hatten sie ihm zwei Ziegen und ein schreiendes Kalb gebracht, um seinen Hunger zu stillen. Das Blut stank immer noch metallisch aus dem Maul. Zwischen den Tierknochen lagen die schwarzsilbernen Fetzen einer Theiwaruniform.

Kelida rührte sich – eine leichte Handbewegung – und lag wieder still.

Zu lange, dachte Stanach. Sie ist schon zu lange bewußtlos.

Wieviel Zeit war vergangen? Er hatte nur vage Erinnerungen daran, wie er an diesem Ort tief unter den Städten aufgewacht war. Eine Zeitlang war er verwirrt und von den Nachwirkungen des Schlafzaubers benommen gewesen. Dann hatte Zeit wie im Traum wenig Bedeutung gehabt. Selbst jetzt, während er dem Atmen des Drachen lauschte, erinnerte sich Stanach nur an die wenigen Momente nach der Landung von Nachtschwarz in einer tiefen Klamm unter dem Sims von Nordtor.

Ein Trupp von sechs Theiwaren unter der Führung von Realgar war wie nachtschwärmende Fledermäuse aus einer Höhle geströmt. Jeder von ihnen hatte eine gespannte Armbrust auf Stanach und Kelida angelegt und hätte auf Befehl des Lehnsherrn sofort geschossen. Realgar hatte nichts dergleichen befohlen. Dafür befahl er den beiden abzusteigen, und sie gehorchten, weil beide damit rechneten, sonst von einem Bolzen getroffen zu werden.

Drei Wachen hatten Stanach augenblicklich umringt, als er den Boden betrat. Innerhalb von Sekunden hatten sie ihn sorgfältig entwaffnet. Während eine Wache Stanach mit der Armbrust in Schach hielt, zerrten ihn die anderen beiden an den Armen in das klaffende, finstere Loch, wo es in die Höhle ging. Am Eingang hatte sich Stanach trotz des harten Griffs seiner Häscher herumgeworfen und gesehen, daß Kelida genauso umringt war.

Realgar hatte sich ihr genähert, wobei seine seltsamen, dunklen Augen glänzten und seine Hände unablässig zuckten, als würden sie sich auf das Gefühl freuen, den kühlen, goldenen Griff von Sturmklinge zu halten.

Die Hände der Wachen hatten sich fester um Stanachs Arme geschlossen. Sie hatten ihm die Arme auf den Rücken gedreht, und stechende Schmerzen waren von seinen Ellbogen zu den Schultern gerast. Wie betäubt hatte Stanach durch einen trüben, roten Nebel zugesehen, wie sie Kelida entwaffneten.

Stanach wurde schlecht, als er jetzt daran dachte, wie Realgar langsam nach dem Königsschwert gegriffen hatte, wie der Theiwar fast den saphirbesetzten Griff berührt hatte, um dann die Hand zurückzuziehen. Er hatte die Wachen weggeschickt. Ganz vorsichtig hatte Realgar den Waffengurt von Kelidas Hüfte gelöst.

Stanach schloß die Augen und versuchte, Kelidas leises Stöhnen und seinen eigenen empörten Wutschrei nicht noch einmal zu hören. Realgar hatte lächelnd den Gurt umgeschnallt.

Wie ein Echo dieses dünnen, verzweifelten Stöhnens stockte Kelida jetzt der Atem. Stanach griff wieder nach ihrer Hand, legte seine darauf und beugte sich zu ihr.

»Lyt Chwaer«, flüsterte er so leise, daß er die Worte kaum selber vernahm, »ganz ruhig. Ich bin da.«

Die Höhle war schwärzer als eine mondlose Nacht, und als Mensch hatte sie keine Infravision. Stanach fühlte ihre Hand in der seinen zittern.

Nachtschwarz grollte tief in seiner Brust. In seinen Augen

leuchtete ein unheilvolles Gelb, während er seine Gefangenen beobachtete. Dann wich der riesige, schwarze Drache scheinbar uninteressiert zurück. Kelidas Hand in Stanachs wurde kalt und schlaff, als das rauhe Geräusch der Schuppen, die über den Stein rieben, und der kratzenden, scharfen Klauen durch die Höhle hallte.

Stanachs Finger schlossen sich wieder um Kelidas Hand und hielten sie schweigend fest, bis Nachtschwarz sich ganz zurückgezogen hatte. Wie lange würde Realgars Befehl den Drachen zurückhalten?

Langsam und so leise wie möglich setzte Stanach sich um und ließ Kelidas Hand los. Sie hielt den Atem an und griff nach seinem Arm, eine Ertrinkende, die sich in einem kalten, schwarzen Ozean an ihren einzigen Halt klammert. Ihre Stimme war schwach und belegt vor Angst. »Ich kann – ich kann nicht mehr sehen.«

»Oh, doch, du kannst, Kelida. Du kannst nur hier nichts sehen. Leise jetzt, halt dich an mir fest und setz dich hin.«

Sie bewegte sich langsam. Mit der Felswand im Rücken setzte sie sich gerade hin.

»Besser? Wie geht es deinem Kopf? Tut bestimmt weh.« Er versuchte, sich sorglos anzuhören, merkte jedoch, wie falsch sein Ton in seinen Ohren klang. »Ja, ja, das macht der Schlafspruch. Kopfschmerzen wie nach einer guten Flasche Zwergenschnaps, nur ohne den Spaß dabei.«

Nachtschwarz ächzte laut und tief in seinem Teil der Höhle, wobei seine Schuppen wieder über den Steinboden kratzten. Kelida schreckte hoch, um dann absolut still zu verharren.

»Nur der Drache«, sagte Stanach, als würde er sagen ›nur ein Kaninchen‹. »Im Moment sind wir sicher.«

»Wo – wo ist er?«

Stanach zuckte mit den Schultern. »In seiner Höhle, spielt Wachhund.« Er log aalglatt. »Interessiert sich nicht für uns.«

Ob sie ihm das abnahm? Stanach glaubte es nicht.

»Warum kann ich nichts sehen?«

Stanach schniefte. »Weil es hier kein Licht gibt. In der Außenwelt ist immer Licht. Selbst in der wolkigsten Nacht wird es zwischen Himmel und Erde gefangen. Hier, im Herzen der Welt, gibt es nur das Licht, das wir machen.«

»Aber – du kannst mich sehen.«

Nachtschwarz gab einen nach Blut stinkenden Rülpser von sich. Stanach sprach schnell, um die Panik zu ersticken, die er in Kelida aufsteigen spürte.

»Alles, was lebt, strahlt Wärme aus. Unbelebte Dinge wie Stein und Berg speichern das Tageslicht. Das ist es, was ich sehe, den Umriß dieser Wärme. Du bist eine unscharfe Gestalt, aber die erkenne ich sehr gut. Wenn du jetzt meine Augen sehen könntest, würden sie dir bestimmt nicht gefallen. Um das letzte bißchen Licht zu erwischen, erweitern sich die Pupillen so sehr, daß sie wie bodenlose Löcher aussehen.«

Kelida holte tief Luft und stieß sie mit einem langsamen, fast geräuschlosen Seufzer wieder aus. »Was werden sie mit uns machen?«

Stanach wußte nicht, wie er antworten sollte. Er schüttelte den Kopf, erinnerte sich dann jedoch, daß sie die Geste nicht sehen konnte. »*Lyt Chwaer*, ich weiß es nicht. Realgar hat Sturmklinge. Ich weiß nicht, warum er uns nicht schon umgebracht hat.«

Kelida schwieg einen Moment lang. Stanach fühlte, wie sich ihre Finger wieder um seine Hand klammerten. Er wußte, was sie als nächstes fragen würde.

»Dann – dann ist Hauk tot?«

Stanach schluckte heftig, sagte aber nichts.

»Stanach?«

»Genau«, flüsterte er, »Hauk ist tot.«

Wie konnte er so viel Trauer, so viel Schmerz in einer tiefenlosen Aura aus rotem Licht erkennen?

»Lyt Chwaer«, flüsterte er.

Sie vergrub ihr Gesicht in seiner Schulter. Stanach fühlte ihre warmen Tränen an seinem Hals, als sie leise weinte. *Lyt Chwaer*, nannte er sie, kleine Schwester. Sie hatte ihn in seinem Kummer getröstet, ihn nach seiner Folterung mit zarter Hand und mit der Sanftheit einer Schwester versorgt.

Stanach hielt sie fest im Arm, während sie weinte. Über ihrer Schulter sah er seinen rechten Arm, von dem der rote Glanz seiner Körperwärme ausging. Die Hand, die mit den abgerissenen Streifen ihres Mantels verbunden war, lag schwer und gefühllos auf ihrem Rücken. Sie war so leblos, daß er nichts sehen konnte, dort, wo seine Hand hätte sein sollen.

»Es tut mir leid«, flüsterte er. »Kelida, es tut mir leid.«

Plötzlich versteifte sich Kelida in seinen Armen und wurde dann schlaff, als wenn sie die Last eines neuen Kummers nicht ertragen konnte. Mit vom Weinen belegter, rauher Stimme sagte sie: »Ich… ich habe ihn umgebracht.«

Stanach hielt den Atem an, weil er nicht sicher war, ob er sie richtig verstanden hatte. Er hielt sie von sich ab, um ihr Gesicht, ihre Augen sehen zu können, sah aber nur einen bebenden, roten Umriß.

»Kelida, was sagst du da?«

»Ich hätte… ich hätte besser auf das Schwert aufpassen müssen.« Ihre Hände bedeckten ihr Gesicht wie die Geister von toten Vögeln. »Nein. Ich hätte es dir oder Tyorl geben sollen. Wenn ich es sicher verwahrt hätte – wenn ich es zu deinem

Lehnsherrn gebracht hätte...« Sie holte schluchzend Luft. »Oh, Stanach! Wenn ich nicht so darauf bestanden hätte, daß ich es tragen will, es... es behalten will, dann würde er noch leben!«

»Nein«, wisperte Stanach. »Nein, Kelida, das ist nicht wahr. Es gibt nichts, was du hättest tun können.«

»Wenn ich dir das Schwert überlassen hätte, anstatt so zu tun, als ob... als ob ich etwas von ihm hätte, bloß weil ich sein Schwert hatte. Ach, anstatt so zu tun, als wenn er es mir gegeben hätte, weil... weil ich ihm wichtig war. Als ob er sich an mich erinnern würde und vielleicht –«

»Nein!« schrie er barsch.

Das Echo des Schreis kam von den Wänden der kleinen Höhle wie schwacher Protest zurück. Krallen kratzten über den Stein. Nachtschwarz knurrte tief in seiner Brust. Gelbe Augen leuchteten von der gegenüberliegenden Seite der Höhle herüber. Das Untier bewegte sich nicht, aber Stanach war sicher, daß es lachte.

Er hielt Kelidas Arm mit der linken Hand fest und ließ die gefühllose rechte Hand fallen.

»Kelida, es tut mir leid. Oh, ihr Götter, es tut mir leid! Hauks Tod war nie etwas, was du hättest verhindern können.«

Sie schluckte betroffen und schüttelte den Kopf. »Doch, wenn ich –«

»Nein«, flüsterte er, »nein. Hauk ist tot, ja, aber das hat nichts mit dir zu tun. Kelida, er war wahrscheinlich schon tot, bevor wir Langenberg verlassen haben.«

Sie wich vor ihm zurück, ganz langsam wie vor einem plötzlich gezückten Dolch. »Aber du hast gesagt...« Ihre Stimme verlor sich in einem schaudernden Seufzer, als sie zu verstehen versuchte. »Nein, Stanach. Du hast gesagt...«

»Ich habe gelogen. Ich brauchte das Schwert. Ich habe dich angelogen.«

Sie stöhnte leise.

Stanach lehnte seinen Kopf an die Felswand und schloß die Augen. Er sagte nicht, daß es ihm leid tat, obwohl nur Reorx wußte, daß ihm noch nie im Leben etwas so leid getan hatte. Nicht einmal der Verlust des Königsschwerts. Er konnte keine Worte dafür finden, wie er sich fühlte; er glaubte nicht, daß es in irgendeiner Sprache Worte dafür gab.

Nachdem er lange Zeit den Atemzügen des Drachen und Kelidas Weinen gelauscht hatte, spürte Stanach ihre leichte Hand auf seinem rechten Arm. Sie hob seine Hand hoch, die in die Fetzen ihres Mantels gewickelt war. Nur weil er hören konnte, wie ihre Finger leise über den Verband strichen, wußte er, daß sie seine zerstörte Hand hielt.

Guyll Fyr tobte über die windgepeitschte Ebene der Toten. Lange, dünne Flammenfinger preschten dem Hauptbrand voraus wie eine glühende Vorhut mit Wimpeln, die heller strahlten als die Sonne. Gierig nach Beute raste das Feuer durch Sumpf und Wiesen und fraß dünnes Gras und dürre, trockene Farne.

Realgar stand vor dem Arbeitstisch in der Kammer des Schwarzen Mondes und betrachtete das Feuer auf der glatten, klaren Glasfläche. Ein einfacher Sichtzauber hatte die Vision auf das Glas gerufen, und er sah das Feuer voranschreiten wie einen Mann auf einem Berggipfel.

Befriedigt flüsterte er ein Wort, als er mit der Hand über den Tisch strich. Die Szene veränderte sich und wurde detaillierter.

Eine Sumpfratte ruderte in einem flachen, schilfumstandenen Teich zum Grund und starb kurz vor ihrem Bau, weil ihr Blut in dem plötzlich siedenden Wasser gekocht wurde.

Eine Ente mit smaragdgrünem Kopf rang vergeblich nach Luft, um sich mit letzter Anstrengung zu erheben und den Flammen zu entkommen.

Ein langbeiniger Kranich und ein schneller Silberfuchs flohen vor dem heranrückenden gemeinsamen Feind. Gnadenlos fing und tötete sie das *Guyll Fyr* wie alle anderen Lebewesen auf seinem Weg. Die einst kühle Luft über der Ebene zitterte in der Hitze des vorbeiziehenden Feuers. Der Wind, der stets wie ein verirrter, geistesgestörter Reisender über die Ebene der Toten blies, trieb die Flammen kreuz und quer herum.

Dem Zauberer kam das Feuer wie ein wütendes Tier vor, das sich mit explosiven Flammenstößen aufbäumte. Das *Guyll Fyr* jagte auf die Ausläufer der Berge zu, zischte über die Sümpfe und brüllte dem größeren Festmahl eines dichten, saftigen Kiefernwalds mit entsetzt fliehenden Tieren entgegen.

Realgar wandte sich von den Schauplätzen der Verwüstung ab. Die Flammen woben einen Teppich aus grellem, gewaltsamem Tod, aber es war noch ein weiterer Faden einzuweben, um das Bild komplett zu machen. Diesen Faden hielt Realgar jetzt in den Händen.

Obwohl seit vielen Jahren keine regelmäßige Wache mehr in den Ruinen von Nordtor stand, war jetzt eine aufgestellt worden. Das seit den zerstörerischen Kämpfen der Zwergentorkriege nutzlose Tor war inoffiziell dem Bereich der Theiwaren zugeschlagen worden. Realgar ließ sich lachend auf einen Stuhl hinter dem Glastisch fallen. Die Wache bestand aus Gneiss treuen Daewars.

Alle treu, dachte er, oder fast alle. Jeder ist bestechlich, selbst ein Daewarwachmann.

Und genau solch ein Posten suchte gerade nach Hornfell, um ihm auszurichten, daß Gneiss ihn an der Mauer von Nordtor zu sprechen wünschte. Der Verräter würde die Nachricht bringen, daß der Lehnsherr der Daewars gesehen hatte, wie das *Guyll Fyr* in die Ebene der Toten herunterfegte. Die Nachricht würde in dringlichem Ton überbracht werden, damit die betrügerische Wache Gneiss' angebliche Sorge um die Ernährungslage von Thorbardin vermittelte.

Auch wenn Hornfell inoffizielles Theiwargebiet nur widerstrebend betreten würde, wußte der Hylar, daß man nur von Nordtor aus das Fortschreiten des Feuers beobachten konnte. Doch der Glaube, zu Gneiss zu gehen, würde ihm genügen.

Allerdings würde ihn dort nicht Gneiss erwarten, sondern Realgar. Und Sturmklinge.

Realgar fuhr mit der Handfläche über das Schwert in der Scheide an seiner Seite.

»Genau«, flüsterte er, »du hast lange nach dem Königsschwert gesucht, Hornfell, und in Nordtor wirst du es finden. Zu guter Letzt wirst du es sehen, und es wird dich töten!«

Die Göttin Takhisis, die Königin der Finsternis, hatte ihm die Hand gereicht. Er brauchte sie nur zu ergreifen. Der Funke der Revolution, der das zundertrockene Thorbardin anzünden würde, würde die Herrschaft eines Derro begründen.

Realgar schloß die Augen und rief den schwarzen Drachen mit seinen Gedanken.

Hast du den Waldläufer gefunden?

Das hatte Nachtschwarz nicht. Ein Hauch von Ungeduld durchzog die Gedankensprache des Theiwars. *Macht nichts. Es wird bald vorbei sein. Danach können wir ihn suchen.*

Ein Gedanke, ein Befehl, und Realgar schickte den schwarzen Drachen zu den Berggipfeln aus. Nachtschwarz würde bereitstehen, um seinen Angriff auf Hornfell und dann auf die Daewarwachen in Nordtor und Südtor zu decken.

Gneiss blieb in der Mitte des Gartens vor dem Rat der Lehnsherren stehen. Der schwere Duft der weißen Hundsrose und der roten Zierpflaume lag in der Luft. Er war nicht darauf aus, eins von beiden zu bewundern, und fühlte sich unwohl angesichts der lieblichen Heiterkeit, die der Garten ausstrahlte. Hinter den grünen Buchsbaumhecken lag eine seltsame, brütende Stimmung über Thorbardin. Wie typische Stadtmenschen witterte die Bevölkerung das Unheil. Obwohl es sich nur wenige klarmachten, reagierten alle mit Ungeduld und besorgten Blikken darauf.

Gneiss wandte sich zum Gehen und schlug den kürzesten Weg zur Straße ein. Als er an dem kleinen Teich am Ostrand des Gartens vorbeikam, merkte er, daß der Garten nicht so leer war, wie er gedacht hatte. Tanis, der Halb-Elf und Fremde, saß am Ufer und warf Steinchen ins Wasser.

Als er die Schritte des nahenden Zwergs hörte, drehte sich Tanis abrupt um, entspannte sich aber sichtlich, nachdem er den Daewar erkannt hatte.

»Falls Ihr Hornfell sucht«, sagte Tanis, »hier ist er nicht.«

»Das sehe ich.« Gneiss betrachtete ihn genau. »Sucht Ihr irgend etwas hier?«

Der Halb-Elf schüttelte den Kopf. »Ich genieße nur den Garten.« Als Gneiss' durchdringender Blick mißtrauisch wurde, lächelte Tanis. »Immer langsam, Gneiss. Hornfell war gerade hier. Wir haben uns unterhalten, aber eine Wache – der Uniform nach eine von Euren – rief ihn weg.«

»Hat er gesagt, wo er hin wollte?«

»Mir nicht.«

Ein unangenehmes Schweigen stand kurz zwischen ihnen. Tanis kratzte sich am Bart. Seine schmalen, grünen Augen waren verhangen. »Gneiss, Ihr mögt mich nicht, oder?«

Überrumpelt stammelte Gneiss: »Darüber habe ich mir noch keine Gedanken gemacht.«

»O doch, das habt Ihr.« Tanis hockte sich wieder hin und warf einen weiteren Stein in den Teich. »Ihr mögt keine Fremden, und Ihr wollt sie schon gar nicht in Thorbardin haben. Sagt mal, warum habt Ihr schließlich doch zugestimmt, die Flüchtlinge aufzunehmen?«

»Weil alle Argumente von Hornfell überzeugend waren«, sagte Gneiss kurz angebunden. Er kniff die Augen zusammen. »Was wollt Ihr, Halb-Elf?«

»Sicherheit für die Flüchtlinge.« Tanis kam gewandt auf die Füße und ließ die Kiesel aus seiner Hand fallen.

»Die habt Ihr.«

»So? Nicht, solange sie in Gefahr sind, zwischen Hammer und Amboß gefangen zu werden. Oder zwischen den beiden Seiten einer Revolution.« Tanis schaute über die duftenden Buchsbaumhecken auf die Straße. »Da draußen ist man nervös, Gneiss. Behauptet nicht, daß Ihr das nicht spürt.«

Gneiss sagte nichts. Er fand nicht, daß Thorbardins innere Angelegenheiten ein passendes Thema für eine Diskussion mit einem Fremden waren.

»Es ist sehr unangenehm zwischen den Fronten, Gneiss. Bevor Ihr kamt, haben Hornfell und ich darüber geredet. Die Flüchtlinge werden kämpfen, wenn es sein muß. Es wäre besser, wenn sie mit Euch kämpfen und nicht trotz Euch. Wenn hier eine Revolution ausbricht, werdet Ihr unsere Hilfe brauchen.«

Gneiss schüttelte den Kopf. »Nicht die Hilfe von unerfahrenen Bauern, nein danke.«

Der Halb-Elf fuhr mit dem Finger sanft über den halberblühten Zweig einer Zierpflaume. Die federartige Blüte hinterließ feinen, goldenen Blütenstaub an seiner Fingerspitze. »Was ist mit der Hilfe der Leute, die diese Flüchtlinge aus der Sklaverei befreit haben– sie Verminaard unter der Nase weggeschnappt haben, Gneiss! – und sie den ganzen Weg von Pax Tarkas hierherführten?«

Achthundert, dachte Gneiss. Die Hälfte davon würde vielleicht kämpfen oder zumindest die Osthöhlen verteidigen können, wenn es sein mußte.

Aber er glaubte nicht, daß es soweit kommen würde. Realgar würde seine Revolution nur anzetteln, wenn er sicher war, daß er sie gewinnen konnte. Doch wenn Realgar zuschlug, dann weil Ranze sich mit den Theiwaren zusammengetan hatte. Der erste Schlag mußte hart und niederschmetternd sein. Die beiden Derro-Lehnsherren würden keine Zeit mit einem ersten Schlag gegen die fernen Ackerhöhlen im Osten von Thorbardin verschwenden. Es gab keinen Grund, den Halb-Elf oder seine Flüchtlinge einzuspannen.

Oder doch?

Gneiss betrachtete Tanis erneut. Diesmal lag weder Argwohn noch Mißtrauen in seinem abschätzenden Blick. Langsam begann er zu lächeln. Man konnte nicht sicher sein, wann und wo die Derros zuschlagen würden. Aber man konnte dafür Sorge tragen, daß ein solcher Schlag abgeschwächt wurde.

Die Ostfelder öffneten sich im Norden und im Süden zu Ranzes Daergarstadt hin. Wenn die Daergars wie Ratten in ihren Löchern in ihrer Stadt festsaßen, würde es ihnen schwerfallen, Realgars Revolutionsversuch zu unterstützen.

Er sah Tanis an und zog eine Augenbraue hoch. »Ich weiß wenig über Bauern, Halb-Elf. Ich könnte mir vorstellen, daß sie sich gut darauf verstehen, Ungeziefer zu fangen, um ihre Ernte zu schützen.«

Tanis zuckte mit den Schultern. »Das würde ich auch meinen.«

Gneiss strich sich über seinen silbrigen Bart. »Dann hätte ich womöglich doch noch eine Aufgabe für Eure Bauern.« Er bückte sich nach einem von Tanis' Steinen und warf ihn in den Teich. Die Ringe kräuselten sich vom Aufschlag des Steins langsam ans Ufer.

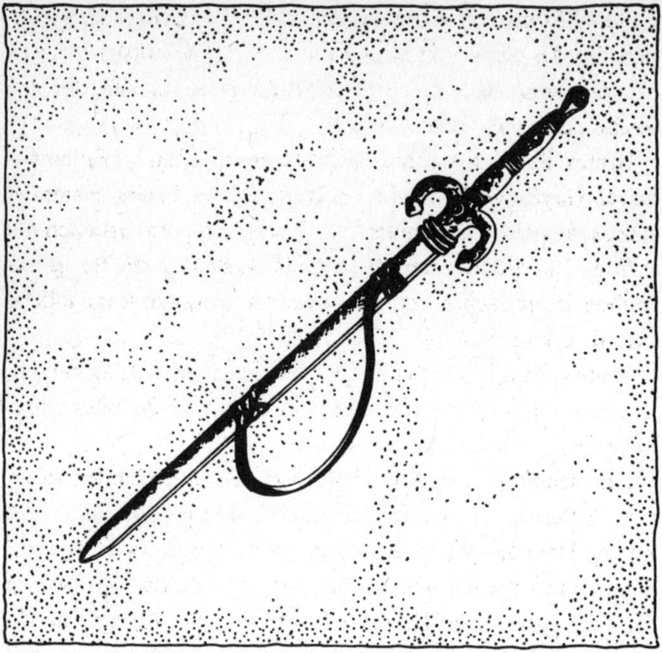

Kapitel 10

Tyorl sackte am rauhen Stamm einer hohen Kiefer zusammen. Seine Lederkleider hingen naß und schwer an ihm herunter. Sie waren vom Matsch des Sumpfes schlammverkrustet und mit schwarzer Asche und Dreck überzogen. Seine Beine waren kraftlos, Arme und Rücken nur noch schmerzende Muskeln – er wußte, ohne den Halt des Baums würde er umkippen.

Rauch und Asche ließen heiße Tränen sein Gesicht hinunterlaufen. Zitternd vor Kälte wischte sich Tyorl mit dem Handrükken die Augen, wodurch er Ruß und Dreck auf den blassen Wangen verschmierte und einem Trauernden ähnelte, der sich Asche aufs Haupt streut.

Hinter ihm tobte eine rasch voranschreitende Flammenwand. *Guyll Fyr* lief Amok im Torfmoor, und seine Flammen schossen hoch zum Himmel auf. Feuersäulen durchstießen die dichten Rauchschwaden, die auf die Ausläufer der Berge zutrieben. Er und seine Freunde würden nur wenige Augenblicke ausruhen können.

»Finn«, krächzte er. Das Wort blieb Tyorl in der heißen, trockenen Kehle stecken. »Finn, was weißt du über diese Berge?«

Finn schüttelte den Kopf, während sich seine Lippen zu einem bitteren, zynischen Lächeln verzogen. »Ich bin kein Zwerg. Über diesen Teil der Berge weiß ich genausoviel wie jeder andere – praktisch nichts. Ich habe gehört, daß die Zwerge diese Berge und Hügel die Außenwelt nennen. Aber sie haben schließlich Besucher nie willkommen geheißen. Schade, daß dein Freund mit seiner gebrochenen Hand nicht mehr bei dir ist.«

Wirklich schade, dachte Tyorl. Obwohl er den jungen Zwerg nie besonders gemocht hatte, hätte er sich jetzt als nützlich erwiesen. Doch der immer beherrschte, in sich gekehrte Stanach war wahrscheinlich bereits tot.

Die Herzlosigkeit dieses Gedankens ließ Tyorl zusammenzucken. Kühl und unzugänglich war Stanach immer gewesen, aber Tyorl wußte, daß Stanach mehr wegen Kelida als wegen dieses verdammten Schwertes Sturmklinge auf den Drachen gesprungen war und sich – erschöpft und einhändig – auf den Rücken des Untiers gezogen hatte.

Tyorl schüttelte den Kopf. Er war müde vom Laufen, müde vom Grübeln. Seine Gefährten waren inzwischen beide tot. Sie waren ein Teil von Sturmklinges Blutpreis.

Finn hustete in der dicker werdenden Luft, so daß Tyorl aufblickte. »Wir haben keinen Führer, Finn. Wir müssen das Beste daraus machen und uns nur zum Ziel setzen, dem *Guyll Fyr* zu entkommen.«

»Dieses Ziel werden nicht alle von uns erreichen.« Finn zeigte auf Lavim.

Der Kender lehnte am Stamm einer Kiefer und ließ den Kopf hängen, während sein Japsen seinen ganzen kleinen Körper erschütterte und in seiner Brust rasselte wie der Wind im Schilf. Die letzten Meile hatte er gehinkt und etwas über Steine im Schuh gegrummelt.

Das Loch in einem der alten Stiefel des Kenders war groß genug, um diese Ausrede zu untermauern. Aber es war trotzdem eine Ausrede, die Tyorl ihm nicht glaubte. Im Moment beugte sich Lavim gerade zu seinem rechten Knie, weil er sich unbeobachtet fühlte, und rieb es mit langsamen, sorgfältigen Bewegungen. Als er aus dem Sumpf gekommen war, hatte er es sich verrenkt.

Tyorl blickte zu Finn. Der Anführer der Waldläufer schüttelte wieder den Kopf, wobei Mitleid in seinen rauchblauen Augen aufschimmerte. Obwohl Finn sich dafür ausgesprochen hatte, dem Kender die Kehle durchzuschneiden und ihn im Sumpf liegen zu lassen, war sein Zorn wie immer von kurzer Dauer gewesen. Er war es, der Lavim fluchend und spritzend aus den letzten, tiefsten Wasserlöchern gezogen hatte.

Wir sind die letzten von den vieren, die aufgebrochen sind. Lavim und ich, dachte der Elf. Und keiner von uns wußte viel mehr als die Namen der anderen. Plötzlich erkannte er, daß ihm diese Kameraden in den paar Tagen ans Herz gewachsen waren. Der Tod von zweien – auch der des finsteren Stanachs! – würde lange Jahre dunkel in ihm brüten.

Tyorl stieß sich vom Baum ab.

»Wir verschwenden unsere Zeit. Stanach ist nicht bei uns. Ich weiß, welche Richtung er einschlagen wollte. Im Süden aus dem Sumpf, dann nach Osten. Ich weiß nicht viel über Thorbardin, aber ich weiß, daß wir noch nördlich davon sein müssen. Der Wind treibt das Feuer nach Nordost. Es wird ein harter Aufstieg im Süden nach Thorbardin. Wir sollten besser aufbrechen. Was Lavim angeht, Finn: Er wird es so weit schaffen wie ich, denn wenn er nicht mehr kann, werde ich ihn tragen.«

Ohne weitere Worte ging Tyorl zu Lavim. Dort ließ er sich auf ein Knie herunter und legte dem alten Kender die Hand auf die Schulter. Lavim sah sich um und setzte sein jederzeit verfügbares Grinsen auf. Er brauchte jedoch einen Augenblick, um dieses Grinsen an die rechte Stelle zu schieben.

»Wie geht es dir, Kenderchen? Bist du bereit für die nächste Etappe?«

»Ich bin bereit, Tyorl, wenn ihr es seid. Und ich glaube – na ja, ich meine, Pfeifer glaubt –«

»Was glaubt Pfeifer?« fragte Tyorl argwöhnisch.

»Er glaubt, daß er uns von hier aus nach Thorbardin führen kann. Er erkennt die Landschaft irgendwie und meint, daß es richtig ist, wenn ihr nach Südosten wollt. Er will wissen, ob ihr euch eine Zeitlang von ihm führen lassen würdet.«

Ein Geist als Führer? Tyorl seufzte erschöpft. Warum nicht. Wenn man aus einem brennenden Haus flieht, gibt man alles auf, um lebend davonzukommen. Er drehte sich zum Westhimmel um, der purpurrot leuchtete und von dicken, schwarzen Rauchschwaden verhangen war.

»Nun, im Moment haben wir überhaupt keinen Führer. Sag Pfeifer, daß ich seine Hilfe dankbar annehme.« Tyorl lächelte. »Aber laß es mich Finn erzählen, ja?«

Lavim nickte grinsend. »Er mag Pfeifer nicht besonders, hm?«

»Sagen wir mal, er mag die Vorstellung von Pfeifer nicht besonders.«

Tyorl fuhr mit der flachen Hand abwesend über das weiche Kirschholz der Flöte an seinem Gürtel. Er hatte sie Lavim im Sumpf weggenommen und mit dem Lederriemen an seinem Gürtel festgemacht. Seitdem hatte er sie ständig im Blick.

Tyorl lächelte.

Er würde es Finn irgendwie beibringen. Es wurde Zeit, alles aufzugeben, selbst den klaren Verstand, den er sich einst zugute gehalten hatte.

Hauk hatte keine Ahnung, wo er war, und er war dieses Gefühl bald leid. Es gab keine Möglichkeit, unter dem Berg die Richtung zu bestimmen, weil er keine Fixpunkte hatte und nur dem Licht nachlaufen konnte, das von Isarns flackernder Fakkel ausging. Er folgte dieser Fackel durch die dunklen, tiefen Gänge, wie er in fremden Ländern dem Polarstern folgen würde.

Isarn hatte aus seinen Vorräten in der geheimen Höhle einen Dolch und ein Schwert herausgeholt. Die hatte er Hauk mit einem stolzen Funkeln in seinen verrückten, alten Augen überreicht.

»Die habe ich gemacht«, sagte er nur, während er zusah, wie Hauk die gutgearbeiteten Waffen ausprobierte. »Nimm sie. Ich nehme die Fackel.«

Mit dem Dolch im Gürtel und dem Schwert in der Hand

fühlte sich Hauk besser als seit Tagen. Mit den Waffen kam er sich richtig vollständig vor, fast schon stark.

Die Tunnel, durch die Isarn ihn führte, schienen ein gewundenes, verschlungenes Labyrinth zu sein, das keinem vernünftigen System folgte. Manche waren breit und hatten Fackelhalterungen an den hohen, glatten Wänden. Andere waren eng und so niedrig, daß Hauk nur gebückt hindurchlaufen konnte. Der Rauch von Isarns Fackel zog dann nach hinten und drängte sich in Hauks Lungen, was ihm fast die Luft nahm. Am Ende solcher Gänge war sein Rücken stets steif, und die Schultern schmerzten. Er ergriff Isarn am Arm und hielt ihn fest.

»Wie weit noch? Und wo sind wir?«

Der alte Schwertschmied entwand sich Hauk. »Tiefe Höhlen. Nicht mehr weit. Nur ein paar Tunnel.«

»So? Wenn sie so niedrig sind wie der letzte, werde ich niemandem helfen können.«

Isarn erwiderte nichts, sondern zuckte nur mit den Schultern, als ob er darauf verweisen wollte, daß die Tunnel schließlich nicht für große Ausländer gebaut worden waren. Sie waren auch nicht für den normalen Verkehr in Thorbardin gebaut. An vielen Stellen fand Isarn sie selbst ziemlich eng. Als Hauk sah, wie sich Isarn am Ende eines weiteren Gangs tief bückte, stöhnte er innerlich und ließ sich auf alle viere nieder.

Ich werde noch auf dem Bauch rutschen, dachte er, bevor ich je dahin komme, wo der verrückte, alte Knabe mich hinschleppt!

In diesem Tunnel war die Decke so niedrig, daß es Hauk so vorkam, als würde er vom Gewicht des ganzen Berges heruntergedrückt. Die Wände waren so eng, daß der rauhe Stein an seinen Schultern und Armen schabte. Der Rauch von Isarns Fackel zog über dessen Schulter nach hinten, um dann plötzlich nach vorne zu schweben, als er von einer kalten Querströmung gepackt wurde.

Da erkannte Hauk, daß dies hier gar kein Gang war, sondern eine Art Verbindungsstück zwischen zwei Tunneln. Auf den Ellbogen robbte er durch den Tunnel und richtete sich dann vorsichtig wieder auf.

Isarn, der bisher ruhig und fast gelassen gewesen war, trat von einem Fuß auf den anderen. Sein Atem ging schneller, und seine Hände zitterten so sehr, daß das Fackellicht die Tunnelwände zum Tanzen brachte.

»Was ist los?« flüsterte Hauk.

»Hier. Sie sind hier. Der Junge und das Mädchen.«

Hauks Herz machte einen Satz und klopfte ihm bis zum Hals. »Wo?«

Isarn antwortete nicht, sondern drückte Hauk die Fackel in die Hand und schlüpfte in die finsteren Schatten vor ihnen. Hauk folgte ihm mit trockenem Mund, während ihm das Blut in den Ohren sang.

Sie war hier! Das Mädchen mit dem Feuerhaar, dessen Namen er nie erfahren hatte. Nur die Erinnerung an sie und ihre leuchtenden grünen Augen hatte ihn während all der Folterqualen, die Realgar ihm zugefügt hatte, nicht wahnsinnig werden lassen. Als er nicht mehr wußte, ob er tot oder lebendig war, als er Tyorls Tod gesehen und gespürt hatte und wußte, daß er ihn getötet hatte und es doch wieder nicht gewesen war, da hatten die Augen des Mädchens wie Smaragde in seinem Herzen geleuchtet.

Sie war hier.

Hauk folgte langsam dem Klang von Isarns aufgeregtem Atmen und bog um eine Ecke. Orangefarbenes Fackellicht fiel an die jenseitige Wand und zeigte, wo der Zwerg vor einer unregelmäßigen Felsspalte kniete. Sie war gerade breit genug für Hauk und reichte vom Boden bis weit außer Sichtweite des Waldläufers.

»Dahinter?«

Isarn nickte. »Genau. Der Junge und –«

Tief und bedrohlich füllte ein Grollen den Gang, das zu seinem schrillen Schrei anstieg, in dem Hauk irgendwie eine dunkle, wilde Freude wahrnahm. Der Felsen schien bei diesem Schrei zu vibrieren und Echos dorthin zurückzuwerfen, wo dieser markerschütternde Schrei ausgestoßen worden war.

Isarn heulte auf, ein dünner, hoher Entsetzensschrei. Das schreckliche Brüllen traf Hauk wie ein Schlag und warf ihn auf die Knie. Mit beiden Händen hielt er die Fackel fest, wobei er sein Schwert losließ. Er hörte nichts davon, wie der Stahl klirrend zu Boden fiel. Das Brüllen steigerte sich, als ob das Wesen, das den Schrei ausstieß, aufstieg. Schatten vom Fackellicht zuckten wie verrückt über Wände und Boden. Schwaches, orangerotes Licht flackerte durch den Gang und zeigte ihm abwechselnd die rauhen Wände und die Nischen, in denen die Finsternis zusammenfloß.

Von Isarn keine Spur.

Hauk hob die Fackel mit der linken Hand in die Höhe und ergriff mit der rechten Hand sein Schwert. »Isarn!« rief er leise. »Isarn!«

In dem Felsengang bewegten sich nur das zitternde Licht und die irren, tanzenden Schatten, die die Fackel warf. Angst erfaßte Hauk und jagte durch sein Herz. Isarn war nirgends zu sehen. Hauk hielt den Atem an, um zu lauschen. Er hörte nur das Zischen und Knistern der Fackel. Wo war der Zwerg?

Dann dachte er nicht mehr an Isarn. Leise wie das Heulen des Windes drang ein ersticktes Stöhnen durch den Spalt in der

Wand. Noch während er darin eine Frauenstimme erkannte, erstarb das Stöhnen.

Mit klopfendem Herzen und ohne nachzudenken, schoß Hauk durch den Spalt in der Wand. Isarn lag klein und zusammengesunken links vom Zugang. Hauk stellte ungerührt fest, daß der Zwerg sich nicht bewegte. Die Höhle war kalt und von trockenem, moschusartigem Reptiliengestank erfüllt. Hinten in der Ecke wurde ein Traum Wirklichkeit. Da kauerte ein Mädchen mit dicken, kupferroten Haaren.

Sie hockte auf Knien und streckte die Fäuste hoch. Die grünen Augen waren weit aufgerissen, das halb im Schatten liegende Gesicht war blaß und weiß. Ein Zwerg mit schwarzem Bart und dicken Armen stand vor ihr. Mit seiner verbundenen Hand griff er nach ihr.

Hauk stieß ein Bärengebrüll aus und rannte durch die Höhle. Dabei erkannte er, daß der Zwerg zu nahe bei dem Mädchen stand, als daß er mit dem Schwert zustechen könnte. Er wendete die Waffe und hob den Griff hoch in die Luft.

Sie sah und erkannte ihn in dem Moment, als er dem Zwerg den Schwertgriff zwischen die Schultern donnerte.

»Hauk!« schrie sie. »Nicht!«

Ihr Schrei übertönte das Keuchen des Zwergs und das Aufschlagen seines Körpers auf den Felsboden. Und er hallte in dem Entsetzen und dem Zorn in ihren grünen Augen wider, als sie sich über den Zwerg warf, als wollte sie ihn vor dem glitzernden Stahl des Schwerts beschützen.

Mit zitternder Hand und wild klopfendem Herzen senkte Hauk sein Schwert. Die Fackel flackerte auf und erlosch. Dunkelheit verschluckte die Höhle. Die einzigen Geräusche, die Hauk vernahm, waren das Raunen des Windes an einem fernen Ort über ihm und der stoßweise Atem des Mädchens.

Er griff nach ihrer Schulter und berührte sie sanft. Als sie zurückzuckte, traf ihn ihr Angstschrei mitten ins Herz.

Nach einer Weile entsetzlicher Finsternis streichelte eine Hand mit zitternden Fingern die Seite von Stanachs Kopf.

»Oh, bitte«, flüsterte eine vertraute Stimme. »Oh, bitte, Stanach. Bitte, mein Freund, sei am Leben.«

Es war eine kindliche Bitte, die ohne jede Rücksicht auf Logik von Herzen kam. Typisch Kelida.

Langsam fand Stanach das Bewußtsein wieder. Er erinnerte sich an kaum etwas außer dem plötzlichen Brüllen des Drachen. Kelida hatte entsetzt aufgeschrien. Sein eigenes Herz hatte ausgesetzt: Er hatte die reißenden Zähne von Nachtschwarz erwartet. Ganz sicher hatte er nicht erwartet, daß ihm ein Schwertknauf in den Rücken geschlagen würde.

»Lyt Chwaer«, seufzte er, ohne die Augen öffnen zu können, »es hat keinen Sinn, die Toten zu bitten, daß sie leben.«

Sie hielt überrascht den Atem an und nahm seine linke Hand fest in die ihre.

Da machte Stanach die Augen auf, obwohl das abrupte Eindringen von Licht ihm Kopfschmerzen bereitete. Flackerndes Licht von der erneut entzündeten Fackel warf dunkle Schatten auf Kelidas Gesicht. Ihre grünen Augen schienen das Flackern der Flamme zu spiegeln.

»Stanach?«

»Hmm«, seufzte er. »Was hat mich erwischt, Kelida?«

Hinter Kelida trat ein junger Mann mit schwarzen Haaren und schwarzem Bart in seinen Gesichtskreis. Die braune Lederkleidung hing lose um einen Körper, der normalerweise muskulös und füllig sein mußte.

Füllig, dachte Stanach, wenn er regelmäßig ißt. Der da hat in letzter Zeit weder regelmäßig noch oft gegessen.

»Ich habe dich erwischt, Zwerg.«

Aus der kalten Stimme sprach keinerlei Reue. Ein raubtierhaftes Leuchten drang aus den blauen Augen des jungen Mannes – Augen eines Wolfes, der zu lange gefangengehalten wurde, Augen eines Wolfes, der von seinem Rudel getrennt war und Angst hatte.

Stanach richtete sich zum Sitzen auf. Der junge Mann beobachtete jede seiner Bewegungen. Stanach erschauerte und dachte einen langen Augenblick, er würde einem Geist gegenüberstehen. Die Kleider eines Waldläufers und das Aussehen eines Raubtiers. Plötzlich wurde ihm bewußt, wer der junge Mann war. Aber wie konnte er noch leben? Wie konnte er die Folter überlebt haben, die Realgar ihm angetan haben mußte?

Es mußten wirklich schreckliche Qualen gewesen sein. Der Mensch, den Stanach hinter Hauks dunklen Augen erblickte, war auch innerlich ausgemergelt und schwach.

Rasch blickte der Zwerg zu Kelida. Sie schien verwirrt und mißtrauisch, als hätte sie zwar etwas Verlorenes wiedergefunden, könnte sich nun aus irgendeinem Grund aber nicht dazu entscheiden, sich zu freuen, weil sie Angst davor hatte.

Stanach stand auf, wobei ihn jeder Muskel schmerzte. Hauk sah ihn mit erhobenem Kopf angespannt an. Er verfolgte immer noch jede Bewegung mit seinen mörderisch kalten Augen. Der Zwerg zwang sich ein hoffentlich trockenes, anerkennendes Lächeln auf.

»Du bist Kelidas Hauk. Du hast einen guten Schlag.«

Hauks zusammengebissene Kiefer entspannten sich, und Stanach wurde klar, daß der Waldläufer nicht einmal ihren Namen gewußt hatte.

»Richtig«, sagte er und rieb sich dabei vorsichtig den Nacken. »Kelida.«

Kelida schluckte trocken und kam auf die Beine. Fahrig strich sie sich das zerzauste Haar aus der Stirn und glättete ihren zerknitterten, fleckigen Mantel. »Du – erinnerst dich an mich?«

Seine Lippen bewegten sich, obwohl er keinen Ton sagte. Er nickte.

»Steckst du... dann bitte dein Schwert weg?«

Er versteifte sich und hielt die Waffe fester.

»Bitte.« Mit ausgestreckter Hand kam sie einen kleinen Schritt auf ihn zu. »Wir haben dich gesucht.«

Hauk warf einen scharfen, argwöhnischen Blick auf Stanach. Dann senkte er das Schwert. »Und Tyorl?«

Kelida legte ihm die Hand auf den Arm und drückte das Schwert herunter. »Geht es hoffentlich gut.« Sie schaute Stanach an.

»Mir geht es gut.« Er lächelte mit einem ironischen Zug um den Mund. »Erzähl ihm lieber von seinem Schwert, Kelida. Und wenn er uns gefunden hat, weiß er vielleicht einen Weg nach draußen. Daß dieser Drache so plötzlich aufgebrochen ist, bedeutet bestimmt nichts Gutes.«

Stanach sah sich in der Höhle um. In den schwarzen Schatten nahe des Eingangs zur Höhle lag eine zusammengesunkene Gestalt. Der Zwerg holte tief Luft.

»Isarn«, sagte Hauk ungerührt. »Ich glaube nicht, daß er tot ist. Ich – er hat mich hierher geführt, und wir haben dieses Schreien und Brüllen gehört. Er ist zuerst reingegangen und muß gesehen haben, wie der Drache wegflog.«

Wie Hauk vermutet hatte, war der alte Meister nicht tot. Noch nicht. Er lag in den Schatten und atmete kurz und flach. Stanach erkannte ihn kaum. Der Wahnsinn, der so lange an seinem Verstand gezerrt hatte, und der Kummer, der genausolange seine Seele gequält hatte, waren auch äußerlich sichtbare

Zeichen geworden. Der alte Zwerg war abgemagert. Seine einst starken Arme waren nur noch Haut und Knochen. Sein früher voller, sauberer und immer schneeweißer Bart war struppig, verfilzt und schmutzig.

Die sanft starrenden Augen zwinkerten nicht einmal, als Stanach sich näherte.

Er fiel neben ihm auf die Knie. Einst hatten diese trüben braunen Augen im Geist Isarns Meisterstück geschaut. Einst hatten sie das erste Licht von der Klinge des Königsschwerts strahlen sehen. Stanachs Herz krampfte sich zusammen.

»Meister«, flüsterte er. Der alte Titel kam ihm leicht von den Lippen. »Meister Isarn.«

Diese Stimme kannte der Alte gut, und lange hatte er sie nicht gehört. Isarns trockene Zunge fuhr über seine aufgesprungenen Lippen. »Junge«, sagte er geistesabwesend.

»Ja, Meister, ich bin es. Ich bin zurück.«

Isarn sah den schmutzigen grünen Verband um Stanachs rechte Hand. Trauer stand wie Tränen in seinen Augen. »Was ist mit deiner Hand passiert, Kleiner?«

Stanach zuckte zusammen, wußte jedoch keine Antwort.

Er brauchte auch keine, denn Isarn vergaß die Frage. Als er wieder redete, sprach aus seiner Stimme feste Überzeugung: »Sturmklinge wird den Hochkönig töten!«

Stanach hielt den Atem an. Die Worte klangen wie eine Prophezeiung, wie eine Vorahnung, und Stanach spürte diese Vorahnung als kalte Angst auf der Haut.

Es wird den Hochkönig töten.

Aber es gab keinen Hochkönig in Thorbardin. Seit dreihundert Jahren hatte keiner auf diesem Thron gesessen. Und seit dreihundert Jahren war kein Königsschwert mehr in Thorbardin entstanden.

»Meister«, flüsterte er, »das verstehe ich nicht.«

Das leere Starren in Isarns Augen füllte sich jetzt mit Leben. Er sah Stanach direkt an, und seine Lippen verzogen sich zu einer Art Lächeln.

»Ach, Junge, du sagst immer, daß du nicht verstehst. Aber du tust es trotzdem immer.«

Wie Gespenster hörte Stanach wohlbekannte Worte aus seiner langen Vergangenheit – aus einer Zeit, als seine Hände voller Entdeckungsfreude waren und sein Kopf mit Lernen beschäftigt.

Deine Hände haben das Wissen, Stanach, mein Junge, und dein Herz hat die Wünsche. Deshalb muß dein Kopf – der manchmal härter ist als der Stein, nach dem du benannt bist – nur noch verstehen.

Nach diesen Worten würde Isarn ein weiteres Bröckchen Wissen weitergeben, um Stanachs Hand in der Schmiede anzuleiten.

Stanach beugte sich vor. »Meister, es gibt keinen Hochkönig. Ich verstehe nicht, warum du...«

Isarns Brauen verzogen sich zu einer Miene, die Stanach gut kannte. Es war das grimmige Stirnrunzeln, das einem Lehrling oder Gesellen blühte, der seinen Erklärungen nicht zugehört hatte.

»Es gibt einen König, Junge«, flüsterte er heiser und ungeduldig. »Es gibt einen König. Für ihn habe ich das Schwert gemacht. Sturmklinge habe ich es genannt – es gibt einen König.«

Hornfell! Stanach zitterte vor Erschöpfung, und weil er plötzlich begriff, was Isarn sagen wollte. Hornfell würde Hochkönig sein.

Stanach schloß die Augen, um nachzudenken. Isarn war unbestreitbar verrückt. War das weiteres Geschwätz? Es hieß, daß Isarns Abstieg in den Wahnsinn begonnen hatte, als Sturmklinge gestohlen wurde. Stanach wußte, daß dieser lange Abstieg angefangen hatte, als sein Meister das leuchtende Herz aus Feuer in Sturmklinges Stahl gesehen hatte.

Genau, aber nicht für einen Hochkönig. Für einen Regenten. Sogar Hornfell strebte nur die Regentschaft an. Der alte Schwertschmied war verwirrt und wanderte durch die trüben Nebel von Irrsinn und Tod. Er wußte nicht mehr, was er sagte.

»Meister Isarn«, sagte Stanach sanft.

Isarn antwortete nicht. Stanach betrachtete ihn mit klopfendem Herzen genauer. Die Augen des alten Schmieds starrten nicht mehr weit aufgerissen in die Luft, sondern waren still und trüb. »Meister?«

»Ich habe das Schwert gemacht«, hauchte Isarn, »für einen Lehnsherrn. Realgar wird damit einen Hochkönig töten.« Seine vom Alter knorrige, von Brandnarben übersäte Hand kroch über seine Brust. Als seine Finger Stanachs Hand berührten, waren sie trocken wie altes Pergament. »Du hast das Schwert nach Hause gebracht. Finde es wieder. Finde es.«

Ein schmerzhafter Knoten erstickte wie Tränen jede Entgegnung, die Stanach hätte geben können.

Er schloß seine Finger um die Hand des alten Zwergs. »Bitte nicht, Isarn. Trag mir das nicht auf...« Seine Worte verklangen flüsternd in einem Seufzer.

Isarn Hammerfels war tot.

Schlanke, zitternde Finger berührten ihn an der Schulter. Getroffen vom Tod seines Verwandten und Meisters, drehte sich Stanach blind um. Kelida ging neben ihm auf die Knie.

Im flackernden Fackellicht fiel ein schwarzer Schatten auf das Mädchen und den Leichnam. Aufblickend sah Stanach Hauk hinter Kelida stehen. Seine zuvor wolfsartigen Züge hatten sich etwas entspannt, wirkten aber immer noch gehetzt. Die Bilder der Folter spiegelten sich darin.

Der Zwerg versuchte aufzustehen, sank jedoch wieder auf die Knie zurück. Er war anscheinend sogar dafür zu müde. Wie sollte er das schreckliche Gewicht von Sturmklinge tragen können?

Kelida griff nach seiner Hand. »Laß mich dir helfen.«

Stanach wollte ihre Hilfe annehmen. Bevor sie seine Hand nehmen konnte, ging Hauks dazwischen.

Es war eine große Hand mit groben Fingern, die von Schwert- und Dolchschnitten vernarbt waren. Als er Stanach auf die Beine half, ließ er nicht sofort wieder los, wie es der Zwerg erwartet hatte. Statt dessen schlossen sich seine Hände zum langen Druck der Kameradschaft unter Kriegern.

Stanach sagte nichts. Es gab nichts zu sagen.

»Ich habe gehört, was der alte Zwerg zu dir gesagt hat«, erklärte Hauk. »Ich weiß nicht, ob dieses Schwert, diese Sturmklinge, mir gehört. Ich glaube nicht... Aber ich bin ein Teil der Geschichte. Realgar...«, Hauks Stimme senkte sich, »hat mir so viel angetan. Er hat mir Tyorls Tod gezeigt und mir eingeredet, ich hätte ihn getötet. Ich weiß... ich weiß, ihr sagt, daß er lebt, aber die Erinnerung an den Mord steckt immer noch tief in mir drin. Er hat mich sterben lassen und mich zurückgeholt.« Seine Augen waren jetzt auf Stanach gerichtet, weil er nicht wollte, daß Kelida die nackte Leere darin sah. »Und er hat mich wieder sterben lassen. Stanach, Realgar schuldet mir etwas.«

Stanach blickte auf seine Hand mit den gebrochenen Fingern. Er schloß die Augen und sah Krähen am kalten, blauen Himmel, hörte den Wind um einen Grabhügel in den Hügeln pfeifen. Isarns letzte Worte waren verrückt gewesen, geisterhafte Träume aus Mythen und Legenden. Die Wahrheit war, daß

Freunde und Verwandte wegen Realgars giftigem Streben nach Macht gestorben waren. Und es würden nicht die letzten gewesen sein, die sterben mußten.

Stanach sah mit kalter Angst, wie Hauk Kelida seinen Dolch gab. »Du auch? Nein, Kelida.«

»Doch.« Sie sah sich zitternd in der kalten Höhle um. »Ich werde nicht hierbleiben. Ich gehe dahin, wo Hauk hingeht. Wo auch du hingehst.« Sie fuhr mit dem Daumen über den Messergriff. »Schließlich hast du darauf bestanden, daß ich lerne, wie man damit umgeht. Ich glaube, unser Freund Lavim war ein guter Lehrmeister. Ich weiß nicht, ob ich damit töten kann, Stanach. Aber ich glaube, ich kann mich verteidigen. Ich komme mit.«

Sanft berührte sie seine verbundene Hand. »Meinetwegen haben sich Leute foltern lassen. Ich muß mit euch gehen.«

Der Zwerg blickte Hauk an und sah ein lebendiges Flackern in seinen Augen. Aber er sah auch die Angst. In diesem Augenblick verstanden sich Waldläufer und Zwerg ohne ein einziges Wort. Gut, sie würde mitkommen, aber beide versprachen einander, daß sie nicht verletzt werden durfte.

Kapitel 11

Bitterkalter Wind pfiff über den schmalen, bröckelnden Sims. Heulend wie die verlorenen Seelen der Verdammten zog der Wind den schwarzen Rauch aus der brennenden Ebene der Toten hinter sich her.

Von diesem Sims aus, dreihundert Meter über dem Tal mit dem Kiefernwald, sah Hornfell das Feuer wie einen Blitz aus goldener Seide sein Banner entfalten und in den Kapriolen einer launischen Brise herumspringen.

Unter Hornfells Augen verließ das Feuer die Ebene. Mit unheimlicher Geschwindigkeit rückte es zu den dicht bewaldeten Hängen des Berges vor. Wie eine brandschatzende Erobererarmee legte es alles auf seinem Weg in Schutt und Asche.

Plötzlich sprang der Wind um, wie es häufig in den steilen Einschnitten zwischen den Bergen vorkam. Jetzt kam er aus Nordwesten. Die Flammenwand folgte der Windrichtung und preschte wie verrückt durch das Tal unter Thorbardin.

Gneiss hatte ihm ausrichten lassen, daß er ihn am Wachhaus treffen wollte. Hornfell hatte gewartet und sich kurz mit dem Hauptmann der Wache unterhalten, bevor der Geruch des Feuers, das unten im Tal wütete, ihn auf den Sims hinauszog.

Jetzt stand Hornfell dort allein – zumindest so allein, wie es die Gegenwart der Wachen zuließ. Auf dem großen, leeren Platz hinter ihm, wo einst das Nordtor diesen Eingang nach Thorbardin bewacht hatte, standen vier starke Zwergenkrieger, zwei mit dem Gesicht zum Lehnsherrn der Hylaren und zwei, die einige Meter entfernt das Wachhaus beobachteten. Ihre Augen hingen nicht an Hornfell, sondern am Innenhof und an den Schatten der von Geröll umgebenen Ruine des Wachhauses. Die Hände hatten sie am Schwert. Keiner vergaß auch nur eine Sekunde, daß Gneiss ihnen die Verantwortung für Hornfells Sicherheit übertragen hatte.

Letztendlich war Nordtor feindliches Territorium. Obwohl ein Teil des Tors heutzutage von den Theiwaren besetzt war, lag über dem größten Teil der großen Halle, die vom Torhaus zum Nordgerichtshof führte, jahrhundertealter, dicker Staub. Die Halle an sich, ein einstmals belebter Vorposten, war sauber und soweit instand gesetzt, daß man sie betreten konnte. Doch die Überreste des Tempels und der Häuser dahinter waren seit den Zwergentorkriegen unverändert. Die Narben des Krieges waren an den Steinmauern und auf dem Boden immer noch zu sehen. An manchen Stellen besudelten riesige, schwarze Flekken, Rest von Blut, die zersprungenen Bodenfliesen.

Bis die Theiware das Gebiet für sich beansprucht hatten, hatten nur die Skelette der toten Menschen und Zwerge Nordtor bewohnt. Als Knochenhaufen und uralte Rüstungen in schwarzen, lichtlosen Ecken taten das einige auch jetzt noch. Die merkwürdige Derro-Rasse der Theiwarzwerge erfreute sich auf perverse Weise daran, mit den Toten zusammenzuleben.

Man hörte Stahl gegen Rüstung klirren und Stiefelschritte auf dem Boden des Gangs zwischen dem Torhaus und dem Nordgerichtshof. Wachablösung.

Tiefe Stimmen stellten gemurmelte Fragen. Hornfell nahm an, daß die neue Wache sich nach dem Stand des *Guyll Fyr* erkundigte. Im Tonfall der abgelösten Wachen hörte Hornfell mächtiges Unbehagen.

Er trat vom Sims zurück. Das uneinnehmbare Thorbardin war durch das Feuer nicht unmittelbar gefährdet, doch die Vernichtung von Sumpf- und Waldland würde im Frühling die Lebensmittelversorgung im Gebirgskönigreich gefährden.

Wir werden nicht hungern, dachte er bitter, aber wir werden schlank werden. Wie soll ich den Rat der Lehnsherren dann überzeugen, daß wir nicht nur weiter den Flüchtlingen helfen sollen, die wir jetzt schon beherbergen, sondern unsere Türen auch anderen öffnen müssen?

Hornfell seufzte.

Wie Gespenster verfolgten Hornfell die Gedanken an die schrecklichen Tage der Zwergentorkriege. Damals hatte die Umwälzung die Zwerge in das Gebirgskönigreich getrieben. Die Zerstörungen der damaligen Zeit hatten das Antlitz von ganz Krynn verändert.

Die Jahre nach der Umwälzung waren von Seuchen heimgesucht, und die Neidar, die Hügelzwerge, die vor der Umwälzung aus Thorbardin in die Außenwelt, die sogenannte Freiheit der Hügel, gezogen waren, wollten zurück ins Gebirgskönigreich. Sie waren hungrig und konnten weder ihre Felder bewirtschaften noch jagen, weil das Land von endloser Dürre verbrannt war.

Die Neidar brauchten Verbündete, und einen Verbündeten fanden sie in dem großen Zauberer Fistandantilus, der an der Spitze einer Armee von zerlumpten Menschen erst Pax Tarkas und dann Thorbardin belagerte. Die Menschen glaubten, daß in den Bergen große Schätze versteckt waren.

Dunkan wußte ebenso wie die Hügelzwerge, daß es wirklich einen Schatz gab: Es gab Nahrung. Aber nicht genug, um auch nur die Bewohner Thorbardins zu ernähren.

Hochkönig Dunkan wußte, daß er seinem Volk verpflichtet war. Er und sein Freund Kharas, der Held, planten das, was die Geschichte später die Zwergentorkriege nannte.

Brüder kämpften gegen Brüder, als Dunkan, der letzte König der Zwerge, entschied, daß er die wenigen ernähren und schützen wollte, für die das alte Thorbardin gebaut worden war.

Und jetzt wütete wieder ein Krieg auf Krynn. Hornfell wußte, daß jeder Krieg grausam war, daß dieser Krieg jedoch ein anderer war als der von Dunkan.

Zum einen, dachte er, während er in das vom Feuer bedrohte Tal starrte, kämpfen wir diesmal nicht. Mein Volk hat beschlossen, sich aus diesem Krieg lieber herauszuhalten. Zum anderen sind die Flüchtlinge, denen wir Zuflucht gewähren, keine Zwerge.

Nein, es sind Menschen. Aber macht das wirklich einen Unterschied? Man konnte diese übergroßen, aufsässigen und kurzlebigen Geschöpfe wohl kaum als Vettern ansehen. Doch in den Kriegsgebieten hatten sich Menschen und Elfen – wenn auch gezwungenermaßen – gegen die Drachenarmeen verbündet. Ein altes Sprichwort lautete: ›*Der Wolf an der Tür macht aus Fremden Brüder.*‹

»Und ebenso gilt auch ein anderer Spruch noch immer, König Dunkan«, flüsterte er dem seit dreihundert Jahren toten Zwerg zu. »*Wer nicht von seinen Vätern lernt, wird von keinem lernen.*«

Der Wolf lechzt nach dem Blut deiner Kinder, Dunkan. Ich kann seinen Atem im Rauch des *Guyll Fyr* riechen. Wir müssen aus diesen Fremden jetzt Brüder machen.

Mit diesem Gedanken wandte er sich vom Sims und vom Feuer ab und ging zwischen den Wachen hindurch ins Torhaus. Er wußte nicht, wo Gneiss war, konnte aber nicht länger auf ihn warten. Er würde dem Hauptmann der Wache die Nachricht hinterlassen, daß er hier gewesen war, und –

Er hörte das Wispern eines Atemzugs und sah sich um. Realgar lehnte mit gekreuzten Armen an der Säule des Tormechanismus. Er trug einen dunklen, schweren Mantel zum Schutz gegen den beißenden Wind. Der Mantel verhüllte nicht, daß er wie immer ein Schwert an der Hüfte trug. Seine schwarzen Augen mit den kleinen Pupillen glitzerten.

»Es ist wie eine Armee«, sagte Realgar, »und es kommt näher.«

Feuer draußen und Feuer drinnen! Hornfell fiel ein, wie Dhegan ihn und Gneiss an der dunklen Brücke verfolgt hatte, und er blickte zu den Wachen. Gneiss' Daewars kamen mit kalten Augen näher.

»Wie eine Armee, genau«, sagte Hornfell. Er widerstand dem Impuls, nach seinem Messer zu greifen. »Ich werde den

Rat einberufen. Wir müssen uns vorbereiten, denn es wird ein harter Winter.«

Realgar zuckte mit den Schultern. »Wie du meinst.« Er trat beiseite, um Hornfell durchzulassen, und wartete noch ab, bis die vier Wachen hinter ihrem Schützling hergelaufen waren.

Während die murmelnden Wachen vorbeizogen, amüsierte sich Realgar mit seinen Plänen für Mord und Revolution. Seine Armee blutrünstiger Theiware war bereit für den Kampf um die Städte, und Sturmklinge hing schwer an seinem Gürtel unter seinem Mantel. Das Königsschwert schien rastlos und hungrig zu atmen.

Er schloß mit Hornfells Wachen auf.

Der Gang zur Brücke über das Amboßecho war nicht völlig finster, obwohl es Kelida nach den einladend erleuchteten Straßen von Thorbardin so vorkam. Ihre Augen brauchten eine Weile, bis sie sich an das graue Licht gewöhnt hatten, das schwach in den steinernen Gang drang. Es war kein Licht von außerhalb des Berges, sondern ein zarter Widerschein von der stärkeren Beleuchtung durch die glitzernden Kristallschächte, die das Sonnenlicht in die eigentliche Stadt lenkten.

Als ihre Augen besser sehen konnten, schrak sie zurück und landete in Hauks Armen, der dicht hinter ihr stand. Die Brücke führte durch eine gleichzeitig so hohe und so tiefe Höhle, daß sie Kelida, die weder Decke noch Boden sah, grenzenlos vorkam. Niedrige Steinbrüstungen säumten beide Seiten der Brücke. Kleine Zwergenstatuen hielten das Geländer mit starken Steinarmen hoch, als ob sie Posten stünden.

»Stanach«, flüsterte sie. Das Flüstern floh als endloses Echo durch die Höhle. Kelida schluckte angestrengt und berührte Stanachs Schulter, damit er sie beachtete.

Mit der Hand am Schwert, das er in der Stadt aufgetrieben hatte, drehte sich Stanach um, und Kelida hielt die Luft an. Wie er in den Höhlen weit unter den Städten gesagt hatte, waren seine Augen jetzt nur weite, schwarze Pupillen, geisterhaft und leer. Es lief ihr kalt den Rücken hinunter.

Der Zwerg grinste spöttisch. »Hab ich's dir nicht gesagt? Erschreckt einen, wenn man nicht daran gewöhnt ist, hm?« Mit seiner verbundenen Rechten tätschelte er ihr den Arm. »Ich bin's, kleine Schwester, nur ich.«

...ich, nur ich... ich... ich...

Kelida erschauerte, fühlte dann jedoch Hauks Hand zögernd, aber warm auf ihrer Schulter. Seine Worte jagten ebenfalls durch die Höhle, als er sprach.

»Ich mag dieses Loch nicht, Stanach. Was macht Hornfell hier? Wir hätten euren Rat der Lehnsherren um Hilfe bitten sollen.«

Das wäre Stanachs erste Wahl gewesen, aber die Theiwarwache, die sie in einem kalten, dunklen Gang nahe der Drachenhöhle überwältigt hatten, hatte ihre Fragen nach Realgar und seinen Plänen nur mit frechem Lachen und stolzem Prahlen beantwortet: »Hornfell liegt jetzt tot am Nordtor!«

In stummem Einverständnis hatte Stanach Kelida weitergezogen, während Hauk noch einen Moment bei der Theiwarwache blieb, bevor er ihnen nachkam. Er hatte den Theiwar tot im Schatten des Ganges liegenlassen.

Das freudige Prahlen der toten Wache hatte Stanach mit Zorn und Verzweiflung erfüllt, die erst nachließen, als die drei die oberen Ebenen der Stadt erreichten. Es war Hauk, der herausfand, daß die Worte der Wache nicht der Wahrheit entsprachen. Zumindest noch nicht.

»Sieh hin«, sagte er, während er auf einen Marktplatz, eine

Taverne oder einen Park zeigte. »Das Volk ist nervös, Stanach, aber sie benehmen sich nicht wie Leute, deren Anführer tot ist.«

Stanach stimmte zu, und Hoffnung keimte in ihm auf. Vielleicht kamen sie doch nicht zu spät, um Hornfell zu helfen. Die Stimmung in Thorbardin war von schwelender Angst geprägt.

Thorbardin witterte einen Sturm und wußte, daß der Blitz bald losschlagen würde, und niemand wußte, aus welcher Himmelsecke er kommen würde.

Stanach schreckte aus seinen Gedanken hoch und zeigte auf die Dunkelheit um sie herum. »Das ist Theiwargebiet, nicht einmal Abenteurer wagen sich hierher. Die Brücke müßte jedoch sicher sein.«

Gefolgt von den Echos ihrer Schritte, die wie verstohlene Geister verhallten, betraten die drei die Brücke.

Als Kelida losging, zählte sie die Schritte, um sich von dem scheinbar endlosen Abgrund abzulenken. Obwohl die Brücke so breit war, daß sie nebeneinander hätten gehen können, kam sie Kelida immer noch zu schmal vor.

Der Widerhall ihrer Schritte wurde lauter, als ob es von nahen Wänden zurückgeworfen wurde. Kelida seufzte, woraufhin das Geräusch wie Wind durch die Schlucht raunte. Die Brücke über das Amboßecho lag hinter ihnen. Stanach warf einen Blick zurück, um sie dann wortlos vorwärts zu winken.

Sein unterirdischer Orientierungssinn war so scharf wie der eines Elfen im Wald und leitete sie unfehlbar in Richtung Norden. Sie kamen an Wänden vorbei, die schwarz vom Feuer und weiß von den Narben des Kampfes waren. In dunklen Ecken lagen die Skelette von Kriegern, die seit dreihundert Jahren tot waren. Leder und Stoff von ihren Kleidern waren längst verrottet, doch die brüchigen Knochen ihrer Hände umklammerten immer noch geborstene Schwerter. Rostige Kettenhemden und durchbohrte Rüstungen hingen an dem, was einst lebende Körper gewesen waren.

Kelida blieb dicht hinter Stanach, und die gleichmäßigen Atemzüge von Hauk hinter ihr trösteten sie wenigstens etwas.

Nach einer Weile, während der sie in der undurchdringlichen Schwärze nur langsam vorwärts zu kommen schienen, milderte Licht wie grauer Nebel die Finsternis um sie herum.

Kelida konnte den hohen Umriß eines Gebäudes mit Kuppeldach ausmachen, in das breite Steinstufen führten. Sie waren nicht mehr in den Felsentunneln, sondern auf einer Art Platz.

»Der Tempel«, hauchte Stanach. »Wir sind kurz vor dem Torhaus. Hört nur!«

Wie Echos aus der fernen Vergangenheit drang der Klang von klirrenden Rüstungen und metallbeschlagenen Stiefeln, die über den Stein kratzten, an ihre Ohren. Ein Schauder kroch Kelida über den Rücken. Hauks warme Hand auf ihrer Schulter ließ sie zusammenzucken.

»Ganz ruhig«, zischte Stanach. »Das ist nur der Wachwechsel. Und wahrscheinlich ein gutes Zeichen. Ganz gleich, was Realgar plant, er kann Hornfell kaum vor zwei kompletten Wachmannschaften ermorden.«

Einst mußte der Tempel so schön wie die anderen in Thorbardin gewesen sein. Dann war die kuppelförmige Decke eingebrochen, die sich stolz über dem Tempel erhoben hatte. Einige Stücke lagen auf dem staubigen, schwarzen Marmorboden, und unter den Staubschichten sah man tief in den Stein gemeißelte Sterne, die noch schwärzer waren als der Marmor.

Zuerst wunderte sich Kelida, warum der Künstler, der diesen Dom geschaffen hatte, die Sterne schwärzer als den Himmel darstellte. Dann erkannte sie, daß diese Sterne mit ehemals glänzendem Silber ausgelegt waren. Dieses jetzt vom Alter angelaufene Silber mußte das Licht der Fackeln wie den verspielten Reigen der echten Sterne widergespiegelt haben.

Säulen aus rosafarbenem Marmor, manche geborsten und umgestürzt, andere noch unversehrt, säumten den breiten, rotgefliesten Gang zum Hauptaltar. Dort stand ein sieben Fuß hoher Amboß von fünf Fuß Breite. Der ganze Altar war aus einem einzigen Obsidianblock gehauen. Zu Füßen des Amboß lag etwas, das wie der Stiel eines Riesenhammers aussah.

Ein Tempel für Reorx, dachte Kelida. Wie schön mußte er gewesen sein! Sie erschauerte bei dem Gedanken, daß so nahe an einem einstigen Heiligtum ein Mord stattfinden sollte.

Stanach schlüpfte hinter den Altar und fand eine Tür für Kleriker. »Von hier aus müßten wir direkt in den großen Saal gelangen. Das Ganze ist ein Teil des Nordgerichtshofs. Einst diente der Tempel den Besuchern des Königreichs. Jetzt ist er eine Ruine. Von hier ab sollten wir leichter vorwärts kommen. Die Theiware mögen zwar Dreck und Geröll, aber das Torhaus ist freigeräumt, falls eine Wache aufgestellt wird.«

Hauk war dicht hinter ihm. Er sprach in einem kaum vernehmbaren Flüsterton. »Was liegt dahinter?«

Noch bevor Stanach antworten konnte, kam ein hoher, entsetzlich schmerzerfüllter Schrei von draußen. Die Echos dieses schauerlichen Schreis waren noch nicht ganz verklungen, als ein Alarmruf und dann ein weiterer folgte.

Wie ein Bolzen von einer fest gespannten Armbrust zischte Stanach durch die Tür des Klerikers.

Hauk ergriff Kelidas Handgelenk. In seinen Augen lag Angst um sie und ein seltsames, wildes Verlangen, das überhaupt nichts mit ihr zu tun hatte. Kelida wich einen Schritt zurück, weil sie die Lust am Kämpfen erkannte.

»Bleib hier«, blaffte er. Dann, als ihm die Barschheit seines Befehls bewußt wurde, oder weil er merkte, daß ein Befehl von ihm sie nicht zurückhalten konnte, wenn sie sich in den Kopf setzte, ihm zu folgen, sagte Hauk: »Verteidige diese Tür. Wenn wir Hornfell noch helfen können, ist das wahrscheinlich unser einziger Fluchtweg.«

Er wartete nicht ab, ob sie ihm gehorchte.

Während die Kampfgeräusche jetzt in ihrer Nähe anschwollen, schluckte Kelida allein gelassen den Drang hinunter, ihm nachzurufen. Sie zwang sich zu bleiben, wo sie war, und ihm nicht nachzurennen. Er hatte wie ein fremder, herzloser Krieger ausgesehen, den es zum Töten drängte.

Kelidas Finger glitten kalt und trocken über den Griff ihres Dolches. Die kleine Waffe fühlte sich gleichzeitig schwer und leicht in ihrer Hand an. Wie eine blasse Erinnerung, die schon lange, lange der Vergangenheit angehörte, flüsterte Lavim ihr seine fröhlichen Lektionen ein.

Und dann kann man mit einem Dolch noch stechen.

Kelida versuchte angestrengt, die aufkommende Übelkeit in ihrem Magen und die Schwäche in den Knien zu bekämpfen, und näherte sich dem Durchgang. Stechen...

Die große Halle hinter dem Tempel war nur wenig heller als die ungenutzten Teile von Nordtor, aber das Licht war gleichmäßiger. Kelida konnte sehen, daß Realgar tatsächlich während des Wachwechsels versucht hatte, Hornfell umzubringen. Zwergenkrieger im Schwarz und Silber der Theiwaren strömten auf den Platz und fielen über die Wache her, der sie fast ums Doppelte überlegen waren.

Der Kampf tobte durch die Halle. Stahl klirrte, Stimmen brüllten. Sieges- und Todesschreie waren kaum auseinanderzuhalten. Der Platz stank nach Blut und Angst.

Im Zentrum des Getümmels kämpfte ein einzelner, schwer belagerter Zwerg um sein Leben. Nichts hob ihn als obersten der Hylaren hervor. Hornfell war lange ein Krieger gewesen, bevor er Lehnsmann wurde.

Es war ihm noch eine Wache geblieben, ein junger Zwerg im Rot und Silber der Wachmannschaft. Rücken an Rücken mit Hornfell hielt er alle Angreifer mit der entfesselten Tapferkeit eines Wolfshunds auf Abstand. Zu diesen beiden stürmte Stanach. Hinter ihm hielt Hauk ihm den Rücken frei.

Kelida bewegte sich, ohne nachzudenken. Sie war erst sechs Meter in die Halle vorgedrungen, als das Kampfgetümmel zwischen sie und ihre Freunde trat.

Etwas traf sie hart im Rücken. Ein Arm schlang sich um ihre Knie, und sie fiel hin, bevor sie schreien konnte. Panisch umklammerte sie den Griff ihres Dolches. Dann warf sie sich mit aller Kraft herum, trat mit dem rechten Fuß zu und landete auf den Knien.

Jetzt schrie sie, aber nicht vor Angst. Sie schrie mit der Wut von jemand, der den eigenen Tod von den Augen des Gegners ablesen kann.

Stechen ist lustig... Stich nicht nach unten, wenn du im Nahkampf bist. Da triffst du nur Knochen und reizt den anderen. Stich von unten hoch. Dann hast du eine wirklich gute Chance, etwas Wichtiges zu treffen, wie Leber oder Niere...

Mit beiden Händen riß Kelida ihren Dolch nach oben. Stahl kratzte über Rüstung, und die Klinge blieb irgendwo hängen. Vor Verzweiflung keuchend zielte Kelida erneut und stach den Dolch mit aller Kraft von unten nach oben in den Hals des Zwergs.

Das Blut sprudelte wie eine rote Fontäne heraus, und der Theiwar sank zurück.

Würgend von dem metallischen Geruch des warmen Bluts kam Kelida wieder auf die Beine. Wieder traf sie etwas von hinten. Sie fuhr blind herum und stieß zu. Als sie verfehlte, trat sie einfach um sich. Ihr Angreifer fiel japsend zu Boden. Instinktiv zog Kelida das Knie in die Höhe. Sie hörte und fühlte gleichzeitig, wie der Kiefer des Zwergs brach.

Mit klopfendem Herzen fuhr Kelida herum und hatte einen Augenblick Ruhe.

Während sie den Drang, sich zu übergeben, zu schreien oder davonzurennen, bekämpfte, suchte Kelida die blutbesudelte Halle nach ihren Freunden ab. Die schwarzsilbernen Wachen waren zwar nicht mehr so zahlreich, doch es waren immer noch mehr als Hornfell und seine Leute. Wie ein wütender Bär ragte Hauk aus den kämpfenden Zwergen heraus und hielt immer noch jeden Angreifer von Stanachs Rücken fern.

Stanach war jetzt nur noch eine Armeslänge von seinem Lehnsherrn entfernt. Mit dem Schwert trennte er einem Theiwar den Kopf von den Schultern. Er trat die Leiche beiseite und griff mit seiner rechten Hand, deren Verband fleckig und blutig war, nach Hornfell.

In diesem Moment starb der tapfere Wachmann, Hornfells letzter Verteidiger, an einem Theiwardolch, der ihm bis ans Heft zwischen die Rippen gestoßen wurde. Als Stanach seinen Lehnsherrn berührte, fuhr dieser herum.

Hornfell war mit dem Blut der toten Wache bespritzt. Seine Augen glühten weit aufgerissen vor unbändiger Wut, als er sein Schwert zu einem doppelhändigen Schlag hochriß.

Kelida schrie.

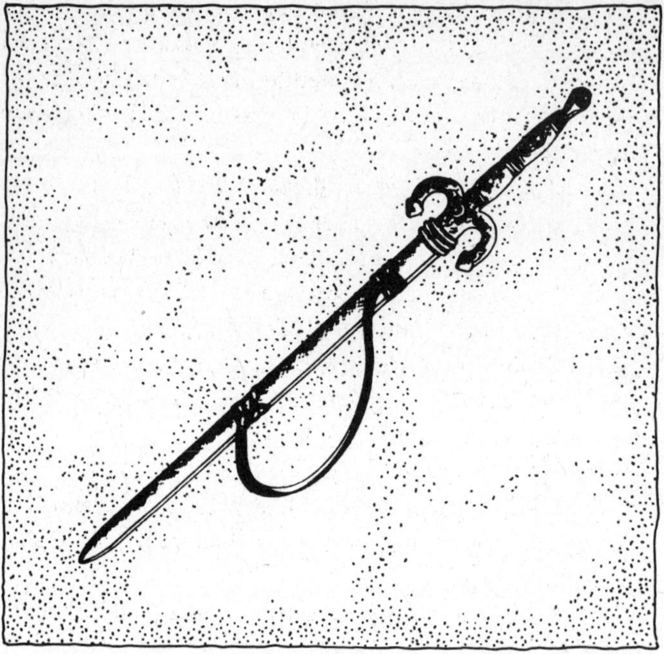

Kapitel 12

Freund!« brüllte Stanach. »Hornfell! Freund!«

Es war nicht Stanachs lautstarke Versicherung, die Hornfell davon überzeugte, daß er kein Feind war. Es war die einfache Tatsache, daß Stanach – noch während er »Freund« brüllte – seine Behauptung bewies, indem er einem Theiwar den Arm aufschlitzte, der seinem Lehnsherrn mit einem tödlichen Kurzschwert in den Rücken fallen wollte, und auf dem Rückweg einem weiteren von Realgars Kriegern den Bauch aufriß.

Hornfell fletschte die Zähne zum grüßenden Lachen der Krieger. Doch, das war ein Freund. So wie der vierschrötige Mensch, der Stanachs Rücken deckte. Seine Schwertklinge war vom Blut gerötet, und das Licht in seinen Augen leuchtete wie *Guyll Fyr*.

Stanach sah sich wild in der großen Halle um. Er suchte den Ort ab wie ein Wolf, der von Jägern in einer Schlucht gestellt wurde. Wie ein Wolf wollte er einen Ausweg aus der Falle, und dieser Wunsch ließ jeden Muskel zucken. Als er das Schlupfloch gefunden hatte, leuchteten seine Augen auf.

Die Wache hatte Realgars Theiware einen Augenblick von Hornfell weggetrieben. Im Moment war er daher nur noch von den beiden Neuankömmlingen bewacht.

»Wer ist im Torhaus?« brüllte Hauk.

»Niemand.« Hornfell holte tief Luft und blickte auf den Daewar, der für ihn gestorben war. »Da wollten wir hin, als Realgar angriff.«

Der junge Mann zuckte grinsend die Achseln. »Also dann los. Stanach?«

Stanach nickte, während er immer noch die große Halle absuchte, als ob er nach jemandem Ausschau hielte. Hornfell hörte ihn leise fluchen. Stanach stieß seinen Kameraden mit dem Ellbogen in den Rücken und zeigte mit der blutbefleckten, verbundenen Rechten in eine Richtung.

Ein Menschenmädchen mit blutigen Händen und einem Gesicht, das so weiß war wie Solinari, stand mit dem Rücken zu einer der hohen, tragenden Säulen. Sie wehrte drei Zwerge in schwarzsilbernen Uniformen mit einem Dolch ab, und wenn der sein Ziel verfehlte – was oft der Fall war –, trat sie heftig um sich. Das Mädchen war unterlegen und würde sich nicht mehr lange halten können.

»Hauk! Da ist Kelida! Hol sie und rennt zum Torhaus!«

Stanach faßte sein Schwert fester und nickte seinem Lehnsherrn kurz zu. »Ich decke deinen Rücken, Hornfell.«

Stanach war die einzige Deckung, die er hatte, doch Hornfell vertraute auf ihn. Er rannte zum Torhaus.

Pfeifer untersuchte, sooft er konnte, die Grenzen seiner Zwischenwelt und entdeckte jedesmal, daß er mehr Spielraum hatte als zuvor. Es war nicht so sehr eine Frage der Fähigkeit weiterzukommen, sondern eine Frage der Fähigkeit, mehr zu wissen.

Er war jetzt an keine Dimension mehr gebunden, weder vor noch zurück, weder rauf noch runter. Er konnte hören, was seine Gefährten hörten, und mehr: Er konnte die Gedanken der Leute in seiner Umgebung lesen.

So bekam er mit, daß Lavim, Tyorl und die Waldläufer in dem Hohlweg nicht allein waren, obwohl sie das glaubten.

Durch die turmhohen Felswände des engen Hohlwegs konnte der Rauch perfekt abziehen, und das begünstigte das Feuer, das an den Hängen des Berges sowohl über als auch unter den Gefährten tobte. Tyorl fluchte verbittert.

Die Luft war jetzt schon von dichtem schwarzen Rauch erfüllt. Er erstickte fast am Brandgeruch. Tränen liefen ihm übers Gesicht, weil der Rauch so in seinen Augen biß.

Tyorl fragte sich, ob Pfeifer immer noch seine Gedanken las, und lachte spöttisch. Finn würde sagen, er sollte sich lieber fragen, ob er noch ganz richtig im Kopf sein konnte, wenn er sich auf die Führung eines Gespenstes verließ.

Irgendwo da vorn liefen Kembal und Finn voran, die man nicht mehr sehen, sondern nur an ihrem tiefen, röchelnden Husten erkennen konnte. Lavim folgte ihm bis auf ein leises Keuchen lautlos.

Tyorl gefiel der Klang dieses jämmerlichen Keuchens nicht. Als er sich umdrehte, um zu sehen, wie der Kender vorwärts kam, bemerkte er, daß Lavim es ohne Hilfe nicht bis zum Ende des Hohlwegs schaffen würde.

Er ergriff Lavims Arm, um ihn zu stützen. Dann hockte er sich neben Lavim. »Wir können jetzt nicht rasten, Lavim. Laß mich dir helfen.«

Lavim schüttelte den Kopf. »Nein«, japste er. »Es geht mir gut, Tyorl, wirklich, das stimmt.«

Es ging ihm überhaupt nicht gut. Der schwarze Ruß auf seinem Gesicht verbarg nicht die graue Blässe, und die vom Rauch verursachten Tränen konnten seine trüben Augen nicht verstecken. Die schmutzige, schwere Luft schien gerade so weit in seine Lungen zu dringen, daß er sie wieder aushusten konnte.

»Bitte, Lavim.« Er faßte den Kender sanft, aber fest an den Schultern. »Bitte. Ich habe keine Zeit für Diskussionen. Steig schon auf. Ich nehm dich huckepack, bis die Luft wieder besser ist.«

Lavim schüttelte den Kopf, und seine trockenen, aufgesprungenen Lippen preßten sich stolz und fest zusammen. »Ich schaffe es schon, Tyorl. Ich –«

Tyorl platzte der Kragen.

»Keine Widerrede!«

In diesem Moment hatte er nicht Lavim vor sich, der ihn sprachlos mit großen, grünen Augen ansah. Er hatte die Gesichter all jener vor sich, die er verloren hatte, die die kalten Hände von Krieg und Tod ihm entrissen hatten.

Hauk und Kelida.

Die Freunde, neben denen er im Frühling gekämpft hatte, die

jetzt tot waren und deren bloße Knochen nur noch in seiner Erinnerung als Körper lebten.

Der junge Lehr, der den schwarzen Drachen angegriffen hatte und dafür gestorben war. Stanach, störrisch wie ein Esel!

Und Pfeifer, der Zauberer.

Ich bin von Geistern umgeben!

»Schluß damit!« schimpfte er, wobei ihm die Stimme in der trockenen Kehle brach. Er sah, wie Lavim zusammenzuckte, und verstand kaum den Grund, so tief hielt ihn die Welle aus Angst und Trauer gefangen, die über ihn hinwegspülte. »Hör mir zu, Lavim! Schluß damit!«

Tyorl sah seine weißen Knöchel, die die Schultern des Kenders umklammerten, und begriff vage, daß es ihm weh tun mußte. Er versuchte, seinen Griff zu lockern, doch es gelang ihm nicht. Er wußte nicht, wie er etwas anderes tun sollte, als was er gerade tat: den Kender so festhalten, daß nicht einmal der Tod ihn ihm entreißen konnte.

Lavim quiekte, um dann instinktiv stillzuhalten. Er langte hoch und nahm die Hände des Elfen in die eigenen. Langsam nickend, als würde er endlich verstehen, brachte Lavim ein Lächeln zustande.

»Na gut, Tyorl. Na gut. Ich denke, ich könnte eine Pause gebrauchen. Huckepack ist gut. Aber wir sollten uns sputen, sonst verlieren wir Finn.«

Die Arme um Tyorls Hals und die Beine um seinen Leib geschlungen, versuchte Lavim, sein Gewicht so gleichmäßig wie möglich zu verteilen. Wahrscheinlich, dachte er, bin ich gar nicht so schwer.

Er findet, du wiegst ungefähr soviel wie ein halbverhungertes Kind, Lavim.

»Doch, ja, ›halbverhungert‹ stimmt.«

Tyorl schaute sich um. »Was?«

»Pfeifer sagt, wir sind schon fast da.«

Hab ich nicht gesagt. Aber du hast recht, wir sind fast da. Sag ihm, daß ich weder meinen Verstand noch den Weg verloren habe. Nur noch eine Meile durch den Hohlweg, dann sind wir in Nordtor.

»Nur noch eine Meile, Tyorl. Ich kann –«

Und biete ihm bloß nicht an zu laufen. Dir zu helfen, ist das einzige, was ihm noch bleibt. Glaubt er. Laß ihn helfen.

»Ich kann die Pause wirklich gebrauchen, danke.« Lavim seufzte. »Pfeifer sagt, ich soll dir sagen, daß er weder seinen Verstand noch die Orientierung verloren hat.«

Er spürte die Überraschung des Elfen, der unwillkürlich die Luft anhielt. Als Tyorl sprach, triefte seine Stimme vor Sarkasmus.

»Ich hätte nichts dagegen, wenn er es mal lassen würde, meine Gedanken zu lesen.«

»Manchmal«, sagte Lavim, »verstehe ich, was du meinst.«

Pfeifer blieb nicht lange still. Lavim hatte sich gerade erst an den unbequemen Rhythmus von Tyorls Trab gewöhnt (wie bei einem Bergpony, das auf einem Bein lahmte, fand er), als Pfeifer ihn aus seinen Gedanken schreckte.

Drache!

»Drache!« quietschte Lavim.

»Drache«, wiederholte Tyorl, »wo?«

Auf dem Berg!

»Auf dem Berg!« Der alte Kender glitt von Tyorls Rücken, fummelte nach seinem Dolch und schrie nach den Waldläufern. »Finn! Kem! Drache auf dem Berg!«

Tyorl erhaschte Lavims Arm und seine Aufmerksamkeit. »Wo auf dem Berg? Wo, Lavim?«

Lavim erschauerte und preßte die Augen fest zu, weil ihn gleichzeitig Tyorl etwas fragte und Pfeifer darauf antwortete. Er tat sein Bestes, alles auseinanderzusortieren, aber sein Kopf füllte sich mit den verwirrenden Echos von Pfeifers Stimme, seinen eigenen Gedanken und dem Drängen von Tyorl und den Waldläufern.

Während er mit allen gleichzeitig redete und sich vorkam, als würde er Selbstgespräche führen, versuchte Lavim zu antworten. »Wo, Tyorl? Auf den Gipfeln... oben... hinter dem Grat... Was? Was sagst du? Schon gut! Schon gut!«

Wie aus großer Entfernung hörte der Kender Finn etwas murmeln und Tyorl antworten. Lavim umklammerte den Arm des Elfen, weil sein Herz jetzt so klopfte und er nach Luft japste. »Er will den Hylar-Lehnsherrn töten! Den Kerl, von dem Stanach die ganze Zeit geredet hat!«

»Wen, Lavim? Was redest du da, und wo ist der Drache?«

Lavim schüttelte heftig den Kopf, um klar denken zu können. »Der Drache ist auf dem Berg, hinter den Gipfeln über Thorbardin. Da ist ein Zauberer, ein Zwerg, und der will Stanachs Lehnsherrn umbringen. Er denkt jetzt gerade darüber nach, Tyorl. Er will es bald tun – und – und es wird einen Kampf oder so etwas geben – Stanach ist da! Und Kelida!«

Wie vor den Kopf gestoßen, konnte Tyorl nur noch geradeaus starren. Es war Finn, der sprach.

»Kender, was redest du da? Stanach und das Mädchen sind tot.«

Lavim drehte sich zu Tyorl und zerrte am Arm des Elfen.

»Tyorl, Pfeifer weiß, wovon er redet. Es geschieht jetzt – das, wovor Stanach die ganze Zeit Angst hatte!«

Tyorl zweifelte nicht an der Glaubwürdigkeit von Pfeifers Bericht. Er sah sich um, sah in den raucherfüllten Hohlweg und auf die Schatten, die sich hoch oben auf dem Berg sammelten. Schatten von Drachen und Krieg. Er fühlte Finns Unglauben und seine Verwirrung.

»Lavim«, sagte er langsam und vorsichtig, »jetzt beruhige dich. Frag Pfeifer, ob es wirklich jetzt passiert.«

Nein, aber bald.

Lavim schüttelte den Kopf. »Nicht jetzt – aber bald. Tyorl, wir müssen nach –«

»Wo sind Stanach und Kelida?«

»In Thorbardin. Sie sind da, Tyorl, mit…« Lavim senkte den Kopf, während er Pfeifers tonlosen Worten lauschte. Seine Augen wurden weit vor Staunen. »Mit Hauk. Es geht ihm gut! Pfeifer sagt, wir sind jetzt ganz nah bei Nordtor. Nur noch eine Viertelmeile den Hohlweg entlang. Vielleicht kommen wir noch rechtzeitig, Tyorl.«

Finn schnaubte. »Genau, vielleicht. Vielleicht laufen wir auch falsch. Tyorl, der Rauch ist jetzt so dick, daß wir kaum die Hand vor Augen sehen können. Die Gefahr, daß wir am Tor vorbeilaufen, ist zu groß.«

Lavim antwortete rasch. »Oh, nein, wir laufen nicht vorbei. Direkt vor dem Tor wird aus dem Hohlweg ein Sims, und der ist ziemlich eng. Vielleicht fünf Fuß breit. Den können wir nicht übersehen.«

Finn starrte den Kender an. »Sollten wir auch besser nicht, was? Da geht es dreihundert Meter ins Tal runter. Was sagt dein Geist denn dazu?«

Es konnte nichts Unschuldigeres geben als Lavims Gesichtsausdruck bei der Antwort. »Er sagt, du solltest am besten nicht danebentreten. Er sagt, du willst bestimmt nicht vor dem Tor gefangen werden, falls der Drache uns bemerkt, also sollten wir uns lieber beeilen.«

Die Wut tobte in Realgar so wie das *Guyll Fyr* im Tal unter Nordtor. Sein Anschlag auf Hornfell war gescheitert! Sein Zorn benebelte seinen Verstand. Er hörte nur noch seine eigenen mörderischen Gedanken, und das Stöhnen der Sterbenden seiner eigenen Garde und der Daewar, die Hornfell verteidigt hatten, drang nur als fernes Flüstern bewußt in seinen Kopf. Dann knurrte kalt und dunkel die geistige Stimme von Nachtschwarz, der auf den Höhen über Thorbardin lauerte in seinem Geist. Stotternd schaltete der Theiwar auf Gedankensprache um.

Bist du bereit?

Ja, bereit. Ich bin hungrig, und ich wittere Blut.

Da lächelte Realgar. *Geduld, mein Freund. Bald wirst du reichlich Futter bekommen. Dann kannst du unter den Hylaren auswählen.*

Nachtschwarz gehorchte. Dünne Fäden seiner Begierde trieften durch Realgars Seele und verknoteten sich mit seiner eigenen.

Realgars Daumen glitt über den Handschutz von Sturmklinge. Er fühlte das feurige Herz der Klinge wie ein wildes Lied in seinem Herzen. In der Halle war es jetzt still bis auf das Stöhnen der Sterbenden und Verwundeten. Frisches Blut befleckte die Pflastersteine auf dem Hof und war auf die Wände und die Säulen gespritzt. Er zählte zwanzig Tote aus seiner eigenen Garde, dreißig von Hornfells Verteidigern.

Er hatte nicht alle getötet. Realgar fluchte bitter. Er hätte die beiden Menschen töten müssen und sich davon überzeugen sollen, daß Hammerfels' Lehrling wirklich und wahrhaftig tot war!

Hammerfels' Lehrling! Der hatte ihm einen Strich durch die Rechnung gemacht. Ohne seine Hilfe wären die beiden Menschen immer noch stockblind und sicher verwahrt in den Tiefen Höhlen, bis Realgar mit ihnen abrechnen konnte.

Wenn dieser verdammte Grünschnabel von Lehrling sich nicht eingemischt hätte, säße Hornfell nun nicht verschanzt im Torhaus.

Realgar schloß die Augen und atmete tief durch, während er nachdachte. Er ordnete seine Gedanken, und mit der Ordnung kam die Lösung.

Obwohl zwanzig seiner Männer tot waren, hatte er immer noch sechs Unverletzte, die so aussahen, als warteten sie nur darauf, den Tod ihrer Kameraden zu rächen. Sie reichten zwar nicht aus, um das Torhaus zu stürmen, aber sie würden Hornfell und seine drei Beschützer davon abhalten, einen Ausbruchsversuch zu unternehmen.

Bald, dachte er, wird er sein Schlupfloch satt haben. Es gibt keinen Fluchtweg. Die zwei Wachmannschaften sind tot, seine Leibwache ebenfalls. Also kann er keine Hilfe holen. Realgar lachte laut. Schon bald würden alle, die Hornfell womöglich helfen würden, eilig vor dem Feuer der Revolution fliehen.

In dem sicheren Wissen, daß der dreihundert Meter tiefe Abgrund zum Tal unter Nordtor Hornfell gefangenhalten würde – und wenn nicht er, dann Nachtschwarz! –, rief Realgar eine Wache zu sich.

»Beordere fünf Einheiten nach Nordtor. Mach ihnen Beine.«

Der Soldat rannte davon, zurück in den Nordgerichtshof und die geheimen Gänge unter dem zerstörten Tempel. Es standen Theiware bereit, um die Stadt der Klar anzugreifen. Unter denen würde er die Derros finden, die sein Herr brauchte.

Realgar streichelte Sturmklinges flache, blutige Klinge.

Hornfell lauschte auf die Todesschreie der Sterbenden. Hier im Torhaus konnte er nicht unterscheiden, ob sie von Freund oder Feind stammten. Jetzt nach dem Kampf zitterten seine Muskeln vor Erschöpfung, und seine Lungen schmerzten vom hereinziehenden Rauch des *Guyll Fyr.* Hornfell lehnte sich an den breiten Pfeiler des riesigen, alten Tormechanismus. Eigentlich war es egal, wer da schrie. Es waren Todesschreie. Ob verräterische Theiware oder Gneiss' treue Krieger – es waren Zwerge.

Er erschauerte. Ob sie es wahrhaben wollten oder nicht, sie waren verwandt. Und Bruder hatte gegen Bruder gekämpft – wie in den Zwergentorkriegen.

Damals, dachte er verbittert, kämpften sie darum, nicht zu verhungern. Heute kämpfen wir um die Herrschaft.

Das Schwert, das Realgar schwang, war das Königsschwert. Hornfell hatte Sturmklinge heute zum ersten Mal gesehen. Sturmklinges Stahl mit dem feurigen Herzen war durch Gneiss' Krieger gefahren wie die Sense durch den Weizen. Das Königsschwert war wieder in Thorbardin.

Hinter sich hörte er das ruhelose Auf- und Ablaufen des Kämpfers mit den hungrigen Augen, den sie Hauk nannten. Im Kampf schlug er mit der Schnelligkeit eines Raubvogels zu. Und in seinen Augen loderte das wilde Feuer eines Falken.

Das Mädchen mit dem dünnen, blassen Gesicht eines Hungerleiders hieß Kelida. Hornfell fragte sich, wer ihr diesen Namen gegeben hatte, und ob diejenigen gewußt hatten, daß sie auf Zwergisch Wanderer hieße, wenn man das *d* in ihrem Namen weicher aussprach. *Kelye dha:* die Wandernde.

Eine mit dicken, blutigen Verbänden umwickelte Hand berührte Hornfell an der Schulter. Er sah sich um und begegnete den schwarzen, blaugesprenkelten Augen eines Sohnes von Clarm Hammerfels.

Hornfell seufzte. »Ich verdanke dir mein Leben.«

»Fangen wir lieber nicht an aufzurechnen, Lehnsherr Hornfell, bevor wir einen Weg hier raus gefunden haben.«

»Recht vernünftiger Rat, junger Stanach.«

Stanach lächelte mühsam. Obwohl es ein bitteres Lächeln war, ließ es die zackige, rote Narbe in seinem Gesicht weicher erscheinen.

»Genau. Wie unser ruheloser Freund Hauk sagt, sitzen wir wunderbar in der Falle und brauchen nur darauf zu warten, bis uns unsere Jäger fertigmachen«, sagte Stanach. »Und was meinst du, Lehnsherr?«

»Ich denke, daß er recht hat. Entweder müssen wir durch die große Halle oder durch das Tor. Wir können nicht fliegen, und wir sind nur vier. Realgar läßt wahrscheinlich gerade Verstärkung holen. Ich sage: Wenn die Jäger uns haben wollen, dann sollen sie kommen und uns holen. Wenn sie das tun, sollen sie vorher ihren Frieden mit Reorx machen. – Diese Jäger sollen sich ihre Beute teuer verdienen. Wir sind zwar zahlenmäßig unterlegen, aber wir haben reichlich Waffen. Das hier ist nicht nur ein Torhaus, sondern auch eine Waffenkammer.«

Stanach nickte ernst.

»Warte.« Hornfell holte kurz Luft, als würde er die Frage nur ungern stellen. »Kyan Rotaxt und Pfeifer?«

»Ihre Steingräber stehen in der Außenwelt, Lehnsherr«, sagte Stanach schlicht. Er brauchte nicht mehr zu sagen. Bergzwerge wissen, daß man einen Tod nicht trostloser ausdrücken kann.

»Geh und bewaffne das Mädchen mit etwas Geeigneterem als dem Dolch«, sagte Hornfell leise. Dann wurde seine Stimme fester. »Keine Rüstung und kein Helm von uns wird Hauk passen, aber es könnte für sie etwas Passendes geben. Schau auch nach, was du für uns finden kannst. Realgar hat vielleicht nur wenige Gegner, aber wir werden vorbereitet sein.«

Kelye dha. Eine Wandernde. Bekleidet mit einem abgetragenen elfischen Jagdanzug und einem geliehenen Zwergenkettenhemd, das an den Schultern zu breit und am Rumpf zu kurz war, trat Kelida von einem Fuß auf den anderen, um sich mit dem ungewohnten Gewicht der Rüstung vertraut zu machen.

Der Westgang des Torhauses führte in die Quartiere der Wachen. Einfache, wenig komfortable Kojen waren in die Rückwand getrieben, während an den Seitenwänden Speere, Armbrüste und Schwerter aufgereiht waren. An beiden Seiten der Tür standen Truhen voller Bolzen für die Armbrüste.

Einige Sonnenstrahlen fielen durch das Tor in das Steinhaus, obwohl die Luft voller Rauch und Asche war.

Guyll Fyr, dachte Stanach. Er hatte den Brand vom Tor aus gesehen: ein unendliches Flammenmeer. Nur der schmale Steig an der Wand trennte ihn von dem dreihundert Meter tiefen Fall in das brennende Tal, so daß es Stanach erschien, als stünde er am Rande der Welt.

Stanach schüttelte den Kopf, als Hauk Kelida einen glänzenden Eisenhelm auf den Kopf setzte. Sie hatte Schwierigkeiten mit dem Nasenschutz, der ihr die Sicht nahm. Sie zog eine Grimasse und grinste einfältig.

»*Lyt Chwaer,* schau unter dem Nasenschutz durch, wie du unter deine Hand durchguckst, wenn du deine Augen vor der Sonne schützen willst. Versuch, den Nasenschutz nicht zu sehen.«

Sie nickte, was schwierig war, weil sie nicht an das Gewicht des Helms gewöhnt war. »Ich komme mir dumm vor, Stanach. Wie ein Kind, das Verkleiden spielt.«

Mit einer Zärtlichkeit, die Stanach vorher nicht an ihm gesehen hatte, schnallte Hauk den Helm fest und streichelte Kelida über das Gesicht. Dann hob er ihr Kinn an, um ihr einen kurzen Kuß zu geben.

Stanach sah ihre Schultern beben, blickte zur Seite und sagte: »Dumm oder nicht, Kelida, jetzt ist einer dieser Tage, an denen das Kostüm vom Ereignis bestimmt wird. Ich wäre glücklicher, wenn du ein Schwert nehmen würdest.«

Kelida strich mit hellen Augen über ihren Dolchgriff. »Nein. Mit einem Schwert kann ich nicht umgehen. Mit einem Dolch schon. Zumindest einigermaßen.«

Es klang wie eine von Lavims Ausreden. Stanach mußte lächeln.

»Genau«, sagte Hauk, »und wenn der sie im Stich läßt, gibt es immer noch genug Zwerge, die es bedauern werden, in Reichweite ihrer Füße gekommen zu sein.« Er schob sie sanft zur Tür. »Kelida, nimm ein paar Schwerter vom Gerüst und bring sie Hornfell. Nimm die besten, denn er ist der Lehnsherr der Hylaren. Stanach und ich wollen sehen, was wir mit dem Rest anstellen können.«

Als sie fort war, ließ sich Hauk auf einer der harten Pritschen nieder. Alle Zärtlichkeit, die er ausgestrahlt hatte, solange er mit Kelida redete, war verschwunden.

»Stanach, wir werden hier sterben.«

»Ich kann dem nicht widersprechen.«

Hauk lächelte finster. »Ich auch nicht. Ich habe gehört, daß du *lyt Chwaer* zu ihr sagst. Was heißt das?«

»Das heißt ›kleine Schwester‹ auf Zwergisch.«

»Gut, wenn du es so meinst.«

Da sah sich Stanach um. Genau, dachte er, sie hat mich gelehrt, was das heißt. »Ein Zwerg rechnet Fremde nicht einfach so zur Familie.«

Die Spur eines Lächelns zuckte über Hauks Gesicht. »Da bin ich froh. Es ist ein schmutziges Spiel, in dem wir stecken, Freund Stanach. Sie geht da zu deinem Lehnsherrn raus mit dem Mut eines Kriegers, aber ohne dessen Fähigkeiten. Denen, gegen die sie kämpft, wird das gleichgültig sein. Sie wird als erste fallen, und das weißt du. Gibt es einen Ausweg für sie? Einen Platz, wo sie sich verstecken kann?«

Stanach schüttelte den Kopf. »Sie könnte sich nur hier drin verbarrikadieren.«

Hauks Miene verriet ihm, daß er das für eine gute Idee hielt, und der Zwerg fügte hinzu: »Damit wird sie niemals einverstanden sein. Ich will dir mal was sagen, Hauk: Sie hat einen Drachenangriff auf ihren Hof und die Besetzung von Langenberg überlebt, und sie ist auf einem Drachen über die Ebene der Toten geflogen. Du wirst sie nicht leicht überzeugen können, daß sie sich jetzt hier verstecken soll. Und ich finde nicht, daß du es überhaupt tun solltest. Sie hat einiges an Respekt verdient.«

Draußen im Gang hörten sie Hornfells leisen Ruf. »Es ist soweit, Stanach. Sie sind da, und es sind viele.«

Kapitel 13

Der Wind trieb den Rauch von dem großen Brand im Tal vor sich her und blies ihn durch den Hohlweg, wo er in Tyorls Lungen drang. Verzweiflung erfüllte sein Herz. Obwohl es nur das Heulen des kalten Bergwinds war, stellte er sich vor, daß er den schrillen Kampfschrei eines Drachen hörte.

Ich rieche keinen Drachengeruch, sagte er sich. In diesem Rauch kann ich sowieso nichts anderes als Asche und Ruß riechen!

Trotzdem konnte er die Angst nicht verdrängen, das Gefühl, daß etwas Riesiges und Todbringendes mit Krallen und Reißzähnen ihn geduldig belauerte, bis er in Reichweite kam.

Im Vergleich zu dem Entsetzen des Waldläufers angesichts der Höhe, in der er sich jetzt bewegte, erschien ihm die Angst vor dem Drachen jedoch wie der unbegründete Alptraum eines Kindes.

Tyorl schaute kurz über die Schulter zurück. Er und Lavim bildeten die Vorhut. Lavims Kraft war mit dem Grad seiner Aufregung gewachsen. Und wie bei allen Kendern wuchs seine Aufregung im gleichen Maße wie die Gefahr. Tyorl war der einzige, der Lavims Drang bremsen konnte, seinen Gefährten zu weit vorauszueilen, über den Sims zu spähen oder einfach mal ein bißchen an der Wand hochzuklettern, um in das brennende Tal hinunterzusehen.

Mit zitternden, vor Angst und Erschöpfung schwachen Beinen drückte der Elf sich rücklings gegen die vereisten Steine, die einst die Mauer von Thorbardins Nordtor gebildet haben mußten. Er wartete auf Finn und Kem, die unerträglich langsam und vorsichtig über einen Geröllhaufen kletterten.

Vor ihm vergnügte sich Lavim damit, von einem Vorsprung, der nicht breiter war als eine Fußlänge, Steine in die windgepeitschte Tiefe zu treten.

Tyorl schloß die Augen, um die plötzliche Übelkeit in den Griff zu bekommen, stellte allerdings fest, daß nichts zu sehen noch schlimmer war als der Ausblick in die Tiefe. Er schluckte und zwang sich, die Augen wieder aufzumachen.

Obwohl die Macht der Götter, die während der Umwälzung entfesselt worden war, riesige Teile der Mauer von Nordtor abgerissen hatte, war der Zerfall wählerisch gewesen. An manchen Stellen – wie da, wo Tyorl jetzt um sein Gleichgewicht bangte – klaffte der rohe Fels des Berges wie eine offene Wunde. An anderen war noch die saubere Arbeit der Steinmetze zu sehen. Besonders verräterisch war der Pfad in den Nischen und Spalten, die von jahrhundertealtem Geröll verdeckt waren.

Gelegentlich verengte sich der Pfad auf weniger als einen Meter. Kein Platz für Steine, dachte Tyorl, kaum Platz genug für einen landenden Adler!

Lavim tauchte neben ihm auf. Seine grünen Augen waren weit aufgerissen, und sein rußverschmiertes Gesicht strahlte vor Entzücken.

»Tyorl, ist das nicht phantastisch? Von hier aus kann man die ganze Welt sehen! Einfach alles! Ich habe das Moor gesehen, und ich glaube auch Schädeldach. Es brennt nicht mehr – das Moor, meine ich. Schädeldach kann sowieso nicht brennen, weil es ja aus Stein ist.

Ich wette, man könnte bis nach Langenberg sehen, wenn nicht so viele Berge im Weg wären. Ich wette, man könnte bis zum Meer und nach Enstar und noch weiter sehen. Natürlich nur, wenn dahinter noch etwas ist. Aber das weiß ich nicht, ob da was ist.

Mein Vater hat mir mal erzählt, daß es hinter dem Meer weitere Länder gibt, aber er kannte niemanden, der wirklich dagewesen ist. Ich vermute mal, daß es da noch andere Länder gibt. Vielleicht sind die Leute da hingegangen, und es hat ihnen so gut gefallen, daß sie einfach keine Lust mehr hatten, zurückzukommen.«

Der Wind pfiff über den Sims. Lavim hob seine Stimme, um gehört zu werden.

»Unten in den Hügeln, wo wir aus der Ebene kamen, habe ich überlegt, daß ich das Herumwandern eigentlich aufgeben könnte. Jetzt glaube ich das nicht mehr, Tyorl. Ich glaube – wenn wir diesen Hornfell gerettet haben und deinen Freund Hauk und Kelida und Stanach wiedergefunden haben –, ich glaube, dann werde ich mich mal in der Gegend hinter Enstar umsehen.«

Es folgten Mutmaßungen eines glücklichen Kenders, wie diese möglichen Länder hinter Enstar wohl aussehen mochten, wie die Menschen dort sein würden, wie lange man brauchen würde, um hinzukommen, ob es dort noch andere Kender geben würde...

Tyorl seufzte und ließ Lavim fortfahren, wobei er nur halb seinen Träumen und Gedankenspielereien zuhörte. Es war sinnlos, ihn zum Schweigen zu bringen. Wenn ein Drache da oben lauerte, wie Pfeifer gewarnt hatte, dann wußte der sehr wohl, daß sie sich dem Tor näherten.

Es wäre ohnehin leichter gewesen, eine Lawine zu bremsen als den Wortschwall des Kenders. Der war seit dem Torfmoor nicht sehr redselig gewesen. Überrascht stellte Tyorl jetzt fest, daß er Lavims Schwatzen vermißt hatte.

Finn gefror der Schweiß auf dem Gesicht, und aus seinen vom Wind gereizten Augen liefen Tränen, als er neben Tyorl auftauchte. Hinter dem Anführer stieg Kembal vorsichtig durch die letzten Felsbrocken, die den Sims versperrten. Tyorl wartete, bis die beiden wieder sicher standen. Dann fragte er Lavim:

»Wie weit ist es noch bis zum Tor?«

Der Kender zuckte mit den Schultern. »Nur noch um die nächste Ecke. Ich habe gerade einen Blick darauf geworfen, als du mich vorhin zurückgepfiffen hast. Wir sind wirklich fast da, Tyorl.«

»Und was ist mit diesem angeblichen Drachen?«

Lavims Augen wurden unbestimmt. Dann grinste er wieder und nickte wie zur Antwort auf eine Information von Pfeifer. Er zeigte direkt die Klippe hoch.

»Gleich da oben. Er ist in einer großen Höhle im Berg, und Pfeifer sagt, daß er nicht sehr glücklich ist. Es ist ein schwarzer Drache, und die mögen kein Licht, sagt er. Im Moment dringt zuviel Licht in die Höhle.«

»Ein Schwarzer. Besteht die Chance, daß er wegen des Sonnenlichts nicht fliegen wird?«

»Oh, nein«, sagte Lavim mit der entnervenden Fröhlichkeit eines Kenders, auf den von allen Seiten das Unheil eindringt. »Pfeifer meint, daß er das Licht haßt, aber er wird trotzdem fliegen. Wahrscheinlich macht ihn das Licht nur noch wütender. Er sagt, daß ihr deshalb die Drachenangst spürt; er ist jetzt so richtig unglücklich und schmeißt bloß so aus schlechter Laune mit kleinen Angstsprüchen um sich. Wenn er richtig böse wäre und diese Angstsprüche ernsthaft benutzen würde, könntet ihr euch nicht mehr rühren.« Er legte wieder den Kopf schief und nickte dann. »Und Pfeifer sagt, daß er auch ganz genau weiß, daß wir hier sind.«

Finn sah aus, als würde er den Kender nur zu gern umbringen, weil dieser eine solche Nachricht so freimütig weitergab. Kembal zog so leise wie möglich sein Schwert und preßte sich rücklings an die Felswand.

Tyorl seufzte nur. »Na schön, Lavim, erzähl uns den Rest.«

»Den Rest von was?«

»Warum hat der Drache nicht angegriffen? Weiß Pfeifer das?«

»Äh, das habe ich nicht gefragt…«

»Dann frag!«

»Aha. Ich – oh, ich verstehe. Pfeifer sagt, das kommt daher, daß der Drache wartet. Er weiß, daß wir hier sind und daß er uns jederzeit haben kann, wenn er will –« Finn zischte etwas, woraufhin Lavim mit den Schultern zuckte und es fertigbrachte, gleichzeitig unschuldig und verletzt dreinzuschauen. »Tja, tut mir leid, aber das ist es, was er über die Gedanken des Drachen sagt. Er wartet.« Der Kender funkelte Finn an. »Und frag mich nicht, warum, weil ich es nicht weiß, weil Pfeifer es nicht weiß. Er weiß nur, daß er wartet. Was weiß ich, vielleicht wartet er, daß irgend etwas passiert oder…«

Lavim schluckte herunter, was er hatte sagen wollen. Seine Stimme war nur noch ein bebendes Flüstern, als er sagte: »Ich glaube, wir kommen zu spät.«

Der Kender wurde so blaß, daß Tyorl aus Angst, daß seine Beine nachgeben würden, nach seinem Arm griff. »Lavim, was? Was ist?«

»Wir kommen zu spät – ach, Tyorl, wir werden zu spät kommen!«

»Lavim, was redest du da?«

Lavim entwand sich Tyorls Griff und schoß hinkend und stolpernd den steinübersäten Weg entlang.

»Lavim! Nein! Warte!«

Instinktiv hechtete Tyorl ihm nach.

Und sprang daneben.

Er verlor das Gleichgewicht, sein Knöchel knickte um, und er stürzte hart auf ein Knie. Er fühlte den Schmerz wie Feuer durch sein Bein schießen.

Was er dazu wahrnahm, war nur der lange, schreckliche Fall in das feurige, dreihundert Meter tiefere Tal, die kalte, leere Gewißheit zu sterben. Doch er hatte nicht genug Luft in den Lungen, um zu schreien.

Krächzend erwischte Kembal seinen Arm. Mit aller Kraft

zerrte der Waldläufer Tyorl mit dem Rücken an den kalten Fels der Wand, bevor Finn sich regen konnte.

»Verdammter Kender!« fauchte Finn. »Verdammt soll er sein!«

Steine und Teile des bröckelnden Simses rutschten über den Rand der Klippe und polterten ins Tal hinunter. Kalter Wind blies Tyorl ins Gesicht. Wegen der Panik in seinem Inneren spürte Tyorl ihn kaum. Sein Herz klopfte wild, und in der Kehle fühlte er heiße, brennende Galle aufsteigen. Er wollte sich übergeben, hatte aber nicht mehr die Kraft dazu.

Seine Hand zitterte so sehr, daß er zwei Anläufe brauchte, um den Arm zu ergreifen, den Kembal ihm reichte. Tyorl japste nach dem bißchen Luft, das er zum Sprechen brauchte.

»Vergiß den Kender«, flüsterte er, wobei er seltsamerweise lachen wollte, als er das dünne Krächzen hörte, das anstelle seiner Stimme kam. »Das Tor ist hinter dieser Ecke. Helft mir hoch, wenn ihr könnt.«

Finn schüttelte den Kopf. »Nein, setz dich erst hin und atme tief durch. Wenn du jetzt aufstehst, werden dich deine Beine nicht tragen.«

Mit dem Rücken dicht am Felsen drückte Tyorl sich hoch und glitt langsam an der Wand lang. »Wir haben keine Zeit, Finn. Im Berg geht etwas vor sich.«

»Behauptet der tote Zauberer!«

»Ja«, keuchte Tyorl, »behauptet Pfeifer. Ob du es glaubst oder nicht, Finn. Du kannst nicht bestreiten, daß Pfeifer – oder Lavim, wenn du so willst – bis jetzt in allem recht gehabt hat.«

Finn leugnete das nicht, gab es aber auch nicht offen zu. Er seufzte nur übertrieben. Finn fiel es leichter, in das brennende Tal hinunter zu blicken, als in das erschütternde Entsetzen in den Augen des Elfen. Er winkte Kembal. »Du gehst voran.«

Kembal schob sich vorsichtig an ihnen vorbei. Als er in Sicherheit war, folgte ihm Tyorl mit leichenblassem Gesicht. Hinter ihm kam Finn, und Tyorl fühlte die Augen seines Anführers in seinem Rücken.

Er paßt auf, dachte der Elf, daß ich nicht wieder ausrutsche, aber ich schwöre, daß ich das Gewicht dieses Blicks kaum besser ertragen kann!

Die Sonne ließ nach, denn ihr Licht wurde durch den Filter des Rauchs aus dem fernen Tal getrübt. Lavim drückte sich mit dem Rücken an die Wand und hielt den Dolch in der Hand, während er sich im Schatten des Berges dem Eingang vom Nordtor näherte. Wenn er mit Pfeifer redete, tat er das lautlos.

Das muß eine sehr große Tür gewesen sein!

Pfeifer sagte nichts.

»Ich sagte«, flüsterte er hörbar, »das muß eine sehr –«

Ich hab's gehört, Lavim. Pst! Jetzt ist keine Zeit für lange Reden. Sie haben nur noch ein paar Minuten – sieh lieber zu, daß du da reinkommst, solange du kannst.

»Wer hat –«

Bist du still!

Wer hat nur ein paar Minuten?

Hornfell und Stanach und Kelida und –

Stanach! Und Kelida? Was ist mit Hauk? Ist der auch da? Ich habe so viel von ihm gehört, daß ich mich freuen würde, ihn endlich kennenzulernen. Pfeifer –

Langsame, schwere Schritte näherten sich von drinnen. Lavim spähte sehr vorsichtig um die Ecke des Eingangs. Dann quetschte er sich mit angehaltenem Atem wieder in die Dunkelheit.

Ein Zwerg mit breiten Schultern und einem dichten, langen

kastanienbraunen Bart mit silbernen Strähnen kam langsam durch den engen Gang. Seine Kleider waren blutig und zerrissen.

Das ist Hornfell, Lehnsherr der Hylaren.

Der da? Wirklich? So sieht ein Lehnsherr aus? Er sollte sich mal richtig ausschlafen und –

Der Zwerg blieb an einer halb geöffneten Tür stehen und lehnte sich an die Steinmauer. Dann richtete er sich rasch wieder auf, als hätte er sich selbst für sein Ausruhen gescholten. Er überprüfte sein Schwert und lief wieder den Gang hinunter, aus dem er gekommen war. Kurz darauf stieß er mit dem Fuß die Tür auf.

»Es ist soweit, Stanach. Sie sind da, und es sind viele.«

»Stanach«, flüsterte Lavim.

Es war Stanach, der auf den Gang trat. Ihm folgte ein breitschultriger, untersetzter junger Mann, der aussah, als wenn er nicht nur Schlaf, sondern auch ein paar ausgiebige Mahlzeiten vertragen könnte.

Lavim warf alle Vorsicht wie überflüssiges Gepäck ab, als er freudestrahlend zum Torhaus hüpfte.

»He! Stanach!«

Der junge Mann fuhr mit dem Schwert in der Hand herum und schlug nach dem Kender.

»Nein!« rief Stanach. »Hauk, nicht!«

Lavim protestierte mit einem erschütterten Quieken und duckte sich gerade noch rechtzeitig, um nicht von Hauks Schwert zweigeteilt zu werden. Seine Augen nicht von der glitzernden Klinge lassend, kam Lavim sehr langsam wieder hoch und stellte sich mit dem Rücken zur Wand.

»He, Stanach«, flüsterte er, »meinst du, du kannst ihm beibringen, daß ich ein Freund von dir bin?« Er blickte Hauk an und nickte möglichst nachdrücklich. »Das bin ich wirklich, weißt du. Einmal, da haben ihn in Langenberg fünfundzwanzig Drakonier gejagt, und sie hätten ihn auch erwischt, wenn ich ihm nicht das Leben gerettet hätte. Dann, als die... die Wie-auch-immer-sie-heißen ihn in der Höhle am Fluß gefangenhielten, da haben ich und Tyorl und Kelida ihn gerettet. Und, na ja, Stanach weiß vielleicht nichts davon – aber es stimmt, frag ruhig Tyorl, wenn er kommt! –, da habe ich Pfeifers Zauberflöte benutzt, und wir wären jetzt gar nicht hier, wenn ich uns nicht direkt zu den Bergen teleportiert hätte. Oder – hm, vielleicht nicht ganz direkt in die Berge. Weißt du, von dem Spruch wird einem ein bißchen schlecht, und ich wollte nicht in irgendeinem Haus oder mitten in der Stadt auftauchen und, äh, gleich eine Schweinerei anrichten. Darum sind wir sozusagen im Sumpf gelandet, und – o Götter! – da draußen brennt es vielleicht!«

Lavim hatte keine Gelegenheit mehr, weitere Heldentaten aufzulisten, weil er in Stanachs Umarmung fast zerquetscht wurde.

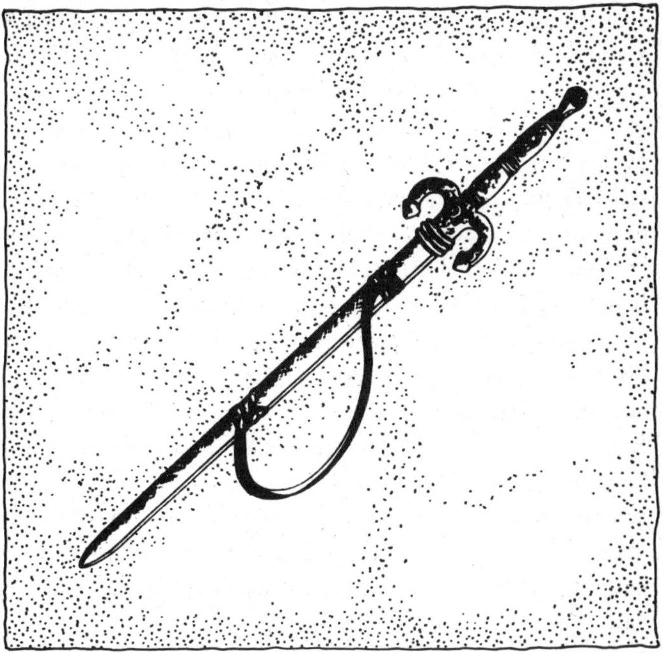

Kapitel 14

Der breite Erker im Westen von Gneiss' Arbeitszimmer ging hinaus auf den Garten, dessen Beete in strenger Symmetrie angelegt waren. Das Arbeitszimmer war militärisch karg eingerichtet, die wenigen Wandbehänge zeigten berühmte Schlachten und Feldzüge. Alte und neue Waffen glänzten in den Schaukästen und Vitrinen. Die Einrichtung aus massivem Holz und Stein konnte höchstens auf alte Veteranen einladend wirken, die an die Härten der Schlachtfelder gewöhnt waren.

Doch der langgezogene Garten, der nicht breiter war als die Länge des Arbeitszimmers, war mit seiner Fülle von Blumen, Kräutern und Buschwerk eine der heimlichen Freuden des Daewars. Doch diesmal war es nicht seine Schönheit, die Gneiss wie so oft ans Fenster führte.

Von seinem Platz aus konnte er die Rufe der spielenden Zwergenkinder hören, unter denen auch seine eigenen Enkel waren. Der Lärm und der Anblick des wilden Spiels der Kleinen entlockten dem alten Kämpfer einen Seufzer und ein zufriedenes Lächeln, das selbst seinen Freund Hornfell erstaunt hätte.

Ach ja, Hornfell! Wo bist du die letzten Stunden gewesen? Du hättest längst zurück sein müssen, mein Freund. Kündigt dein Schweigen vielleicht die Revolution an, auf die wir uns vorbereitet haben?

Realgar war genausolange nicht gesehen worden.

Rüstung klirrte gegen Stein, und Gneiss wandte sich vom Garten ab, um dem Ruf zum Kampf zu antworten. Zwei Menschen und der Halb-Elf Tanis warteten mit erkennbarer Ungeduld am Kartentisch. Tanis und der Ritter Sturm waren über die Karte von Thorbardin gebeugt. Konzentriert fuhr der dunkeläugige Ritter die Straßen nach und verband sie sorgfältig mit Zufahrtswegen und Transportschächten, um sich mit der inneren Struktur der Stadt vertraut zu machen.

Der eine ein Planer, dachte Gneiss, der andere ein Jäger.

Ihr Freund, der Kämpfer mit Helm und Rüstung, den Tanis als Caramon vorgestellt hatte, saß neben ihnen. Mit seinen langen Beinen und den enormen Armen war er der größte Mensch, den Gneiss je gesehen hatte.

Die drei wirkten hier merkwürdig fehl am Platze.

Zu groß, dachte Gneiss. Sie sind allesamt einfach viel zu groß!

Der Zwerg räusperte sich hörbar. Gneiss war in erster Linie ein Feldherr, kein Redner. Ohne Umschweife kam er zur Sache.

»Hornfell ist schon zu lange in Nordtor.« Er nickte Tanis zu. »Es ist schon drei Stunden her, daß er losgegangen ist. Mir gefällt das nicht. Meine Läufer und Kundschafter berichten, daß die Städte zu ruhig sind. Bis auf eine. Im Theiwarlager summt es wie eine Horde Hornissen, die zum Ausschwärmen bereit ist.« Er wies mit der Hand zum Tisch. »An die Arbeit.«

Rasch machte er die drei mit den sechs kleinen Städten des Königreichs bekannt, die gemeinsam als Thorbardin bekannt waren, und skizzierte dann den Verteidigungsplan, den er und Tanis bereits entworfen hatten.

»Ich weiß immer noch nicht, ob Ranze sich erheben wird, um mit Realgars Theiwaren zu kämpfen«, erklärte Gneiss. »Meine Daewars werden mit Hylarentruppen zusammen die Nordwege aus ihrer Stadt versperren.« Er zeigte auf das Südostviertel der Karte und nickte Caramon zu. »Wenn dieser Riese und die Hälfte der Flüchtlinge den Durchgang zwischen der Daergarstadt und den Osthöhlen verteidigen und wenn Sturm mit der anderen Hälfte den Südweg hält, müßten Ranzes Krieger doch eigentlich den größten Teil der Revolution gefangen sitzen, oder?«

Caramon lachte leise. »Worauf Ihr Euch verlassen könnt.«

»Ich verlasse mich auch darauf, junger Mann«, sagte der Lehnsherr ruhig.

Dann wandte sich Gneiss an Tanis. »Ihr würdet mir einen Gefallen tun«, sagte er bemüht höflich, »wenn Ihr den Oberbefehl über Eure Gruppe und die Flüchtlinge übernehmen würdet. Noch Fragen bis hierher?«

Tanis nickte trotz seines eindeutig zufriedenen Lächelns. »Nur eine. Es geht hier um Möglichkeiten.« Er fuhr mit dem

Finger über den nordwestlichen Abschnitt der Karte, zu den Städten und Gebieten der Klar und Theiware, und kam dann zu den Ruinen von Nordtor. »Was ist mit den Wahrscheinlichkeiten?«

»Nennt sie Sicherheiten. Denn das sind sie.« Gneiss bohrte einen Finger auf die Theiwarstadt. Sein Schatten lag wie ein Dolch über der genau ausgearbeiteten Karte. »Hier und hier wird der Ärger anfangen. Tufa hat seine Klar bereits zwischen den Theiwaren und dem Urkansee. Sie werden nicht stark genug sein, um diese Schlangen aufzuhalten, aber ich unterstütze sie mit meinen Kriegern.« Jetzt blickte er auf. In seinen Augen stand eine deutliche Warnung. »Zwei Schlachtfelder und dazwischen der Rest der Flüchtlinge. Ihr kennt diese Leute am besten«, fügte Gneiss hinzu. »Setzt sie so ein, wie es Eure beiden Befehlshaber für richtig halten, aber haltet sie so gut wie möglich aus den Städten raus.«

»Etwas streng mit Euren Verbündeten, nicht?« knurrte Caramon.

Gneiss schwieg einen Moment lang, während er um eine Geduld rang, die er sonst nie einem Menschen entgegengebracht hätte. Bei der Schmiede! Er wünschte, er hätte genug Männer, um das hier allein durchzuführen!

»Ihr seid Verbündete«, setzte er langsam und mit Nachdruck an. »Aber mein Volk ist sehr eigen und würde wahrscheinlich erst mit Fremden zusammenarbeiten, wenn es zu spät ist. Versteht Ihr?«

Caramons Augen blitzten plötzlich voller Zorn auf. Tanis legte dem großen Krieger eine Hand auf die Schulter. Schon diese warnende Geste brachte Caramon zum Schweigen.

Gneiss hatte sich gefragt, warum der Halb-Elf, der wegen seines vermischten Bluts wohl weder bei den Menschen noch bei den Elfen willkommen war, nicht nur diese beiden Menschen, sondern alle neun Gefährten anführte, die achthundert Sklaven aus Verminaards Minen befreit hatten. Schließlich hatten sie auch diesen ausgezeichneten, jungen Ritter dabei. Er warf einen Blick auf Sturm. Der Ausdruck in seinen Augen war wohl bestenfalls ungeduldig zu nennen.

Der Zwerg schniefte, als Caramon sich mürrisch wieder beruhigte. Der aufbrausende Riese hatte zumindest einen Funken Verstand.

»Weitere Fragen?«

Es gab keine mehr. Sie standen noch einige Minuten an der Karte, dann gingen die drei, und Gneiss blieb allein. Er stellte sich wieder ans Fenster, wo er feststellte, daß das Rufen und Lachen der Kinder aufgehört hatte. Der Garten war leer. Aufmerksam lauschte er auf den Lärm von den Straßen jenseits der Gartenmauer. Es herrschte nichts als unheimliche Stille.

Einen Augenblick später kam der Hauptmann seiner Leibwache mit der Nachricht, daß es ein Attentat auf den Lehnsherrn der Klar gegeben hatte. Tufa war nur leicht verwundet und hatte sich dem Kampf angeschlossen, der am Südrand des Theiwargebiets zwischen dem Urkansee und der Stadt der Klar ausgebrochen war.

»Lehnsherr«, sagte der Hauptmann finster, wobei sich seine Faust um den Griff seiner Streitaxt schloß, »die Klar sagen, daß die Theiware ihre Truppen geteilt haben und mindestens fünfzig von ihnen nach Nordtor zurückgewichen sind. Er und seine Krieger können die übrigen beschäftigen, aber er befürchtet, daß die Einheiten, die nach Nordtor unterwegs sind, dort etwas vorhaben.«

Gneiss schnallte sein Schwert um und überprüfte die tödliche Schärfe der Klinge. Jetzt wußte er, wo Hornfell war, und er wußte, warum Realgar seit Stunden nicht gesehen worden war. In Nordtor war eine Falle zugeschnappt.

»Zehn Einheiten zu mir«, befahl er. »Viermal Bogenschützen, der Rest Schwertkämpfer. Du stehst ab jetzt unter Tufas Kommando. Nimm den Rest von unseren Kriegern und unterstütze den Führer der Klar so, wie er es für richtig hält.«

Gneiss konnte kaum hoffen, daß er rechtzeitig zu dem alten Tor kommen würde, um Hornfells Tod zu verhindern. Doch hundert starke Daewars, vierzig Bogenschützen und sechzig Schwertkämpfer, würden durch die Theiware stoßen wie die Sonne durch den Nebel. Zumindest würde er den Mord an seinem Freund rächen.

Eine Mordsumarmung von Stanach, ein dicker Kuß von Kelida, das mußte als Wiedersehensfeier genügen. Lavim zupfte seinen schwarzen Mantel zurecht, während Stanach ihn fixierte.

»Du sagst, Tyorl ist hier?«

»Ja, klar.« Lavim nickte heftig. »Er ist unterwegs und müßte gleich dasein.« Er schaute sich um, als Hauk zur Toröffnung rannte. »Meinst du, ihr könntet ihn etwas freundlicher begrüßen? Es sind zwei Waldläufer bei ihm, und vielleicht seht ihr Tyorl nicht als ersten. Erinnerst du dich an diesen Waldläufer Finn, von dem Tyorl immer erzählt hat, Stanach? Der ist auch da und dann noch Kem.«

»Schon gut«, versicherte Lavim Hauk, wie man einen übereifrigen Wachhund beruhigt, damit er die eintreffenden Besucher nicht in Stücke reißt. »Das sind Freunde.«

Hauk grinste nur. »Richtig, Alterchen, das weiß ich.«

»Er ist ganz schön schnell mit seinem Schwert«, nörgelte Lavim, als Hauk gegangen war. »Eine Sekunde lang dachte ich, es würde bei mir in der Mitte etwas zugig werden.« Dann sagte er zu Hornfell: »Mein Herr – wußtet Ihr schon, daß Euch jemand töten will?«

Hornfell hatte während der Begrüßung der Freunde geschwiegen, doch jetzt bedachte er den Kender mit einem durchdringenden Blick. »Das weiß ich, Lavim. Erklär mir, woher du es weißt.«

Lavim hatte das Gefühl, daß der Zwerg seinen grimmigen Blick wahrscheinlich gar nicht so meinte. Trotzdem hielt er es für eine gute Idee, so klar wie möglich zu antworten: »Ja, also, Stanach hat mir was davon erzählt. Diese Geschichte von Sturmklinge, und wie es für Euch gemacht wurde, aber daß der andere Lehnsherr es auch haben will, und daß Ihr darum kämpft, wer der Was-weiß-ich wird.«

»Der Prinzregent.«

»Genau, das war's. So ein bißchen wie ein König und ein bißchen wie der Mann, der hinter der Theke steht, wenn der Wirt beim Abendessen sitzt, nicht wahr?«

Hornfell nickte verwirrt.

»Dachte ich's mir doch. Pfeifer hat mir den Teil erzählt, wie dieser andere Lehnsherr Euch gerade umbringen wollte. Er –«

»Pfeifer?« Kelida schüttelte den Kopf. »Pfeifer, Lavim? Aber der ist –«

»Ja, stimmt, das ist er auch. Er ist tot. Aber er hat es mir gesagt. Weißt du, das alles hat drüben in Qualinesti angefangen, als Stanach das Steingrab für Pfeifer gebaut hat und –«

Sie hörten Geschrei, teilweise von Hauk und Tyorl, teilweise von der Südseite des Torhauses her. Das brachte Stanach auf die Beine.

»Was ist los, Stanach?«

»Sie wollen den Lehnsherrn töten, Lavim. Was hast du für Waffen?«

»Meinen Dolch. Den Hupak habe ich im Moor verloren, aber –«

»Da drüben in der Wachstube findest du jede Menge Waffen. Rüste dich gut aus und komm dann hierher zurück.«

Als Lavim zum Wachhaus schlurfte, erwischte Stanach ihn gerade noch am Kragen. »Warte. Was haben Tyorl und die Waldläufer?«

»Die Waldläufer haben Schwert und Bogen. Tyorl hat seinen Bogen im Sumpf verloren.«

»Zeig ihnen die Waffenkammer und rüste sie schnellstens für den Kampf aus.«

Stanachs Gedanken überschlugen sich. Der Zuwachs von vier Mann bei Hornfells Verteidigern würde wenig ausmachen, wenn Realgar mehrere Einheiten von Kämpfern gegen sie führen konnte. Stanach lächelte grimmig. Aber jetzt hatten sie Bogenschützen. Das würde etwas ausmachen.

Mit seiner verstümmelten rechten Hand berührte er Kelidas Arm.

»*Lyt Chwaer,* schick Tyorl hier hoch und...« Stanach hielt inne, weil er plötzlich merkte, daß er gar keine Befehlsgewalt hatte.

Hornfell nickte Kelida zu. »*Kelye dha,* wenn du getan hast, worum Stanach bittet, dann heiße Finn in meinem Namen in Thorbardin willkommen. Sag ihm, daß ich gute Bogenschützen brauche und daß ich ihm dankbar wäre, wenn er seine Männer dem Befehl meines jungen Hauptmanns hier unterstellen würde.«

Stanach sah ihr nach, als sie mit Hornfells Botschaft den Gang hinuntereilte.

»Stanach«, sagte Hornfell, womit er das kurze Schweigen brach, »wenn ich sterben soll, dann nicht wie eine Ratte in ihrem Loch.«

»Hier ist jedes Schwert willkommen, Lehnsherr Hornfell, und nicht zuletzt deins.«

Stanach drehte sich um und erklärte den sechs, die im Torhaus warteten, flüsternd seinen Plan.

Draußen in der großen Halle verstummte das Gemurmel der Theiware und das Klappern ihrer Schwerter, Rüstungen und Brustpanzer.

Kalt und schrill befahl Realgar seine Männer zum Angriff.

Stanach hatte noch Raum für ein letztes Gebet, dann hob er sein Schwert hoch und nahm Kampfstellung ein.

Bitte, Reorx, bitte beschütze uns jetzt...

Die beiden Bogenschützen, die außer Reichweite der Schwerter auf dem Pfeiler des alten Tormechanismus postiert waren, sandten ihre Pfeile herab. Kelida konnte keinen Unterschied feststellen zwischen der Angst, vom Schwert ihrer Angreifer aufgespießt zu werden, und der Angst, den Pfeil eines Freundes im Rücken zu spüren.

Erschreckender als die Pfeile der Bogenschützen waren die Bolzen von Tyorls Armbrust. Sie zischten laut durch die Luft, und darauf folgte stets der hohe Todesschrei eines Feindes.

»Überlaß das Zielen den Schützen«, hatte Hauk gerufen. »Das ist ihre Sache, Kelida. Achte du nur darauf, daß du am Leben bleibst.« Er hatte noch etwas anderes sagen wollen, aber dazu war keine Zeit mehr gewesen. Der Kampf hatte sie voneinander getrennt.

Kelida kämpfte nicht besser als in der großen Halle, aber mit der gleichen, wenn nicht mit größerer Verzweiflung. Man brauchte kein großer Stratege zu sein, um zu wissen, daß sie mit dem Rücken zur Wand standen. Hinter ihnen gab es nur noch das brennende Tal, dreihundert Meter unter der Stadt.

Ein schwarzsilbern uniformierter Soldat sprang sie von rechts an, ein zweiter von links. Kelida trieb dem einen ihren Dolch in die Kehle und traf den zweiten mit einem Tritt am Knie. Überall war Blut. Es dampfte an ihrem Messer und rann ihr zwischen den Fingern durch.

Jemand, wahrscheinlich Lavim, rief eine Warnung. Sie warf sich gehorsam hin, erkannte jedoch erst, als sie auf dem blutverschmierten Boden lag, daß die Warnung nicht für sie bestimmt gewesen war. Eine Länge vor ihr zur Linken ließ sich ein Theiwar mit angelegter Armbrust auf ein Knie herunter und zielte. Sein Ziel war Hornfell.

»Nein!« schrie sie, während sie sich mit gezücktem Dolch von hinten auf den Zwerg warf. Sie stieß dem Schützen die Klinge zwischen die Schulterblätter und wußte, daß sie ihn getötet hatte, als der Stahl von seinem Schrei vibrierte.

Bevor Kelida reagieren konnte, brüllte Lavim wieder eine Warnung. Ein Dolch zischte um Haaresbreite über ihren Kopf. Kelida hörte ein gräßliches Stöhnen und drehte sich um.

Sie wußte sofort, daß das ein Fehler gewesen war. Ein schwerer Körper fiel von hinten auf sie. Hände preßten ihr die Arme an die Seiten, und jemand stieß ihr sein Knie ins Kreuz, so daß sie ein heftiger Schmerz durchzuckte. Ihr wurde schwarz vor Augen.

Geschwächt und voller Panik hörte Kelida, wie jemand ihren Namen schrie.

Sie konnte sich einfach nicht befreien, konnte nicht einmal Atem holen, um zu antworten. Dann hörte sie das kratzende Geräusch von Stahl, der auf Knochen stößt.

War sie getroffen?

Sie wußte es nicht. Da war kein Schmerz … bis die Klinge zurückgezogen wurde. Da wußte sie für einen Augenblick, daß sie einen Stich abbekommen hatte, bevor sie gar nichts mehr wahrnahm.

Die Schreie im Torhaus waren nur Echos auf die Schreie, die in Hauks Seele tosten. Wie ein hungriges Raubtier fiel er über die Theiware her, als wären sie nur leichte Beute. Er tötete schweigend wie eine stumme, todbringende Kreatur, die Rache nehmen wollte. Wer unter seinem Schwert starb und unglücklich genug war, ihm in die Augen zu sehen – was die meisten taten –, nahm ein Bild von Feuer und Eis mit in die Ewigkeit.

»Kelida!« schrie jemand.

Hauk riß sein Schwert aus dem Bauch eines Theiwars.

Kelida!

Sie war gestürzt und lag in einer sich ausbreitenden Blutlache. Den linken Arm hatte sie mit offener Hand ausgestreckt, als würde sie um Hilfe oder Mitleid flehen. Sie bewegte sich nicht. Ein Theiwar lag quer über ihrem Rücken und starrte mit leeren Augen an die dunkle Decke. Sein Körper war mit Pfeilen gespickt, und aus dem Hals ragte ein Armbrustbolzen.

Aber er konnte nicht zu ihr gelangen. Realgars Männer drangen auf das Torhaus ein, und die Wogen des Kampfes trugen Hauk weit von dem blutgetränkten Boden weg, wo Kelida still und stumm wie eine Tote lag.

»Kelida!« Tyorl stieß einen Warnruf aus, aber zu spät! Zu spät!

Sein Bolzen war gut gezielt und traf den Theiwar in den Hals. Aber zu spät! Verzweifelt sah er sich am Torhaus um, suchte jemanden, der frei war und in ihrer Nähe stand. Lavim kam in

Frage, aber nur für die Sekunde, die Tyorl brauchte, um für einen Ruf Atem zu holen. Einer von Realgars Zwergen sprang ihn von hinten an und riß den alten Kender in einem Knäuel aus Armen und Beinen zu Boden.

Tyorls Kopf konzentrierte sich jetzt gleichzeitig auf zwei Dinge: Er suchte jemanden, der Kelida helfen konnte, und er mußte weiter angreifen und verteidigen. Mit einem Bolzen mit Stahlspitze traf Tyorl den Zwerg ins Herz, der aufsprang, um Lavim einen Dolch in den Rücken zu stoßen, und schrie nach Stanach, der gerade sein Schwert aus dem Leib eines anderen zog.

Das Heulen der Sterbenden und die Schreie der Kämpfenden waren ohrenbetäubend. Tyorl war sich nicht sicher, ob Stanach ihn gehört hatte, aber er konnte nicht mehr darauf achten. Vier Theiware, deren kalte, schwarze Augen in hemmungslosem Blutrausch funkelten, rannten auf ihn zu.

Auf Grund der Nähe seiner Angreifer konnte die Armbrust nichts mehr ausrichten. So vertauschte Tyorl sie gegen Dolch und Schwert. In jeder Hand eine Waffe, brüllte er Kelidas Namen wie einen Schlachtruf und sprang zwischen die Zwerge.

Stanachs Rücken klebte so eng an Hornfells, daß nicht einmal eine Schwertklinge dazwischen Platz gefunden hätte. Sein Lehnsherr focht mit tödlicher Perfektion und kalter Wut, und solange Stanach lebte, würde ihn kein Theiwar von hinten treffen.

So kurz diese Zeit auch sein mag, dachte Stanach finster.

Realgar hatte fünfzig Krieger herbeirufen lassen. Der Feind war zahlenmäßig so überlegen, daß Stanach lieber nicht daran dachte. Doch der Zugang zum Torhaus war eng, und die drei Bogenschützen darin forderten einen blutigen Zoll. Stanach glaubte, daß sie das Torhaus eine Weile halten würden, wenn alle sieben geschickt kämpften. Doch einer war ein ungeübtes Mädchen, einer ein alter Kender, und die drei Waldläufer waren bereits erschöpft gewesen, bevor sie auch nur ihre Waffen angefaßt hatten.

Und ich habe nur eine Hand, und meine Kräfte lassen nach.

»Rückzug«, keuchte Hornfell, »Stellung aufheben, Stanach! Ich kann mich selbst decken. Du wirst im Torhaus gebraucht!«

»Ich werde hier gebraucht«, grollte Stanach.

Er schlitzte seinem Gegner den Arm auf. Der Knochen glänzte weiß. Der Theiwar schnappte nach Luft, der Schrei blieb ihm in der Kehle stecken.

Stanach konnte ihn von seinen Augen ablesen.

Als das Blut dampfend in die kalte Luft hochspritzte, duckte sich Stanach ausweichend und unterdrückte gewaltsam seinen Drang, sich zu übergeben. Als Stanach seine Stellung wieder eingenommen hatte, mußte er sich gleich dem nächsten Gegner stellen. Realgar.

Sturmklinge mit dem Saphirgriff war zum tödlichen Schlag erhoben. Realgars Augen blitzten vor Haß wie das Herz eines tobenden Feuers. Aus diesen Augen sprach der Tod.

Er schwang sein eigenes Schwert zur Abwehr hoch und wußte erst, daß die Parade gelungen war, als er das Klirren von Stahl auf Stahl hörte und die betäubende Vibration von Sturmklinges Schlag gegen sein Schwert fühlte. Stanach stellte sich mit ganzem Gewicht hinter sein Schwert und hielt mit aller ihm verbliebenen Kraft.

Seine Kraft reichte nicht aus. So unaufhaltsam, wie die Monde ostwärts über den Himmel wanderten, kam Sturmklinge näher und näher.

Stanach roch das Blut anderer Zwerge und sah es langsam an Sturmklinges glattem Stahl herunterlaufen.

Irgendwo im Hinterkopf dachte Stanach, daß sich jetzt ein Kreis schloß. Er würde durch die Klinge sterben, für die er sein Leben und das Leben vieler Freunde riskiert hatte.

Realgar zischte, und Stanach, der fühlte, wie die Muskeln seines Schwertarms zu zittern begannen, hörte aus diesem Zischen Gelächter heraus.

Jemand brüllte wild und kitzelte ihn in den Kniekehlen. Sturmklinges Stahl durchschnitt die Luft, wo Stanachs Hals gewesen war.

Er knallte auf die geborstenen Fliesen und rutschte auf dem blutverschmierten Boden aus. Um Atem ringend, tastete Stanach blind nach seinem Schwert.

»Hoch!« schimpfte Lavim. »Hoch, Stanach, alter Junge! Komm schon! Steh auf! Da kommen noch mehr! Sieh nur!«

Stanach sprang, immer noch nach Luft schnappend, auf die Beine. In Panik blickte er sich um. Ja, mehr! Er lachte laut. Die meisten Zwerge, die er sah, trugen das Rot und Silber der Daewars!

»Freunde, Lavim! Das sind die Krieger von Gneiss!«

Stanach holte tief Luft und erkannte da, daß das tiefe Lied der Bogensehnen und surrenden Pfeile aufgehört hatte. Das Klirren von Stahl auf Stahl erklang jetzt nur noch in der großen Halle. Im Torhaus hinter ihnen breitete sich Stille aus. Benommen starrte er den alten Kender an, der ihm wieder einmal das Leben gerettet hatte. »Wo – wo ist der Lehnsherr?«

Die Arme des Kenders waren fast bis zu den Schultern von Blut gerötet, und sein alter, schwarzer Mantel hing in Fetzen von ihm herab. Auf seiner runzligen Wange bildete sich ein dikker Bluterguß, und quer über seine Stirn lief eine tiefe Schramme. Aber er stand noch, und seine grünen Augen strahlten.

»Ich weiß nicht genau«, sagte Lavim. »Er könnte im Torhaus sein. Er rannte zu Tyorl zurück. Stanach, dieser Zwerg mit dem irren Blick, der dir den Kopf abhacken wollte, folgte ihm! Pfeifer sagt, daß er es ist, der Hornfell töten will.«

»Pfeifer sagt...« Stanach schüttelte den Kopf. Pfeifer sagt... Aber er hatte jetzt keine Zeit, über tote Zauberer nachzudenken. Er mußte Hornfell finden.

»Wer kämpft noch?« fragte Stanach.

»Finn hat eine Schwertwunde am Bein. Hauk geht es gut. Kelida ist verletzt, aber ich habe gerade Kem gesehen, und der sagt, daß sie durchkommen wird.« Lavim verstummte.

»Lavim«, sagte er mit außergewöhnlicher Ruhe, »wer ist noch verletzt?«

»Ich... ich weiß nicht, ob Tyorl durchkommt –«

»Was ist mit ihm?« fauchte Stanach.

»Der Zwerg mit dem irren Blick – er hat Hornfell gejagt, und Tyorl ist dazwischengeraten und – Sturmklinge...«

Stanach sah sich langsam in der Halle um, als ob er die Worte des alten Kenders nicht gehört hätte. Neunundzwanzig Theiware lagen tot oder sterbend am Boden. Realgar war nicht darunter, und Stanach wußte nicht, wo Hornfell war.

Lavim wußte nicht, ob Tyorl es schaffen würde.

Stanach redete grob, weil er einen Kloß aus Angst und aufsteigendem Kummer hatte. »Ich muß den Lehnsherrn finden. Ich... ich muß einfach, Lavim. Ist Hauk bei Kelida?«

»Ja.«

»Hol ihn. Er hat noch eine Rechnung offen. Sag ihm, daß ich weiß, wo er sie begleichen kann.«

Lavim sah ihm nach und merkte erst zu spät, daß er in der Aufregung der Schlacht und der Freude über das Wiedersehen vergessen hatte, Stanach von dem Drachen zu erzählen.

Kapitel 15

Hornfell hatte kein Schwert. Er hatte auch kein Messer. Er hatte nur sein Leben, und das nicht mehr lange. Hornfell hob den Kopf und sprach mit schlichter Würde.

»Ermorde mich ruhig, Theiwar, und geh als der Verfluchte König in die Geschichte ein.« Seine braunen Augen glitzerten. »Und kein Fluch ist schwerer als der eines Ermordeten. Stell dich mir. Hast du den Mut, mir ohne deine Krieger gegenüberzutreten?«

Sie standen einander auf dem Sims gegenüber wie Statuen, die aus dem lebenden Stein des Berges gemeißelt waren: Hylarenlehnsherr und Theiwar. Obwohl der Wind kalt an ihnen riß und ihre Haare und Kleider um sie peitschen ließ, kam es Stanach so vor, als wären sie eine Skulptur der Zwietracht.

Realgar stand da, als wäre er mit dem Stein auf dem schmalen Weg fest verwurzelt. Seine blutverschmierten Schwerter reflektierten kaum das schwache, unheimliche Zwielicht. Obwohl sie Stanachs und kurz darauf Hauks Ankunft bemerkt haben mußten, sahen sich weder Realgar noch Hornfell um.

Stanach hörte seine eigene Stimme, bevor er sich bewußt war, daß er redete. »Wir können ihn erwischen, Lehnsherr Hornfell.«

Hornfell löste seinen Blick nicht von Realgar, während er die Waffe nahm, die der Theiwar ihm reichte. Dann sprach er zu Stanach.

»Das könnt ihr. Aber ich habe ihn zum Zweikampf gefordert, und er hat angenommen.«

Ja, dachte Stanach, aber wirst du es sein, der jetzt überlebt? Wir brauchen einen Regenten, nicht die verrückte Herrschaft eines Derro-Zauberers. Hornfell, Lehnsherr! Mach das nicht!

Wie Geistergeflüster hallten Isarns seltsame Worte in seinem Kopf wider: *Für einen Lehnsherrn habe ich das Schwert geschmiedet. Realgar wird einen Hochkönig damit töten.*

In den Tiefen Höhlen hatte Stanach die Worte seines alten Meisters nicht glauben wollen. Er wollte die Prophezeiung nicht hören. Jetzt, am Rande des Abgrunds, dreihundert Meter über dem brennenden Tal, leuchtete das stählerne Herz des Königsschwerts feuerrot als Widerschein von Reorx' Esse. Stanach fragte sich, ob Isarn die Wahrheit gesagt hatte.

Seine Vernunft mischte sich ein. Wo war der Streithammer

von Kharas? Wo war die Legende, die einen Hochkönig weihen würde? Niemand wußte das. Niemand suchte überhaupt noch nach dem sagenhaften Streithammer. Doch Isarn Hammerfels, der das gottbegnadete Königsschwert geschmiedet hatte, hatte von Hornfell gesprochen und ihn Hochkönig genannt, als ob der alte Meister in den letzten Momenten seines Lebens gesehen hätte, wie Legenden wahr wurden.

Hauk hinter ihm wurde unruhig. Stanach mahnte den Waldläufer mit einer Geste zur Ruhe.

»Wir kriegen ihn«, flüsterte Hauk. »Stanach, wir können dem ein Ende machen.«

Stanach schüttelte den Kopf. »Das ist Sache des Lehnsherrn. Wir warten, Hauk.«

Hauk hörte aus Stanachs Worten das Todesurteil für einen tapferen Krieger heraus. »Worauf warten wir?« fragte er barsch. »Auf Hornfells Tod?«

»Er ist ein guter Kämpfer. Er wird nicht sterben.«

Realgars Lächeln war eiskalt. Er hob seine Hand etwas höher, als würde er den Sieg wittern. Im grauen Dämmerlicht waren die Augen des Theiwars wie die einer Schlange. Seine Pupillen verengten sich zu Schlitzen, um seine Netzhäute vor der für ihn gleißenden Helligkeit zu schützen.

Stanach zitterte plötzlich vor Furcht.

Seine Augen! Selbst im Zwielicht würde kein lichtscheuer Theiwar freiwillig kämpfen, wenn er es vermeiden konnte. Warum war Realgar hier? Warum hatte er Hornfell nicht in die Dunkelheit des Torhauses zurückgelotst?

Realgar hob die Hand und bewegte seine Lippen zu einem stimmlosen Zauberwort.

Angst durchschoß Stanach und erfüllte ihn mit einer schrecklichen Vorahnung.

»Hornfell –!«

Sein Warnschrei kam zu spät.

Aus Dämmerung wurde Mitternacht, ohne Sterne, ohne Mond, so finster wie in einem Sarg. Der Angriffsschrei eines Drachen gellte durch den kalten Himmel. Stanach fiel auf die Knie, weil ihn aller Mut und alle Kraft verließen. Festgenagelt durch die Drachenangst und blind durch den Dunkelheitsspruch des Drachen, hörte er Hauks Ruf und Hornfells Wutschrei nur von ferne.

Realgars triumphierendes Lachen gellte durch die Dunkelheit.

»Miese Ratte!« fauchte Stanach. »Verräterische, miese Ratte!«

Der Wind, den der vorbeifliegende Drache machte, warf ihn rücklings gegen die Felswand und drückte ihm die Luft aus den Lungen. Schwindelig, orientierungslos und wie betäubt vor Angst war Stanach ohne eigenen Willen und hilflos. Er konnte sich nicht rühren, denn er war in einem Netz aus Dunkelheit und Angst gefangen. Dreihundert Meter tiefer brannte immer noch das Tal. Die hochlodernden Flammen schienen mit der sicheren Zuversicht nach ihm zu greifen, daß sie ihn bekommen würden. Der Wind von den Bergen und der Luftzug von dem erneut vorbeifliegenden Drachen zogen ihn so nah an den Rand des Abgrunds, daß Stanach wußte, er würde abstürzen.

Hauk schrie seinen Namen. Mit der enormen Kraft der Panik packte eine Hand sein rechtes Handgelenk. Obwohl Stanach den Griff nicht spürte, fühlte er das Ziehen in seiner Schulter. Hauk hatte ihn und zerrte ihn mit aller Kraft vom Abgrund weg ins Torhaus.

Wie Echos aus einem Alptraum erklang in der Dunkelheit das Geräusch von Stahl, der auf Stahl traf.

Der Lehnsherr! Oh, Reorx, der Lehnsherr!

»Er kämpft blind!« schrie Hauk. Das Entsetzen des jungen Mannes raste blitzartig durch seine Hände und zuckte durch Stanachs Knochen.

Tyorl zog sich hoch, wobei er sich die ganze Zeit schwer auf Lavims Schulter stützte. Er hatte Männer gesehen, die das taten, die auf die Beine kamen, während sie eigentlich kaum fähig waren zu atmen. Damals hatte er sich gefragt, wie sich das wohl anfühlte. Jetzt wußte er es. Sein Blut tropfte aus der tiefen Schwertwunde in seinem Bauch.

Alles war in einem einzigen Moment geschehen. Die Wut des Kampfes hatte einen wahnsinnigen Höhepunkt erreicht, als rotsilbern uniformierte Daewars in die große Halle und das Torhaus strömten. Tyorl, der wieder seinen Platz auf dem Tormechanismus eingenommen hatte, hatte Realgar gesehen, der Sturmklinge in Hornfells ungeschützten Rücken stoßen wollte. Ihm blieb keine Zeit mehr, die Armbrust zu spannen. Der Elf hatte sich bewegt, ohne nachzudenken.

Tyorl hatte sich zwischen Realgar und Hornfell geworfen. Sturmklinge war wie eine heiße Nadel durchs Eis in ihn eingedrungen, und es hatte wie Feuer gebrannt, als Realgar den Stahl zurückriß. Nun fühlte er keine Schmerzen mehr, und das verriet ihm noch eher als die leblose Kälte, daß er starb.

Und was tat Drachenangst einem Sterbenden?

»Die… die Armbrust«, forderte er flüsternd.

Lavim schluckte hörbar. »Tyorl, ich finde nicht, daß du –«

»Bitte. Hilf mir jetzt, Lavim.«

»Nein, Tyorl! Du mußt hier auf Kem warten.« Verzweifelte Hoffnung brach die Stimme des Kenders. »Er wird dir helfen. Du wirst sehen. Du wirst sehen, Tyorl.«

Tyorl lehnte seinen Kopf an die Steinwand und stützte sich an die Felswand. Bei diesen kleinen Bewegungen wurde ihm nur noch kälter. Er fuhr mit der flachen Hand über Pfeifers Flöte, die immer noch an seinem Gürtel hing.

Lavim hatte mal behauptet, daß Pfeifer seine Gedanken lesen konnte. Tyorl umklammerte die Flöte.

Pfeifer, dachte er, sag ihm, daß er mir helfen soll. Ich kann den Drachen töten, wenn er mir nur hilft. Pfeifer...

Mach, was er sagt, Lavim. Mach es.

Als er Lavims heftige Widerworte hörte, griffen Tyorls Finger so fest um die Schulter des Kenders, daß seine Knöchel weiß hervortraten. »Bitte!«

Selbst als er Tyorl die Armbrust aushändigte, protestierte Lavim immer noch: »Tyorl, du mußt hierbleiben. Du mußt auf Kem warten. Er ist jetzt bei Kelida –«

»Kelida!« flüsterte Tyorl. »Lavim, wird sie durchkommen?«

Lavim nickte nachdrücklich. »Keine Probleme. Sagt Kem. Bitte, Tyorl, bitte laß mich dir helfen, dich hinzusetzen, bis er herkommen kann.«

Tyorl stützte sich wieder auf Lavims Schulter.

»Hilf mir auf den Sims.«

»Nein, Tyorl!«

Der Schmerz drängte langsam in sein Bewußtsein. Noch spürte Tyorl ihn nicht, aber er jagte ihn wie ein gnadenloser Wolf.

Pfeifer, sag's ihm.

Tyorl sah zu, wie der Kender mit gesenktem Kopf zuhörte, während Pfeifer lautlos mit ihm sprach.

Lavim. Es ist wie da, wo du Kelida helfen mußtest, Stanachs Finger zu richten. Ich weiß, daß du nicht willst, aber du mußt. Es bleibt keine Zeit zum Diskutieren. Mach, was er sagt.

»Aber was sollen wir denn machen? Er muß hierbleiben! Er muß auf Kem warten! Pfeifer…!«

Die Stimme des Kenders verebbte und verlief sich im Heulen des Windes. Tyorl lehnt mit dem Rücken an der Felswand, und er wußte nicht, wie er aus dem Tor kommen sollte. Sanft hielt Lavim ihn mit seinen bebenden, verschrumpelten Händen aufrecht. Die Kälte des Felsenpfades wirkte direkt warm im Vergleich zu der Leere, die ihn erfüllte.

Nah, und doch scheinbar so fern, traf Stahl auf Stahl. Schwärze hüllte den Sims ein. Fern wie uralte Erinnerung regte sich die Höhenangst in Tyorls Herz. Doch sie flüsterte nur. Da er die Drachenangst nicht spürte, fühlte er auch das Klammern und Zerren der Höhenangst nicht.

»Lavim, leg den Bolzen ein.«

Er hörte, wie Lavim die Armbrust hinlegte und vor Anstrengung grunzte, als er die Sehne zurückzog. Der schwarze Drache schrie schriller als der Wind, als er hochflog, um erneut am Sims vorbeizurauschen.

Hauks Stimme erhob sich barsch und voller Angst: »Stanach! Er kämpft blind!«

Stahl klirrte. Stiefel scharrten über Stein.

Tyorl machte die Augen auf, als er merkte, wie ihm die Armbrust wieder in die Hand gedrückt wurde.

Ich kann in dieser Dunkelheit nichts sehen!

»Pfeifer kann«, flüsterte Lavim. »Alles in Ordnung.«

Lenke mich!

»Das tut er –«

»Hast du die Armbrust richtig geladen?«

»Natürlich, Tyorl.«

Der Elf holte kurz Luft und versteifte sich, als der Schmerz ihn schließlich doch noch fand. Ein gewaltiger Windstoß fuhr durch die Dunkelheit. Kreischend vor wilder, schrecklicher Kampflust schoß der Drache herab. Vorhin waren die Arme des Waldläufers so schwer gewesen. Jetzt waren sie leicht. Fast ohne zu wissen, daß er die Armbrust hob, überließ sich Tyorl Pfeifers Anweisungen. Er war bereit, auf einen Drachen zu schießen, den er nicht einmal sehen konnte.

Der Angstspruch von Nachtschwarz lastete tödlich schwer auf Stanachs Herzen. Hornfell war blind in der magischen Dunkelheit, und irgendwoher nahm er den Mut, sowohl die Drachenangst als auch seinen gnadenlosen Gegner zu bekämpfen. Blind für Sturmklinge und den Mörder, der es schwang. Blind für den Rand einer dreihundert Meter tiefen Klippe!

Ohne daran zu denken, daß er sich unter der lähmenden Schwere der Drachenangst eigentlich kaum regen konnte, riß sich Stanach aus Hauks Griff los.

Schwindelig und orientierungslos und mit schmerzendem Kopf, weil seine Augen sehen wollten, wo es nichts zu sehen gab, zwang Stanach sich zum Innehalten. Er, der an Orten sehen konnte, wo niemals Licht hingelangte, war blind.

Indem er die bitterkalte Luft tief in seine Lungen einsog, gelang es Stanach, das Schwindelgefühl zu bekämpfen. Er lauschte angestrengt und stellte augenblicklich fest, daß er die Kämpfer durch ihr rauhes Keuchen und die klirrenden Schwerter orten konnte.

Irgendwo unter dem eisigen Himmel flog der Drache. In stürmischen Wellen peitschte die Angst immer wieder durch seine Sinne. Doch Stanach konzentrierte sich ausschließlich auf die Kampfgeräusche, und langsam kroch er vorwärts und betete um einen Hinweis, welcher von den Kämpfern Hornfell war und welcher Realgar.

Das Summen einer Klinge tönte durch die Dunkelheit. Lose Steine prasselten auf den Boden, und Stanach hörte einen Stiefel über den Stein rutschen und ein kurzes Stöhnen.

Dann hörte Stanach das tiefe, vibrierende Surren eines fliegenden Armbrustbolzens.

Sie waren gar nichts, der Elf und der Kender auf dem Sims. Kaum genug, um seinen Appetit anzuregen. Jedenfalls würden sie höchstens Nachtschwarz' Verlangen nach Grausamkeit stillen können. Diese Grausamkeit wurde zu gerechtem Zorn, als der Drache die Armbrust in den Händen des Elfen sah.

Wollte dieser Winzling ihm mit seinem Spielzeug etwa ernstlich etwas anhaben?

Nachtschwarz legte die Flügel an und bäumte sich auf, wobei er die Vorderbeine nach dem Elf auf dem Sims ausstreckte und vor Lachen kreischte, als er vorschoß.

Er hörte das Summen der Armbrustsehne nur als leisen Luftzug. Der Bolzen mit seiner Stahlspitze bohrte sich wie ein silberner Blitz in sein linkes Auge, und der Kampfschrei des schwarzen Drachen ging in ein gequältes Kreischen über. Erst war er nur überrascht, dann überfiel ihn die Panik des Todes, als seine Flügel von einem Aufwind gepackt wurden und heißes Feuer sein Rückgrat entlanglief. In dem Moment, als der Drache den Schmerz wahrnahm, schwand jedes Gefühl aus seinem Riesenkörper.

Mit dem Echo seines eigenen Todesschreis in den Ohren fiel Nachtschwarz tief hinab in das brennende Tal.

Der Schrei des Drachen durchbrach Stanachs Blindheit wie Feuer die Dunkelheit, als er in zahllosen, heulenden Echos von den Bergwänden zurückgeworfen wurde.

Langsam wie Gletschereis in der Sonne wich das Entsetzen der Drachenangst, und die Dunkelheit löste sich wie Rauch im Wind auf. Nachtschwarz war tot!

Nach Luft schnappend sah sich Stanach augenblicklich nach Hornfell um.

Hauk bellte eine Warnung. Stahl klirrte auf Stein, und Stanach fuhr herum. Da stand Hornfell unbewaffnet und mit dem Rücken zu dem brennenden Tal. Realgar, dessen dunkler Mantel im Wind flatterte und dessen irre Derro-Augen feurig glühten, hielt Sturmklinge locker in der Hand.

»Das Feuer«, flüsterte er, »oder das Schwert? Sturz oder Stahl?«

Hornfells tödliche kalte und beherrschte Miene ließ Stanach zurückschrecken. »Gewähr mir den Stahl«, sagte er zu Realgar und krümmte den Finger in einer spöttischen Geste, als wolle er sagen ›Komm schon‹. »Mal sehen, ob es dir gelingt.«

Realgar faßte das Königsschwert fester und senkte Sturmklinge. Unter dem Vorwand, sich besser hinzustellen, schwang er es nach Hornfells Kehle.

Stanach warf sich in dem Moment auf Realgar, als Hornfell sich tief duckte und unter seiner Deckung hindurchtauchte. Beide trafen den Theiwar gleichzeitig; Stanach oben, wo er mit der Linken nach seinem Handgelenk griff, Hornfell unten, womit er ihn hart auf den Felsen warf.

Ein Ellbogen traf Stanach am Kiefer und ließ ihn stürzen. Er versuchte aufzustehen, schaffte es aber nicht. Der Theiwar, der Sturmklinge immer noch in seiner Faust hielt, versuchte, sich Hornfells Griff durch harte Tritte zu entwinden. Stanach fühlte den Stiefelabsatz wie einen Blitz an seinem Kopf auftreten und hörte den Tritt wie einen Donnerschlag. Fast augenblicklich rissen zwei große, starke Hände Stanach auf die Beine. Mit wachsweichen Knien versuchte er erneut, sich aus Hauks Griff zu befreien.

»Kein Platz«, sagte Hauk, während er Stanachs Arme hinter ihm festhielt. »Keine Zeit.«

Realgar hatte sich von Hornfell befreit. Jetzt warf er sich mit erhobenem Schwert auf den Lehnsherrn der Hylaren, wobei er das Königsschwert schwang, als wäre es eine Axt. Hornfell rollte sich zum Berg zurück und warf sich nach links. Mit einem hellen, knirschenden Geräusch traf der Stahl auf den Stein. Realgar kam durch den Schlag ins Taumeln, schlug noch einmal daneben und wankte zum Rand der Klippe. Hornfell knurrte leise und stieß dann einen wütenden Fluch aus.

Wacklig stand Realgar genau am Rand und umklammerte Sturmklinge mit der rechten Hand. Stanach sah das entsetzte Erstaunen aus den Augen des Derro-Zauberers schreien, als seine Füße am bröckelnden Fels abrutschten.

Heftig keuchend sprang Hornfell nach Realgars Arm und erwischte ihn mit beiden Händen. Das Gewicht des zappelnden Magiers ließ ihn auf dem Fels in die Knie gehen.

»Laß los!« rief Hauk.

Obwohl Realgars volles Gewicht an ihm hing, biß Hornfell die Zähne zusammen und zog.

»Laß los!« flüsterte Stanach.

Hornfells Griff löste sich. Seine Hände rutschten an Realgars Arm zu seinem Handgelenk hoch, und seine Finger berührtem Sturmklinges Heft genau in dem Moment, als Realgar seinen Kopf zurückwarf und schrie. Der Zauberer fiel, und Hornfell warf sich vor, um Sturmklinge zu retten.

Der Stahl blitzte, während Hornfell ihn vor dem Fall bewahrte.

Stanach schloß die Augen. Er mußte beißende Tränen hinunterschlucken. Einen Augenblick lang wußte er nicht, ob sein Herz sich vor Freude oder vor Trauer zusammenzog.

Jetzt lagen nicht mehr Hauks Hände auf Stanachs Armen, sondern Lavims. Hauk war zu Hornfell geeilt. Immer noch taumelnd nach dem Tritt des Theiwars sah Stanach sich verwirrt nach dem Kender um. Lavim sagte etwas, aber Stanach begriff es nicht.

»Langsam«, flüsterte der Zwerg rauh. »Langsam, Lavim.«

Lavim zog an Stanachs linker Hand. »Komm jetzt, Stanach«, drängte er. »Du mußt jetzt mitkommen.«

Der Zwerg sagte kein Wort. Er hatte keine Kraft mehr, um mit Lavim zu streiten, und ging deshalb einfach mit. Er hörte Kelidas leise, ängstliche Stimme. Als er sich nach ihr umsah, verschwamm das Bild.

An der offenen Tür von Nordtor entdeckte er sie, wo sie neben Tyorl kniete, um ihn zu stützen. Ihr graues Lederhemd war dort, wo sie verletzt worden war, zerrissen. Sie sagte etwas zu Lavim, und der Kender lief mit blassem, runzligem Gesicht zum Tor und schrie nach Kem.

Von dort, wo er stand, konnte Stanach Kelidas kummervollen Gesichtsausdruck und das Zittern ihrer Hände sehen, als sie die Finger an Tyorls Hals legte und nach seinem Puls tastete, der – falls es ihn noch gab – nur schwach sein konnte. Zu viel Blut tränkte die Lederkleidung des Elfen.

Er hörte Hauks Stimme hinter sich. Stanach drehte sich um. Hauk starrte auf Sturmklinge, das in Hornfells Hand lag.

Langsam legte Hornfell das Schwert neben Tyorl. Der haßerfüllte Blick, den Hornfell kurz auf das Königsschwert warf, ließ Stanachs Herz vor Kälte zittern. Die Saphire auf Sturmklinges Heft fingen das schwindende Licht ein. In der Tiefe der flachen Klinge pulsierte das Feuer von Reorx' Schmiede.

Wortlos nahm Hauk Lavims Platz ein und legte Tyorl seine zitternden Finger auf den Arm. Seine Lippen bewegten sich stumm, als sie den Namen des Freundes wiederholten, der so weit gewandert war, um ihn aus Realgars Folterkammer zu retten. In Hauks Augen stand die tiefste Trauer, die Stanach je gesehen hatte.

Zaghaft berührte er Kelida an der Schulter. *»Lyt Chwaer.«* Er hockte sich neben sie.

»Ich habe Lavim zu Kembal geschickt.« Ihre Stimme brach vor Trauer. »Es wird nichts mehr helfen. Tyorl wird sterben. Stanach.«

Stanach legte die Arme um sie, um sie zu stützen, solange sie Tyorl hielt. »Es tut mir leid«, murmelte er.

Kelida lehnte sich an seine Schulter und verbarg ihr Gesicht in seinem dicken, schwarzen Bart.

Stanach streichelte ihre Schulter, und sein Blick begegnete dem von Hauk. Die Ungläubigkeit in den Augen des Waldläufers, als er zu begreifen versuchte, daß sein Freund wirklich starb, ließ ihn plötzlich sehr jung wirken.

Tyorl bewegte sich. Seine Lippen bewegten sich, als wenn er etwas sagen wollte. Dann glitt seine Hand in Kelidas, und sie wandte sich ihm zu. In ihren grünen Augen glitzerten Tränen. Vorsichtig, um ihm keine Schmerzen zu bereiten, beugte sich Kelida vor und küßte ihn sanft.

»Ach«, hauchte Tyorl, »du hast mir schon einmal einen Abschiedskuß gegeben – in Langenberg.« Er hob die Hand und strich ihr durchs Gesicht und durchs Haar. »Kelida.«

Stanach merkte, wie sie Tyorls fallende Hand ergriff. Kelida schluchzte, und Stanachs Herz schmerzte vor stummer Trauer.

Sturmklinges Stahl hatte Tyorl getötet.

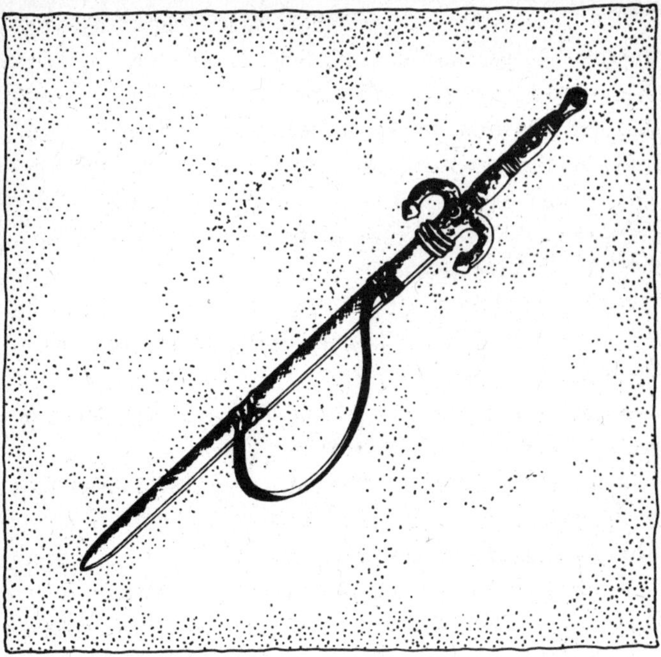

Kapitel 16

Sturmklinge. Königsschwert aus Bruchstücken der Dämmerung mit einem Mitternachtsstern.

Obwohl es ihm gehörte, hatte Hornfell sich das Schwert seit dem Kampf vor drei Tagen in Nordtor noch nicht an die Hüfte geschnallt. Obwohl die Zwerge von Thorbardin ihn – teils überglücklich, teils skeptisch – als Regenten anerkannt hatten, würde er sein Amt erst in sieben Tagen antreten. Es wäre unpassend, das Königsschwert schon vorher zu tragen.

Hornfell hob den Deckel der Vitrine, in der Sturmklinge lag. Der mit rauchfarbenem Samt und rotschimmerndem Satin ausgepolsterte Kasten enthielt die Königsschwerter der Hochkönige von Generationen.

Jetzt enthält er das eines Prinzregenten, dachte er, und zwar hier in der Halle der Lehnsherren, gut bewacht, aber für alle zugänglich, die es sehen, bewundern und bestaunen wollen.

Sie waren gekommen, als wollten sie den Segen einer Reliquie erbitten. Die Halle der Lehnsherren war noch nie so streng bewacht gewesen wie in diesen letzten beiden Tagen. Leibgarden aus jeder der sechs Zwergenstädte standen Tag und Nacht rund um die Uhr gemeinsam Wache.

Hornfell trat von der Truhe und dem langen Schaukasten zurück, der jedesmal, wenn er ihn ansah, mehr einer Bahre glich. Er fragte sich, ob je ein Königsschwert so teuer erkauft worden war wie Sturmklinge.

Als die Theiware, die die Stadt der Klar angriffen, davon erfuhren, daß ihr Lehnsherr tot war, hatten sich ihre Formationen aufgelöst, und sie waren zurück in ihre schwarzen Städte geflüchtet.

Aus diesem Durcheinander, dachte Hornfell jetzt, würden die Theiware sich erst dann wieder erheben können, wenn sie ihre blutigen, inneren Querelen beendet hatten, um unter den Überlebenden einen neuen Anführer zu wählen.

Obwohl Ranze keine Zählung der Gefallenen zuließ, hatten seine Daergars einen raschen, ungestümen Ausfall gegen die Flüchtlinge in den Ackerhöhlen gewagt. Sturm hatte sie jedoch sauber am Südeingang der Ackerhöhlen festgenagelt, während Caramon von Norden auf sie eingedrungen war. Tanis und seine Offiziere hatten sich gut bewährt.

Das war das Ende der Revolution. Ranze behauptete weiterhin, er hätte seine Stadt nur verteidigt, weil er glaubte, die Ausländer würden den Aufstand der Theiware zum Plündern und Brandschatzen nutzen. Niemand konnte ihm nachweisen, daß er mit Realgar verbündet war.

Hornfell erschauerte und merkte, wie seine Augen von dem Königsschwert angezogen wurden. Versilberter Goldgriff, makellose Saphire und eine Klinge aus feinstem Stahl mit Flammenherz: Es hatte so viele Leben gekostet!

Seine Seele war tief erschöpft, und er wußte nicht, ob seine Regentschaft den Tod so vieler Zwerge aus seiner Sippe, so vieler Freunde und Fremder wert war, die ihr Leben dafür gelassen hatten.

Hinter sich hörte er Schritte. Hornfell drehte sich um, weil er plötzlich an Pfeifer dachte. Fast hätte er den Namen des Magiers laut ausgesprochen, doch er hielt inne, als er Lavim, den Kender, hinter einer breiten, hohen Säule auftauchen sah.

Hornfell starrte den Kender an. Er war an vierundzwanzig bewaffneten Wachen vorbeigekommen, und keine von ihnen hatte mehr als einen huschenden Schatten wahrgenommen!

Der Kender grüßte Hornfell unbekümmert und voller Zutraulichkeit. »Wißt Ihr, Sir, man sucht Euch schon überall. Es ist schon fast Sonnenuntergang. Sie warten alle im Tal der Lehnsherren auf Euch. Ich hatte gedacht, Ihr wärt vielleicht hier, darum kam ich Euch holen. Außerdem wollte ich doch noch mal einen Blick auf Sturmklinge werfen.« Er zeigte auf das Königsschwert. »Ich habe das Ding da ein paar Wochen lang vor den Augen gehabt. Ich muß schon sagen, da drin sieht es ganz anders aus.«

Hornfell lächelte. »Wie sieht es denn aus?«

»Hm, größer, glaube ich.«

Lavim trat näher an die Vitrine, um besser sehen zu können.

Hornfell ließ ihn nicht aus den Augen. Obwohl Lavim unterhaltsam und einfallsreich war, blieb er doch immer noch ein Kender.

»Nein«, sagte Lavim und berichtigte seine Aussage. »Nicht größer. Nur – weiß nicht, nicht wie Kelidas Schwert. Oder Hauks. Oder wessen auch immer.« Lavim zuckte mit den Schultern und schaute dann mit zusammengekniffenen Augen in eine dunkle Ecke an der fernen Decke. »Richtig. Seins.«

Ein Schauer, teils vor Furcht, teils vor Aufregung, lief über Hornfells Arme. »Lavim«, sagte er langsam und vorsichtig, »mit wem redest du da?«

Lavims wettergegerbtes, runzliges Gesicht hellte sich auf. »Mit Pfeifer natürlich.«

Pfeifer. Hornfell hatte die Geschichte im Torhaus gehört – Lavims wortreiche Erklärung, wie er dreihundert Meter über dem brennenden Tal über den eineinhalb Meter breiten Sims nach Nordtor gelangt war. Der Kender behauptete, daß er mit Pfeifers Geist reden konnte. Hornfell wußte nicht, ob er das glauben sollte.

In Lavims Augen spiegelte sich Schabernack, als er wieder den Kopf schief legte und einer Stimme lauschte, die Hornfell nicht hören konnte. »Oh«, sagte er, als hätte man ihn an etwas erinnert, »richtig. Hab' ich vergessen.« Schnell wie ein Kender griff er in eine tiefe Tasche seines alten, schwarzen Mantels und brauchte nicht lange zu suchen. Was er aus dieser Tasche zog, brachte Hornfell zum Lächeln. Es war aus glattpoliertem Kirschholz und so vertraut – der Kender hielt Jordys Flöte hoch.

»Die kennt Ihr, nicht wahr? Pfeifers Flöte. Sie kann zaubern. Ich weiß das, weil ich sie zweimal benutzt habe. Einmal, um den guten Stanach vor den – wie-heißen-sie-bloß-gleich –«

»Theiware.«

»Genau. Und einmal, um mich und Finn und Kem und…«, Lavim zögerte nur kurz, doch seine Augen verdüsterten sich, »und Tyorl von den Bluthügeln wegzuschaffen. Stanach wollte sie Euch zurückbringen, weil er sagte, daß Ihr und Pfeifer so enge Freunde wart.«

»Enge Freunde, hm? Das hat Stanach gesagt?«

»Eigentlich nicht. Das war ich. Aber Stanach hätte es gesagt, wenn es ihm eingefallen wäre.«

Hornfell griff nach der Flöte und fuhr mit dem Finger an ihr entlang. »Redet er wirklich mit dir, Lavim?«

Lavim nickte eifrig. »Oh, ja, natürlich. Er hat mir alles erzählt, wie Ihr ihn vor dem Kerker bewahrt habt, und wie Licht von draußen in die Stadt, die Gärten und die Felder kommt.« Lavim zwinkerte. »Und er hat mir auch etwas anderes gesagt. Er sagte mir – oh. Na gut, das darf ich nicht verraten.« Er zuckte mit den Schultern. »Aber was soll's, Ihr werdet es sowieso bald erfahren. Eins darf ich aber noch erzählen.«

Amüsiert lächelte Hornfell nachgiebig. »Und das wäre?«

Plötzlich ernst stopfte Lavim die Flöte wieder in die Tasche. »Er sagte, Ihr solltet Sturmklinge ins Tal der Lehnsherren mitbringen, wenn Ihr zu – wenn Ihr kommt.«

Zu Tyorls Beisetzung. In den letzten Tagen hatte es reichlich Beerdigungen gegeben. Hornfell war nach Möglichkeit dabeigewesen. Diese letzte, klein und privat, sollte anders sein. Tyorls Begräbnis würde, zumindest für Hornfell, auch für Pfeifers stehen. Und für Kyans. Elf, Zwerg und Menschenzauberer – sie waren für Sturmklinge gestorben. Und für ihn.

Obwohl es passend wäre, daß das Königsschwert anwesend war, wollte Hornfell es nicht vor seinem Amtsantritt tragen. Nicht einmal bei dieser Gelegenheit.

Der Zwerg schüttelte den Kopf. »Das kann ich nicht, Lavim. Ich kann es noch nicht tragen.«

»Hmmmm. Wirklich nicht? Wäre es bloß unhöflich, oder ist es ein Gesetz oder so?«

»Beides.«

Lavim dachte kurz nach oder lauschte. »Na gut. Dann schnallt es nicht um. Bringt es bloß mit.«

»Lavim, ich denke nicht –«

»Seht mal«, sagte Lavim ernsthaft, wobei er näher an die Vitrine trat. »Das ist genau das Problem, das anscheinend alle haben. Sie sagen ›Ich denke nicht‹, und sie glauben in Wirklichkeit, daß sie doch denken. Das bringt nichts, das Denken. Macht einem nur Probleme.«

Flink wie eine aus dem Wasser auftauchende Forelle ergriff Lavim das Königsschwert und warf es Hornfell zu, der es auffing. »Da! Jetzt habt Ihr es. Wenn Ihr ein Gesetz gebrochen habt oder unhöflich wart – auch wenn ich finde, daß Ihr bis jetzt wirklich ausgesprochen höflich wart –, dann könnt Ihr das doch auch eine Stunde oder so tun, anstatt zehn Sekunden. Stimmt's?«

Sturmklinge lag vorzüglich in Hornfells Hand. Es war für seine Hand geschaffen und paßte perfekt hinein.

»Pfeifer sagt, ich soll es mitbringen?« fragte Hornfell.

Lavim nickte feierlich.

»Na gut, dann werde ich es tun. Was ist mit der Flöte?«

»Ach die.« Lavim tätschelte seine Tasche. »Ihr müßt schon das schwere Schwert schleppen. Macht Euch keine Sorgen wegen der Flöte. Ich heb sie noch etwas für Euch auf, genau hier in meiner Tasche.«

Kapitel 17

Zu Hause, dachte Stanach. Ich bin zu Hause!

Mit der linken Hand und der Schulter rollte er einen weiteren Grabstein auf den wachsenden Haufen. Er hatte seit Anbruch der Dämmerung ständig daran gedacht, daß er wirklich zu Hause war. Jetzt, als das Licht des Sonnenuntergangs die Wände des Tals der Lehnsherren rot färbte, mußte er immer noch daran denken. Nicht daß Thorbardin sich verändert hatte. Er selbst hatte sich verändert.

Stanach scheute die Erinnerung an das Wiedersehen mit seinen Eltern und Freunden. Er wollte nicht an ihr Entsetzen angesichts seiner verkrüppelten Hand denken oder an die Art, wie sie ihn ansahen, wenn sie erkannten, daß er nicht mehr der ruhige, friedfertige Schmied war, der sie vor wenigen Wochen verlassen hatte.

Er war in der Außenwelt gewesen, und er war verändert nach Hause gekommen. Der Unterschied hatte nichts mit seiner Verletzung zu tun. Er hatte mehr mit dem Fremden zu tun, den sie in seinen Augen sahen. Er war anders; er trug Narben, und seine dunklen Augen hatten fernere Horizonte geschaut, als die meisten Zwerge je gesehen hatten.

Der Wind brauste kalt und schneidend durch das Tal der Lehnsherren. Dieses Tal war der einzige Teil von Thorbardin, der unter freiem Himmel lag. In alten Zeiten war hier eine Höhle gewesen. Eines Tages war sie eingestürzt, und aus dem Krater war ein Tal geworden, in dem ein kleiner See und sorgsam gepflegte Gärten lagen. Am Rand des Tals fand man die Gräber von einfachen Leuten. In den Gärten standen die Grabmale von Lehnsherren und Hochkönigen.

Das Tal der Lehnsherren war nicht nur der Ort, wo die Zwerge ihre Toten bestatteten, sondern auch der Ort, wo sie – die Magie gegenüber normalerweise sehr mißtrauisch waren – sich an der Kunst der Zauberei erfreuten. Hoch über dem See schwebte Dunkans Grab. Nichts als der Spruch eines längst verstorbenen Zauberers hielt ihn dort.

Hier war Dunkan einbalsamiert, der letzte Hochkönig der Zwerge. In den dreihundert Jahren seit seinem Tod hatte kein neuer Hochkönig in Thorbardin regiert. Und trotz der Opfer, die die Suche nach Sturmklinge gefordert hatte, würde kein neuer Hochkönig mehr in Thorbardin herrschen. Kharas, Dunkans Freund und Held, hatte seinen Streithammer durch Magie und mit Hilfe des Gottes, der ihn gemacht hatte, versteckt. Seither hatte ihn niemand gefunden.

Hornfell würde Hochkönig sein, hatte Isarn gesagt.

Stanach schüttelte den Kopf. Nein, Hornfell würde nicht den Thron des Hochkönigs besteigen. Er war Prinzregent, obwohl Reorx wußte, daß er das Königreich wie ein richtiger König regieren würde. Das mußte reichen.

Stanach lehnte sich an den Steinhaufen und fuhr mit dem Ärmel über sein Gesicht. Schweiß und Dreck verschmierten das lockere, weiße Schmiedehemd, das er trug. Er würde nie wieder vor einer Esse stehen, aber er kannte keine bequemere Kleidung als dieses alte Hemd und die braunen Lederhosen, die er einst bei der Arbeit in der Schmiede getragen hatte. Es hätte durchaus Leute gegeben, die diesen Grabhügel an seiner Stelle errichtet hätten, Steinmetze und Totengräber, die das beruflich taten. Aber Stanach wollte Tyorls Grabhügel allein aufschichten.

Bei Pfeifers Grab auf dem einsamen Hügel bei Qualinesti hatte Tyorl gesagt: *Du hast ja reichlich Übung. Deine Freunde scheinen nicht sehr lange zu leben, Stanach. Wie viele Hügelgräber hast du gebaut, seit du Thorbardin verlassen hast?*

Damals hatte Kelida auf dem Hügel Wache gestanden und hatte leise Einspruch erhoben gegen die grausamen Worte des Elfen. Stanach hatte es damals nicht grausam gefunden und fand es auch heute nicht grausam. Nur wahr.

Die Lippen des Zwergs verzogen sich zu einem traurigen Lächeln. Pfeifers Grab war sein allererstes gewesen. Tyorls würde das zweite sein.

»Und das letzte«, flüsterte er. »Doch, Tyorl, das letzte. Auch wenn ich nie gedacht hätte, daß es deins sein würde und noch dazu hier im Tal der Lehnsherren, im Schatten des Grabmals eines Hochkönigs.«

Der Wind heulte schrill. Stanach dachte an Pfeifers Flöte. In Thorbardin wurde getrauert, und das auch um den Magier Jordy, den die Kinder Pfeifer genannt hatten.

Lavim beharrte immer noch eisern darauf, daß Pfeifer mit ihm redete, obwohl er tot war. Zumeist belehrend oder scheltend flüsterte er mit Lavim, behauptete der Kender.

Stanach wandte sich wieder seiner Arbeit zu. Er wollte nicht an Geister glauben. Pfeifer war tot. Er hatte ihn begraben, so wie er jetzt Tyorl begraben würde.

Zu siebt versammelten sie sich im dünnen Schein des Zwielichts im Schatten von Dunkans Grab im Tal der Lehnsherren, um Tyorl die letzte Ehre zu erweisen.

Daß Tyorls Grabhügel in den Gärten errichtet wurde, zeigte das Ausmaß von Hornfells Dankbarkeit dem Elf gegenüber, der für ihn gestorben war. Das war bis dahin unantastbares Vorrecht der Lehnsherren und Könige gewesen. Und es war ein weiteres Zeichen seines großen Respekts, daß er Tyorls Grabrede halten wollte.

Warum, fragte sich Stanach, brachte Hornfell Sturmklinge mit ins Tal der Lehnsherren?

Immer noch verschmiert und schwitzend sah Stanach zu, wie Kelida neben Hauk ihren Platz am Grab einnahm. Der Zwerg lächelte zum ersten Mal wirklich. Die beiden waren erst wenige Tage zusammen, und schon bewegten sie sich so vertraut, als würden sie sich seit Jahren kennen.

Kembal und Finn trugen Tyorls Körper ins Tal und legten ihn in das Grab, das Stanach vorbereitet hatte. Dunkelheit umfing die sterblichen Reste des Freundes. Die Waldläufer stellten sich neben Hauk. Sie waren die Letzten aus der Alptraum-Truppe und kamen, um einem Bruder Lebewohl zu sagen.

In stillem Respekt vor den hier versammelten Freunden berührte Hornfell mit Sturmklinges Spitze wie zum Gruß die Erde und lehnte das Königsschwert an die Steine, bevor er seinen Platz am Fußende des Grabs einnahm. Lavim, dessen grüne Augen still und ernst waren, stellte sich zu Stanach. Der Zwerg hoffte, daß er jetzt nicht anfangen würde, über Geister zu reden.

Lavim klopfte Stanach zaghaft auf die Schulter. »Hast du das alles gemacht?«

Stanach nickte finster.

»Das ist sehr schön«, flüsterte er. Er zeigte auf Dunkans Grab. »Aber der Schatten von dem riesigen, schwebenden Ding da oben ist im Weg, nicht wahr? Pfeifer sagt, das ist Dunkans Grab und –«

Stanach schloß die Augen. »Psst, Lavim. Nicht jetzt.«

Der Wind pfiff kalt durch das Tal der Lehnsherren. Sein Lied war für die am Grab Versammelten keine Störung, sondern eine Unterhaltung.

Als Hornfell sprach, zitierte er die Weisheit des Sprichworts, das ihm an der Mauer von Nordtor aufgefallen war, als hinter seinem Rücken die Revolution brodelte und zu seinen Füßen das *Guyll Fyr* tobte.

»Der Wolf vor der Tür«, sagte er sanft, »macht aus Fremden Brüder. Der Wolf hat vor Thorbardin geheult und zugeschnappt, und wir haben zu lange unsere Türen vor ihm verriegelt und so getan, als wäre kein Wolf da, bloß weil wir ihn nicht hören wollten.

Jetzt hören auch wir sein Heulen, das wir zu lange mißachtet haben. Wir hören es in der Klage der Familien der Gefallenen und in den Schreien derer, die in den Klauen des Krieges gefangen sind.

Wir hören das Heulen des Wolfes im Wind der Drachenflügel. Tyorl hat es kurz zum Schweigen gebracht, aber wir werden es wieder hören.«

Hornfell schaute nacheinander jeden Anwesenden an.

»Aber wir sehen auch. Wir sehen Brüder, wo wir einst Fremde sahen. Wir sehen Verwandte, die nicht zu unserer Art gehören. Und von diesen Verwandten haben wir uns zu lange abgewendet, obwohl sie versuchten, das blutrünstige Heulen des Wolfes zum Schweigen zu bringen, während wir darauf warteten, daß er fortginge, um anderswo zu jagen.

Der Wolf wird nicht davonziehehen. Verminaard zieht immer noch durch unser Land, und der Krieg wird erst vorüber sein, wenn er alles und jeden ausgelöscht hat. Wie er Tyorl ausgelöscht hat.

Ich trauere mit euch um den Verlust eines Freundes.«

Ganz in seiner Trauer um Tyorl und in eine alte Totenklage versunken, bemerkte Stanach nicht, daß Hornfell fertig war. Dann fühlte und hörte er irgendwann etwas Neues im Lied des Windes. Er sah zur anderen Seite des Grabes. Dort stand Kelida. Sie hatte den Kopf geneigt, so daß das letzte Licht sich in ihren roten Haaren fing, und sie schien die Veränderung ebenfalls bemerkt zu haben.

Hauk schaute zu Kembal. Finn legte seinen Kopf zurück, um zum dunklen Rand des Tals hochzuschauen.

Lavim holte kurz Luft und stieß einen leisen, erstaunten Seufzer aus. Stanach drehte sich gerade rechtzeitig um, um zu sehen, wie der Kender eine alte Flöte aus der Tasche zog. Pfeifers Flöte.

Nachdem er nur einen Moment gelauscht hatte, als wolle er

sich über die Melodie vergewissern und an der richtigen Stelle einsetzen, hob der Kender die Flöte an die Lippen und begann zu spielen. Die granitenen Wände des Tals der Lehnsherren wurden matt und grau.

Sonnenlicht tanzte einen silbernen Fluß hinunter, und Stanach sah nicht nur das blitzende Lichterspiel, nein, er roch auch den satten, dunklen Schlamm am Ufer des Wasserlaufs und schmeckte den süßen Fluß.

Eis umhüllte die Winterbäume wie Diamanten, schmolz bei der Berührung einer Hand und glitt davon, um neue Juwelen zu bilden. Kelida legte einen Finger an die Lippen, und auch Stanach spürte die Kälte auf seinen eigenen.

Tau, der von der Sommersonne in Dunst verwandelt zum Himmel stieg, glitzerte auf Hauks Gesicht und kroch ihm wie Tränen in den dunklen Bart. Wie ein Geist oder wie der Tau, der es war, verschwand er im Sonnenlicht. Die Tränen auf Stanachs Gesicht brauchten etwas länger zum Trocknen.

Später würde er versuchen, die Melodie jenes Liedes einzufangen. Obwohl er sich erinnern und die Bilder vom Wald zurückrufen würde, den er im schattenlosen Licht strahlen sah, würde das Lied sich ihm entziehen – bis auf das halbbewußte Lachen des Windes in den Bäumen.

Lavim hockte sich hin und sah zu, wie Hauk, Kembal und Finn die letzten Grabsteine über Tyorl zurechtrückten. Der Klang dieser traurigen Arbeit hallte hohl durch das Tal.

»Ich wollte sie nicht zum Weinen bringen«, flüsterte der Kender.

So, Zauberer? Pfeifers Stimme war sehr sanft. *Was wolltest du denn dann?*

»Ich wollte nur ein Lied spielen, das sie an Tyorl erinnert.« Er seufzte und schüttelte den Kopf, als er dem Wind lauschte, der jetzt nur noch ein Lufthauch war. »Und… und ich weiß, daß Stanach den Hügel hier ganz alleine gebaut hat und daß Hornfell gesagt hat, er könnte mit Königen und Lehnsherren begraben werden. Aber ich fand es irgendwie traurig, daß Tyorl nicht mehr in seinen Wäldern sein würde. Ich wollte, daß sie sich um seinetwillen an Qualinesti erinnern.«

Und das werden sie. Du hast ein schönes Lied erfunden, Lavim.

Jetzt runzelte Lavim die Stirn. »Wirklich? Ganz alleine? Waren das nicht du oder die Flöte?«

Wer hatte die Idee?

»Ich.«

Dann war es doch dein Lied?

Er hatte ganz alleine gezaubert! Lavim sprang mit großen Augen auf. »Pfeifer! Habe ich –«

Psst, Lavim! Es ist noch nicht vorbei. Schau noch einen Augenblick ruhig zu. Und dann tu genau das, was ich dir sage.

Sturmklinge sang das hohe Lied des Stahls, als Hornfell das Königsschwert aus der Scheide zog. Obwohl das letzte Licht aus dem Tal der Lehnsherren gewichen war, glühte das rote, stählerne Herz der Klinge. Das Licht von Reorx' Schmiede pulsierte sanft und legte seinen roten Schein über die Gesichter der Anwesenden, die am fertigen Grabhügel standen.

Wie blutige Schatten, dachte Stanach.

Gebannt vom hellen Glanz des Königsschwerts, bei dessen Fertigung er geholfen hatte, erinnerte er sich plötzlich an das Glück, das er dabei empfunden hatte, das Versprechen seines glühenden Herzens und die Hoffnung, für die es stand. Da dachte Stanach weiter.

Überhaupt keine blutigen Schatten, obwohl Reorx weiß, daß genug Blut für Sturmklinge vergossen wurde. Blutige Schatten wären kalt wie der Tod. Das Licht des Königsschwerts strahlte hell in der Finsternis dieser Ruhestätte.

Wie eine Laterne in der Hand eines tapferen Mannes. Genau so.

Hornfell erhob Sturmklinge, und nicht einmal der Schatten von Dunkans Grab konnte sein Licht verdunkeln.

Der Wind kam zum Schweigen. Diejenigen, die bei Tyorls Grab standen, hoben ihre Köpfe ein wenig, als ob sie alle gleichzeitig etwas in der Stille wahrnahmen.

Stanach hörte Lavim vor überraschtem Entzücken nach Luft schnappen.

Hornfell berührte mit der leuchtenden Klinge im Soldatengruß den größten Stein des Hügels. Als die Spitze am Stein lag, schien sie aufzuleuchten und die Dunkelheit zu durchdringen. Genau da brach Lavim in freudiges Jauchzen aus.

»Natürlich! Natürlich!« schrie der Kender.

Kelida blieb der Mund offen stehen. Stanach drehte sich abrupt um, um den Kender zu ergreifen und zum Schweigen zu bringen. Lavim duckte sich rasch und geschickt weg und sprang um Tyorls Grabmal zu Hornfell.

»Ich weiß, wo er ist! Ich weiß, wo er ist! Pfeifer hat es mir verraten! Er hat es schon die ganze Zeit geahnt, seit Ihr Euer Schwert zurück habt. Ich wollte ihn ja gleich holen, aber er hat gesagt, nein, er wäre noch nicht sicher. Es hat ihn irgendwie gejuckt, sagt er. Aber er mußte warten. Erst als er hier war, wußte er es. Er sagt, er war schon einige Male in diesem Tal, aber da hat er noch gelebt und konnte die Dinge nicht so klar sehen wie jetzt, wo er tot ist. Ihr werdet es niemals glauben! Hornfell – Sir! Ich weiß, wo er ist!«

Finn erwischte den alten Kender an den Schultern und hob ihn einfach in die Luft. »Verdammter Kender! Was soll das? Kannst du uns nicht einmal jetzt einen Augenblick Frieden gönnen?«

Hornfells Augen lagen immer noch auf dem Königsschwert, dessen Licht zusehends verblaßte; er wies den Anführer der Waldläufer an, Lavim loszulassen. »Was, Lavim? Du weißt, wo was ist?«

Lavim entschlüpfte Finn. Er sah Hornfell an, wobei sein Grinsen fast sein Gesicht entzweiriß. »Pfeifer hat es mir gesagt. Ich weiß, wo er ist. Ich hätte es Euch schon früher erzählt, aber ich wußte nicht so recht, wovon er redete. Er sagte, daß diese ganze Sache mit der Regentschaft nichts für Euch wäre. Ich sagte, daß ich davon nichts wüßte, aber daß Ihr wirklich nicht wie einer ausseht, der auf die Theke aufpaßt, während der Wirt zum Essen geht. Er hat gesagt, ich sollte Euch raten, Sturmklinge heute abend mitzubringen, und dann würde er ihn mir zeigen, weil das Königsschwert wissen würde, wo er ist. Und ich habe gesagt, klar, mach ich –«

Wie Spinnenbeine krabbelte die Vorahnung Stanachs Rückgrat hoch. Isarns letzte Worte stiegen in seiner Erinnerung auf. »Lavim!« schimpfte er. »Raus damit!«

Erschrocken sprang Lavim hoch und drehte sich zu Stanach um. »Ich versuche gerade, Hornfell etwas wirklich Wichtiges zu erzählen, alter Junge. Ich möchte wenigstens einmal ausreden können, ohne daß man mich unterbricht. Also«, er redete wieder mit Hornfell, »wo war ich? Ach ja. Ich weiß, wo der Streithammer von Kharas ist.«

Hornfell, dessen Hand immer noch an Sturmklinges Griff lag, starrte den Kender mit einer schmerzhaften Mischung aus Unglaube und Hoffnung an. »Wo?« flüsterte er.

»Oh, gar nicht weit von hier.« Lavim lachte. »Überhaupt nicht weit. Ihr müßt natürlich jemanden hinschicken, um ihn zu holen. Ein paar Leute wahrscheinlich, denn Ihr wißt ja, daß Kharas ihn wirklich gut versteckt hat. Er hat ihn unsichtbar gemacht und mit allen möglichen Fallen und Zaubern beschützt, weil er nicht wollte, daß ihn irgend jemand einfach so findet. Er wollte, daß ihn nur ein richtiger Hochkönig finden kann. Jemand wie Dunkan, wißt Ihr. Jemand wie Ihr.«

»Wo?« flüsterte Hornfell wieder.

Lavim lächelte und zeigte senkrecht nach oben.

Hornfell sah zum Himmel hoch. Stanach folgte Hornfells Blick und starrte die ersten Sterne an, besonders den roten Stern, den die Zwerge den Funken von der Esse nannten.

Nein, dachte er, ach Lavim, was hast du denn jetzt wieder im Sinn?

Kelida folgte Lavims Richtung genauer, hielt den Atem an und berührte Stanach am Arm. Hauk nickte grinsend.

»Nicht am Himmel, Stanach«, sagte Kelida, während ihre Stimme bebte. »Im Grab.«

Lavim nickte. »Genau. Dunkans Grab. Wo sollte er sonst sein?«

Stanach blickte zu Hornfell, der den Kopf über das rotleuchtende Königsschwert in seiner Hand gesenkt hatte. Er sah den Hochkönig der Zwerge.

»König Hornfell«, flüsterte er.

Hornfell hob die Hand, und Stanach fiel auf die Knie, weil ihm plötzlich nach dieser seltenen Ehrbezeugung zumute war. Er redete, bevor er nachdachte, aber seine Worte kamen dennoch aus tiefstem Herzen.

»König Hornfell, der Streithammer wird Euch gehören. Ich finde ihn. Ich werde ihn zurückbringen.«

»Au ja!« kreischte Lavim, der schnell an Stanachs Seite sprang. »Das wird ganz einfach. Nur ein paar kleine Fallen, ein bißchen Magie und so was. Pfeifer weiß genau Bescheid, und wir können rein und wieder raus, bevor es überhaupt jemand merkt.«

Stanach drehte sich um. »Wir?«

»Du und ich und Pfeifer und...« Lavim sah die Waldläufer und Kelida an. »Und wer sonst noch mit will. Ich schätze, das wollen alle, weil – was sollen sie denn sonst so ganz alleine in Thorbardin anfangen, wenn du und ich und Pfeifer den Streithammer suchen? Du weißt ja, wie so was ist, Stanach. Es kann ein, zwei Tage dauern.«

Die Nacht brach endgültig über das Tal der Lehnsherren herein. Aus Schatten wurde Finsternis. Stanach, der neben Tyorls Steingrab auf dem Boden saß, schaute Kelida an.

»›Ein, zwei Tage‹, sagte er.« Er setzte ein schiefes Lächeln auf. »Beziehungsweise sagt das angeblich Pfeifer.«

»Stanach, glaubst du daran?«

Der Zwerg zuckte mit den Schultern. »Wir können nicht bestreiten, daß Finn seine Geschichte, wie Pfeifer sie durch den Hohlweg geführt hat, bestätigt. Lavim sagt, daß Pfeifer Tyorls Armbrust gelenkt hat, als er den Drachen getötet hat.« Stanach schwieg einen langen Augenblick. »Er war ein guter Schütze, unser Tyorl. Aber...«

Kelida nickte. »Es war dunkel. Keiner konnte so gut sehen, daß er so genau auf den einzigen verwundbaren Punkt des Drachen hätte zielen können. Es wäre ein schöner Gedanke...«

Stanach seufzte. Es wäre ein schöner Gedanke, daß Pfeifer irgendwie immer noch bei ihm war. Es wäre ein schöner Gedanke... Stanach fuhr grollend zurück. »Soll ich etwa auf das

Wort eines spukbesessenen Kenders hin nach dem Streithammer von Kharas suchen?«

»*Wir* suchen nach dem Streithammer.«

»Wir – ach?«

Kelida setzte sich neben ihn, ohne seine Frage zu beantworten. Mit einem Finger fuhr sie leicht an einem Grabstein entlang. Nach kurzer Zeit sagte sie: »Ich werde ihn vermissen.«

»Doch, das werde ich auch.«

Kelida drehte sich plötzlich um, wobei ihr die Farbe in die Wangen stieg. »Stanach, ich habe es schon in den Tiefen Höhlen gesagt, und ich sage es jetzt wieder: Ich gehe dahin, wo Hauk hingeht. Ich gehe dahin, wo ihr hingeht. Ich werde euch helfen, den Streithammer von Kharas zu finden.«

Stanach sah zu dem Grab über dem See auf. Eine leichte Brise kräuselte das ruhige, eisige Wasser. Sternenlicht verwandelte die schwarze Wasseroberfläche in mattes Grau, dort, wo sie leise gegen das Ufer schwappte.

Kelida legte sanft ihre Hand auf seine verstümmelte Rechte.

Der Zwerg stand auf und zog sie hoch. »Wir gehen lieber wieder zurück. Ich kann mich nicht erinnern, daß Lavim Hornfell die Flöte wiedergegeben hat. Ich habe genug davon gehört, was er mit ihr angestellt hat, und ich werde kein Auge zutun, bis sie sicher in Hornfells Händen liegt.«

Kelida ging schweigend neben ihm her, als sie das Tal der Lehnsherren verließen. Am Tor in den Berg blieb Stanach stehen und sah zurück dahin, wo der Schatten von Dunkans Grab, das in Solinaris Licht getaucht war, Tyorls Steingrab verhüllte.

Die Brise wurde zu einem leise singenden Wind, und Stanach dachte an die Wälder, als er Thorbardin betrat.

Tyorls Lied

Der Fluß strömt träge durch den Wald,
Und Sonnenlicht voll Übermut
Rahmt mit Millionen Sternchen
Ein herbstliches Bild.

Rauhreifnacht – im Spitzengewand
Erstrahlen kahle Bäume
Glitzernder als Diamanten –
Solch eine Nacht macht sie wertlos wie Glas.

Das junge Leben keimt geschützt
Als flüsternde Verheißung;
Die Brut regt sich im Nest,
Blickt in den Frühling erstaunt.

Steigend mit dem Tau, der vom Blattwerk dampft,
Ruhend in der Glut mittäglicher Sonn',
Bald tanzt die Brise durch den Hain,
Wenn die Sommernacht naht.

Refrain:
Land voller Frieden –
Zu jeder Zeit im Jahr
Lockt zwischen Bäumen gut versteckt
Schönheit den, der sehen kann.

(Mark Varian)